Jan De Leeuw

Eisvogelsommer

Jan De Leeuw

Eisvogelsommer

Aus dem Niederländischen
von Rolf Erdorf

GERSTENBERG

Für Wim De Winne, der sich durch eine erste Version pflügte, und Leen De Wispelaere, nicht nur für ihre Anmerkungen, sondern auch für das Lektorat: ein unglaublich dickes Dankeschön!

Natürlich ist dieses Buch für Ives.
The smile on your face I live only to see
It's enough for me, baby, it's enough for me

Teile dieses Buches sind zuvor bereits in *Blikopener* erschienen. Mit Dank an den Verlag Averbode.

I'll try to keep myself open up to you
That's a promise that I made to love
When it was new

Joni Mitchell, *Jericho*

I shall wake the dead and they shall eat the living

Descent of Ishtar, aus: *Myths of Mesopotamia.*
A new translation by Stephanie Dalley.

KÖNNEN TOTE AUGEN SEHEN? Kann ein Herz, das nicht mehr schlägt, noch brechen?

Ein Wald liegt zwischen Stadt und Dorf, inmitten der Felder. Einst der Ausläufer eines sich über ganz Europa erstreckenden Urwalds, ist er heute nicht mehr als eine Handvoll Bäume und eine Ansammlung von Säcken, aus denen der Hausmüll quillt. In diesem Wald gibt es eine Lichtung, wo eine Birke, des Baumseins müde, eingeknickt und so zur natürlichen Bank zwischen den Nesseln geworden ist. Ein idealer Ort, um auf das Mädchen seiner Träume zu warten. Das Warten ist vielleicht noch der schönste Moment des Mittwochnachmittags, jedenfalls wenn man weiß, dass sie kommen wird; wenn man schon fast das Klappern ihres Fahrrads hört.

Orphee trägt einen grünen Blazer und einen grünen Rock, kürzer, als es die Schulordnung erlaubt. Sie bahnt sich einen Weg durch die Brennnesseln und ich bebe, als die haarigen Blätter ihre Schenkel streicheln. Sie setzt sich nicht wie früher rittlings auf den Stamm, leise lachend, sodass ich nie wusste, ob sie nur mich oder nicht auch sich selbst schockieren wollte. Heute lacht sie nicht. Sie streift den Rucksack von den Schultern und schüttelt ihn leer.

Sie dreht sich nicht um. Sie sucht nicht nach meinem Schemen unter den Bäumen. Ich muss auch nicht näher kommen, um zu erraten, was da liegt. Es sind die CDs, die ich ihr geschenkt habe, die Songs, die ich mit so viel Sorgfalt zusammengesucht habe und die so viel besser als ich auszudrücken vermochten, was sie mir bedeutete; quasi die Bücher mit den Szenarien unseres Lebens zu einem späteren Zeitpunkt, nachdem die Welt unsere Liebe missbilligt haben würde und wir als aufgescheuchte Liebende arm, aber glücklich in Paris oder New York zusammenhockten, bis der Erfolg käme, für mich als gefeierter Schriftsteller und für sie als erfolgreiche Fotografin. Und es sind Fotos von uns, die da auf einem kleinen Haufen liegen. Sie hebt eins davon auf. Stammt es aus der Serie, die wir hier im Wald aufgenommen haben, als wir sicher sein konnten, allein zu sein?

Ihr Mund verzieht sich, ihr Gesicht reißt auf und ihre Schultern zucken. Ich will auf sie zugehen und meine Arme um sie legen, aber das geht nicht. Ich bin derjenige, der ihr das hier angetan hat.

Sie zieht die Nase hoch und reibt sich die Tränen aus den Augen. Sie holt ein Feuerzeug aus ihrer Westentasche und beugt sich über die Sachen. Ich höre das Ratschen des Feuerzeugs. Es ratscht über mein Rückgrat. Schützend legt sie die Hand um die Flamme. Es ist eine so typische, dabei fast männliche Geste. Ich habe sie hundertmal gesehen, wenn sie sich eine Zigarette anzündete. Meine coole Orphee. Meine rebellische Liebste, meine Raucherin. Sie wusste, wie ich dieses Rauchen hasste. »Ich bin nicht dein Eigentum«, sagte sie und blies mir mit jedem Zug ihren Eigensinn ins Gesicht.

Und mit dieser einen Geste, diesem kleinen Schutzwall aus Fingern über dem bebenden Flämmchen, bricht sie mir das Herz. Mit dieser Flamme steckt sie unser Leben in Brand.

Die Bücher fassen Feuer. Die Plastikhüllen der CDs schmelzen. Sie hustet, als sie den beißenden Dampf in den

Hals bekommt, und stößt mit dem Fuß die Fotos noch weiter in die Flammen. Das Papier wellt sich, unsere Leiber versengen und werden braun, unsere Haut bekommt Blasen, die platzen, kurz bevor die Fotos in Flammen aufgehen. Es geht ihr nicht schnell genug. Sie zerreißt die Fotos und wirft die Schnipsel ins Feuer. Die warme Luft nimmt sie mit sich und fort wehen wir, Orphee und Thomas, lächelnd in den Himmel hinein.

DAS GETREIDE IST GERADE GESÄT. Wo die Räder der Maschinen Furchen im Schlamm gezogen haben, zittern graue Wolkenpfützen. Wie ein Totenacker wirkt der Boden, doch das täuscht: Darunter regt sich schon das Leben. Zwischen den kahlen Feldern verläuft die Straße, mehr Schlagloch als Asphalt und übersät mit Kleintierleichen. Die Autofahrer können nichts dafür. Plötzliche Kurven nehmen ihnen die Sicht, und wenn Igel und Wiesel sich mit Todesverachtung unter ihre Räder stürzen, dann ist jedes Bremsen vergeblich. Ein Kiesweg zweigt von der Straße ab, schlängelt sich durch den Wald und findet dann wieder zur Straße zurück. Niemand fährt hier entlang. Es ist ein Umweg, im Winter mehr Schlamm als sonst was. Wer schnell an sein Ziel kommen will – und wer will das nicht –, der nimmt die Straße.

In einer der Kurven steht ein Holzkreuz. Heimarbeit. Ein Foto in einer Sichthülle ist mit einer roten Reißzwecke an das Holz geheftet, ein Name in das Holz geschnitzt. Am Fuß des Kreuzes liegen Plastikrosen. Ein paar verwelkte Margeriten in einer halben Evianflasche lassen die Köpfe hängen. Hier hat ein Auto, nicht zufrieden mit einer Handvoll Nagetiere, eine größere Beute erwischt.

In der Nähe des Kreuzes treibt sich immer ein Hund herum. Das kann kein Zufall sein. Schwarz ist er, nicht zu klein, nicht zu groß; ein Tier, wie man es sich vorstellt, wenn das Wort »Hund« fällt. Er könnte einer der Geschichten meines Großvaters entsprungen sein; einer dieser schemenhaften Geister, die vor hundert Jahren in der Fantasie der Dorfbevölkerung lebten, zusammen mit den Weißen Weibsen, den Wasserteufeln und sprechenden Pferdeköpfen; ein schwarzer Hund, den man in der Dämmerung an verlassenen Orten antraf, der vor den eigenen Augen wuchs und einen die ganze Nacht lang verfolgte, bis man im Morgengrauen schweißnass auf dem Bauernhof eintraf und feststellen musste, dass man über Nacht ergraut war.

Früher hätte ich meine eigene Geschichte erfunden: der Hund, der am Grab seines Herrn trauert und nicht mehr frisst und trinkt, bis er vor Traurigkeit und Hunger dort unter dem Kreuz stirbt, den Kopf auf den Pfoten, die Zunge aus dem Maul. Aber das hier ist kein Grab. Und der Junge auf dem Foto hatte keinen Hund.

MEIN GROSSVATER sucht nicht hinter meinen Augen nach dem, der ich geworden bin, diesem Fremden, der dem Kinderleib entwachsen ist und jetzt fast wie ein Feind im elterlichen Haus umherirrt. Er denkt immer noch, ich wäre zehn. Wie an den Mittwochmittagen, wenn ich ihm sein Essen für die Woche brachte, zweifelt er nicht daran, dass ich mir seine Geschichten anhören will. Manchmal fragt er, wie es mir geht, und erkundigt sich nach dem Befinden meiner Mutter, seiner beleidigten Tochter. Doch auf eine Antwort wartet er selten.

Hier ändert sich nie etwas. Die Wachstischdecke mit den Sonnenblumen hat an Stellen, wo eine Zigarette vom Aschenbecher gerollt ist, einige Löcher hinzubekommen, und der schon fast zu nah an den Plattebuis-Ofenherd gerückte Ohrensessel ist noch etwas mehr um Großvaters Körper herumgewachsen. Ansonsten jedoch ist alles wie früher. Auf dem Kaminsims steht ein nacktes Mädchen aus Gips ungeniert zwischen einem ausgemergelten Christus und dem Foto eines lächelnden Ehepaars. Das sind meine Urgroßeltern. Dank der Erzählungen meines Großvaters kenne ich sie besser als manche meiner Klassenkameraden. Es ist merkwürdig, sie so zusammen zu sehen, voller Hoffnung auf eine bessere Zukunft, während man doch weiß, wie schmerzhaft ihr Leben verlaufen ist. Sie selbst wissen noch von nichts, eingefroren in der Zeit, für immer eng zusammenstehend im Kabinett des Fotografen, sie mit ewig frischen Blumen in der Hand, er mit vor Jugend und Brillantine glänzendem Haar.

Nichts scheint sich hier zu ändern. Aber wenn mein Großvater seine Mütze absetzt, ist sein blaugraues Haar ein wenig dünner als früher.

Er kramt im Küchenschrank.

»Suppe, Suppe, Suppe«, höre ich ihn murmeln. Seit ich ihm nichts mehr bringe, ist er auf Dosenfutter angewiesen.

»Kürbissuppe«, sagt er. »Das ist lange her.«

Er zieht eine Dose auf, gießt den Inhalt in einen Topf und stellt ihn auf den Ofen.

»Kürbis. Den haben wir im Dorf lang nicht mehr zu Gesicht bekommen. Weißt du noch?«

Spricht er mit mir? Manchmal scheint er mich zu vergessen und fängt eine neue Geschichte an, die sich an seine Frau, seine Eltern oder seinen Bruder richtet. Nicht verwunderlich, dass er mit den Toten redet, denn die Lebenden besuchen ihn selten. Die verbliebene Handvoll Freunde taucht nur noch dann auf, wenn ihre Schwiegertöchter das zulassen. Er muss sich mit den Schatten von früher behelfen. Die kommen gern, denn er schaut nicht auf sie herab. Manchmal starrt er sie so eindringlich an, dass ich mich umdrehe, fast schon überzeugt, tatsächlich jemanden in den Schatten dastehen zu sehen.

»Habe ich dir jemals von dem Kürbis im Dorf erzählt?«

Ich kenne alle seine Geschichten.

»Schon mehr als sechzig Jahre hat man hier im Dorf keine Kürbissuppe mehr gegessen. Die Erinnerungen sind zu schmerzlich. Es ist eine tragische Geschichte. Und eine lange. Ich will dich nicht damit langweilen.«

Er schielt unter seiner Mütze hervor. Ihm ist es gleich, was ich sage. Er wird die Geschichte ohnehin erzählen. Darum bin ich hier. Er hat mich als Zuhörer herbestellt.

»Es geschah alles vor langer Zeit, bei Bauer Sanders. Der hatte einen großen Hof auf der Spitze des Hügels, direkt bevor man ins Dorf fährt.«

Kurz darauf hat er mich schon vergessen.

DAHEIM STEHT EINE BOUILLABAISSE auf dem Herd. Meine Mutter, die früher weder Zeit noch Lust hatte, sich nach einem langen Arbeitstag noch in der Küche abzumühen, die nie verstand, warum sie mehr als eine Stunde für etwas schuften sollte, das anschließend in nicht einmal drei Minuten verschlungen sein würde, meine Mutter, die zweifelsohne die Mikrowelle für die wichtigste Erfindung der letzten Jahrhunderte hält, gerade sie ist in letzter Zeit nicht mehr vom Herd wegzubringen.

Nicht weil sie plötzlich die Liebe für selbst zubereitete Gerichte entdeckt oder sich endlich den unzähligen Kochsendungen im Fernsehen angepasst hätte. Sie selbst isst kaum von den Tellern, die sie jeden Tag ins Wohnzimmer schleppt. Nein, die Küche ist ihre Festung geworden. Sie verschanzt sich dort vor meinem Vater und dem Abend. Am liebsten würde sie kochen, bis sie ins Bett kann, aber wenn sie zu lange herumtrödelt, droht mein Vater, ihr zur Hand zu gehen. Lieber, als ihn neben sich in der Nähe scharfer Küchenmesser zu wissen, die, ehe man sich versieht, in einem Oberschenkel oder Brustkorb verschwinden, beeilt sie sich, um vor neun Uhr mit dem Kochen fertig zu sein.

Mein Vater sitzt schon am Tisch. Als sie mit einer dampfenden Schüssel ins Wohnzimmer tritt, klappt er seinen Laptop zu.

»Riecht wunderbar«, sagt er und lächelt. Sie lächelt zurück. Es ist das Lächeln zweier Fremder, die zusammen in einem Fahrstuhl feststecken und versuchen, das Beste aus der Situation zu machen.

»Bouillabaisse«, erwidert sie überflüssigerweise.

Er beugt sich über die Schüssel. Alles ist darin: Krabben, Lachsstücke, Krebse. Es ist genug für zehn.

Meine Mutter nimmt drei Suppenteller und drei Löffel aus dem Schrank. Sie stellt die Teller auf den Tisch. Mein Vater gefriert. Sie bemerkt es, fährt jedoch mit dem Tischdecken fort. Sie legt die Löffel sorgfältig neben die Teller. Mein Vater folgt ihr mit seinem Blick. Seine Hände ballen sich zu Fäusten.

Meine Mutter nimmt die Schöpfkelle, rührt noch kurz in der Schüssel und schöpft die Bouillabaisse in seinen Teller.

»Mehr?«, fragt sie. Er antwortet nicht. Es ist still im Zimmer.

Sie schöpft ihren eigenen Teller voll und führt die Kelle zurück zur Schüssel. Sie zögert, aber nur kurz. Dann verschwindet die Kelle mit einem sumpfigen Plumps in der Suppe. Als sie sie hochzieht, lugt ein Stück Fisch aus der übervollen Schöpfkelle, eine rosige kleine Insel in einem gelben Meer. Ganz vorsichtig – sie will jegliches Tropfen vermeiden – bringt meine Mutter die Schöpfkelle von der Schüssel zum dritten Teller.

»Eva«, sagt mein Vater. Es ist eine Warnung. Die Schöpfkelle schwebt über dem Teller. Dann gießt sie die Bouillabaisse hinein.

Noch bevor die letzten Tropfen die Schöpfkelle verlassen haben, greift mein Vater den Teller und wirft ihn durchs Zimmer. Er segelt über den Kopf meiner Mutter, und als er die Wand trifft, schießen Porzellansplitter durch den Raum. Die heiße Suppe folgt unmittelbar, ein Matsch, der in alle Richtungen spritzt. Der Teppich ist übersät mit Krabben.

Mein Vater verschwindet in sein Arbeitszimmer. Meine Mutter holt einen Eimer und beginnt, mit einer Bürste die Wände zu schrubben.

ORPHEE UND ICH haben uns schon eine Zeit lang nicht mehr gesehen, aber vergessen hat sie mich nicht. Wie sollte sie auch, wenn ich überall auftauche: in den mitleidigen Blicken ihrer Verwandten und Freundinnen, den Briefen in ihren Schubladen, den fehlenden Fotos um ihren Spiegel, in den Träumen von ihrer Zukunft? Sie hat unsere Namen auf all ihre Besitztümer geschrieben. Auch wenn sie sich große Mühe gibt, mich zu verdrängen, ich liege auf der Lauer. Ich warte auf ein Wort, einen Geruch, ein idiotisches Lied im Radio, um aufzutauchen und Form anzunehmen in der Leere ihres Lebens.

Nach dem Scheiterhaufen im Wald hat sie beschlossen, dass sie, wie alle immerfort behaupten, ihre ganze Zukunft noch vor sich hat und ihr Leben weitergehen muss. Ihre Freundinnen sind eingeweiht und werden meinen Namen nicht mehr erwähnen, falls sie es vermeiden können. Es ist so weit. Ich werde totgeschwiegen.

Heute ist Kirmes in der Stadt. Sie will zu Hause bleiben, aber die Freundinnen kommen sie holen. Sie darf sich nicht so einigeln. Sie muss sich ablenken. Mal an die frische Luft. Sich amüsieren. Vergessen.

Und natürlich läuft sie mir sogleich in die Arme. Ich stehe zwischen dem Spiegelpalast und den Autoskootern, an genau derselben Stelle wie voriges Jahr auch. Damals wartete ich hier auf Bram. Jetzt warte ich nur auf sie.

Sie dreht sich um. Sie lacht zu laut. Sie will in eine andere

Richtung, weg von den Autoskootern, aber eine der Freundinnen ist fasziniert von dem Schiff, einem Kasten mit Sitzplätzen an einem gigantischen Eisenarm. Sobald das Ding startet, schaukelt man vor- und rückwärts, immer schneller, und wenn einem beinahe schlecht wird, schießt der Kasten senkrecht in die Höhe und bleibt dann stehen, sodass alle schreiend kopfüber in der Luft hängen.

Orphee fasst die dickköpfige Freundin am Arm. Sie will zu den Schießbuden. Zu den Greifkränen. Zu den Ständen mit Zuckerwatte und glasierten Äpfeln. Zu anderen Freundinnen, die sie dort auf der anderen Seite der Kirmes zu sehen meint. Ich bin näher gekommen und kann ihr meine Worte fast ins Ohr pusten. Sie zerrt die Freundin mit Gewalt weiter.

Letztes Jahr. Gleiche Zeit, selber Ort. Ich wartete auf Bram, der wie immer viel zu spät kam. Ich fühlte mich nicht wohl, so als Einzelner zwischen all den Leuten. Ganz allein dazustehen wirkte irgendwie kläglich. Ich konnte mir zwar einreden, es wäre den anderen egal, aber ich spürte die Blicke.

Das Ganze wurde nicht besser, als ich die drei Mädchen ein Stück weiter vor dem Schiff entdeckte. Eine von ihnen, Veronique, ging in meine Klasse. Wir kannten uns nicht so gut, dass ich mich verpflichtet gefühlt hätte, ihr mehr als Guten Tag zu sagen, und wunderte mich, als sie mich heranwinkte.

»Allein?«, fragte sie.

»Nein«, sagte ich schnell, »ich warte auf einen Freund.« Ich nickte den beiden anderen Mädchen zu. Eine war eine Mini-Version von Veronique; eine jüngere Schwester. Das andere Mädchen war in meinem Alter. Sie trug eine kurze Lederjacke und Jeans.

»Wir wollen hier rauf«, sagte Veronique und zeigte auf das Schiff, »aber wir trauen uns nicht.«

»Nicht dass wir Angst hätten, es wäre zu schnell«, sagte das andere Mädchen. »Sondern dass uns alles aus den Taschen fällt, wenn wir kopfüber dahängen.«

Sie hatte recht. Über das Gekreische hinweg hörte man ab und zu das Klirren von Münzen, die um uns herum auf den Beton fielen und wegrollten. Ich sah sogar ein Schlüsselbund herunterkommen. Am Fuß des Geräts war es gefährlicher als ganz oben.

»Wenn du ohnehin dastehst und wartest, würde es dir was ausmachen, kurz unsere Sachen zu hüten?«

Hatten sie mich deswegen herbeigewinkt? Schlimm genug, dass ich hier allein herumstand, während eine Menge untergehakter Leute lachend vorbeizogen. Ich musste nicht auch noch eine lächerliche Figur als Handtaschenhalter abgeben. Gerade wollte ich dankend ablehnen, da legte das Mädchen, das ich nicht kannte – nicht die Schwester, sondern die andere –, ihre Hand auf meinen Arm.

»Ja?« Sie guckte gespielt flehend. Wie hätte ich Nein sagen können?

»Los, wir gehen rein!« Sie drückten mir ihre Handtaschen, Zigaretten, Feuerzeuge und Winz-Portemonnaies voller Kleingeld in die Hand und stiegen lachend in den Kasten des Schiffs, ohne sich ein einziges Mal nach mir umzuschauen. Für sie stand offenbar fest, dass ich brav dort stehen bleiben würde, mit ihrem ganzen Geld in der Hand und den Hausschlüsseln und Adressen, die wohl irgendwo in den Eingeweiden ihrer Taschen zu finden waren.

Ein junger Kirmeshelfer klemmte sie mit einem Eisenbügel in ihren Sitzen fest. Sie kreischten schon, bevor sich der Kasten mit einem Ruck in Bewegung setzte. Bald darauf schleuderte er so schnell herum, dass die Lämpchen auf der Unterseite Lichtstreifen am Nachthimmel zogen. Ab und zu erhaschte ich einen Schimmer von ihnen: aufgesperrte Münder und die Hände um den Sicherheitsbügel geklammert.

Es dauerte keine zehn Minuten, bis sie wieder neben mir standen. Veroniques jüngerer Schwester hatte die Fahrt keinen Spaß gemacht. Sie fühle sich nicht so gut, sagte sie, und das war ihr anzusehen. Aber das andere Mädchen war aufgedreht von der Angst und der Geschwindigkeit und wollte zurück ins Schiff.

»Nie im Leben noch mal«, sagte Veroniques Schwester.

Ich wollte etwas sagen, bekam aber genau in diesem Moment eine Nachricht von Bram. Er kam nicht. Sonst nichts. Keine weitere Erklärung.

»Schlechte Neuigkeiten?«, fragte das Mädchen mit der Jacke.

»Mein Kumpel kommt heute Abend nicht.«

»Ach«, sagte Veronique. Ich konnte ihr am Gesicht ablesen, was sie dachte. *Mist, der wird sich an uns hängen.* Sie suchte die Augen ihrer Freundin. *Wie werden wir den wieder los?* Aber die Freundin schrie immer noch, sie wolle zurück ins Schiff.

»Kommst du mit?«, fragte sie und berührte wieder meinen Arm.

»Ich?«

»Ja. Es ist unglaublich. Man sieht die ganze Stadt.«

»Auf dem Kopf.«

»Noch besser. Na los!« Schon zog sie mich mit. Veronique gaffte uns mit offenem Mund an. Ich drückte ihr die Taschen in die Hand und weg war ich.

Sie hatte recht. Es war großartig mit all den kreischenden Leuten um uns, all den halb lachenden, halb verängstigten Gesichtern, die gafften, als sich der Kasten in Bewegung setzte. Die Sonne war schon untergegangen, aber über den Dächern war es noch nicht ganz dunkel. Man sah die tausend Lichter der Stadt, das ganze verborgene Leben, schon fast vor dem Fernseher eingeschlafen, und wir drehten uns hier hoch oben, unter uns die Kirmes mit all den kleinen Menschen mit zu großen Plüschtieren unter dem Arm, mit Bier und Würsten in der Hand, inmitten dieser Mischung aus Gerüchen und dem Schmettern der Lautsprecherboxen, das wir mühelos durchflogen. Ich hatte nichts getrunken und doch fühlte ich mich leicht im Kopf. Was ich um mich herum sah, war eine Kulisse. Es konnte mir nichts anhaben, das Leben war noch nie so nah gewesen. Hier passierte es, hier in diesem Kasten, der durch die Nacht flog. Ich drehte mich zu dem Mädchen um, wollte es an sie loswerden, ihr sagen, wie großartig ich es fand, aber als sie sah, dass ich guckte, schrie sie noch lauter. Ich schrie zurück. Wir brüllten um die Wette. In ihren Haaren schimmerten die Sterne. Noch nie war ein Jungenherz auf geräuschvollere Weise verloren gegangen.

Die anderen waren dann irgendwann weg. Das hatten wir nicht verabredet, es passierte einfach. Im einen Moment stritt sich Veronique noch mit einem Mann, der ihrer Schwester einfach so seine Zuckerwatte in die Haare gedrückt hatte, und im nächsten Moment waren das Mädchen und ich allein in der Menge.

Sollten wir Veronique suchen? Ich fragte sie nicht und das Mädchen schlug es auch nicht vor. Sie fand es offenbar nicht schlimm, mich am Hals zu haben. Wir schlenderten zwischen den Buden und Verkaufsständen hindurch.

Ein Pärchen vor uns – sie im rosa Trainingsanzug, er in Jeanshose und -jacke –, stoppte bei der Schießbude. »Bitte, Johnny, bitte, schieß mir was! Schieß mir den blauen Affen da!«

Der Mann von der Schießbude zählte gelangweilt die Kugeln in einen Metallaschenbecher ab. Mit einer geübten Bewegung setzte Johnny das Luftgewehr an die Schulter. Auf seinem Arm war, in Rosen eingebettet, ihr Name zu lesen. Sharon. Er zielte ruhig und schoss. Es dauerte nicht lange, da konnte er ihr das hässliche Plüschtier in die Arme drücken. Wir schauten ihnen hinterher, als sie von der Bude wegschlenderten. Sie küsste ihn, als hätte sie im Lotto gewonnen, und er ließ sie gewähren.

Das Mädchen zog an meiner Schulter.

»Was?«, sagte ich.

»Bittebitte, Johnny, schieß mir was!«, sagte sie und klimperte dabei übertrieben mit den Wimpern.

»Was willst du?«, erwiderte ich, während ich in meinen Taschen nach meinem letzten Geld tastete.

»Was ich will?«, antwortete sie und wurde ernst. Sie lehnte sich näher an mich. Noch etwas und ihre Lippen berührten mein Ohr.

»Ich will die Welt«, sagte sie.

Ich hob den Kopf. Sie zeigte in eine Ecke der Bude, wo ein fluoreszierender Globus stand.

»Schenk mir die Welt, Johnny.«

Ich scheiterte kläglich, aber das versetzte dem Abend keinen Dämpfer. Irgendwie war alles so, wie es sein sollte. Wir taten, als wären wir eines der Paare, die dort herumliefen. Ich machte ihr übertriebene Komplimente und sie gurrte übertrieben zurück. Die ganze Kirmes war ein Witz, eine Kulisse, und wir spielten unsere Rolle mit einem Augenzwinkern. Uns war das Klischeehafte eines Kennenlernens auf der Kirmes bewusst: als kämen wir aus einem früheren Jahrhundert. Ich war der Junge, der dem Mädchen imponieren wollte, und sie das Mädchen, das sich unbeeindruckt gab. Aber hinter meinen Komplimenten lauerten andere Komplimente, die ich nicht auszusprechen wagte, und hinter ihrem dick aufgetragenen Lächeln lag ein anderes, ein Lächeln nur für mich.

Und währenddessen waren wir Sharon und Johnny und bummelten über die Kirmes, und ich hatte nur eine Frage im Kopf: Wie würde ich es anstellen, sie wiederzusehen?

Sie holte einen Breezer aus dem Automaten und wir setzten uns auf die Treppen vor dem Postamt. Der Menschenstrom zog an uns vorüber, groß und klein und dick und lang, besoffen und wütend und hysterisch oder weinend, wie nur müde Kleinkinder weinen können, mit ihrer ganzen Seele, so als ginge der Kummer niemals mehr vorbei.

Sie trank und reichte mir die Dose weiter. Ich versuchte, ihre Lippen auf dem Metall zu schmecken.

»Dabei mag ich Kirmessen überhaupt nicht«, sagte sie. »Sie haben irgendwas Trauriges an sich, obwohl ich auf Anhieb nicht weiß, was.«

»Es ist ein forcierter Frohsinn«, sagte ich, »gekauftes Vergnügen. Man erwartet von dir, dass du froh bist. Ob du willst oder nicht. Und vielleicht widerstrebt es dir, so zu fühlen, wie man es von dir erwartet.«

Sie schaute mich an.

»Bist du immer so ernst?«

»Meistens«, sagte ich.

»Das ist gut«, sagte sie. »Das freut mich.« Sie lehnte ihren Kopf an meine Schulter. Es war nicht Sharon, sondern das Mädchen mit der Jacke, die das tat. Und sie lehnte sich nicht an Johnny, sondern an mich, den armen, den verzückten Thomas.

Sie musste nach Hause. Ihr Vater würde sie und Veronique am Bahnhof abholen.

»Wir haben gerade mal elf Uhr!«

»Ich weiß, es ist lächerlich, aber so ist es nun mal. Meine Eltern sind ein bisschen überbehütend. Eine lange Geschichte. Na ja, eigentlich nicht. Meine ältere Schwester ist etwas zu wild gewesen, hat falsche Freunde kennengelernt. Drogen. Also haben sich meine Eltern wohl vorgenommen, dass mir das nicht passiert. Meine Mutter ist immer in der Nähe, wenn ich am Computer sitze, aus Angst, ich könnte da mit fünfzigjährigen Pädos chatten. Sie kontrollieren sogar mein Handy, da bin ich mir sicher.«

Sie nickte.

»Ich kann es ihnen nicht verübeln. Es ist hauptsächlich die Schuld meiner Schwester, denn sie ist wirklich zu weit gegangen. Aber schön ist es trotzdem nicht. Dass ich hier über die Kirmes gehe, haben meine Eltern nur deshalb erlaubt, weil sie Veroniques Eltern gut kennen. Wenn sie wüssten, dass ich Veronique stehen gelassen habe und mit einem fremden Jungen verschwunden bin, würden sie ausflippen.«

»Warum tust du es denn?«, fragte ich.

Sie hob den Kopf. Ich hatte einen gigantischen Köder ausgeworfen, damit sie sagen konnte, es wäre meinetwegen. Weil sie etwas für mich empfand. So wie ich von dem Augenblick an, als ich sie sah, für sie. Aber sie biss nicht an.

»Ist doch klar: Weil ich es leid bin, immer am Gängelband zu gehen.«

Die Zigarette, die sie anzündete, war wahrscheinlich ebenso verboten wie der Junge, der sie angaffte.

»Wie kann ich dich dann wiedersehen?«

»Wiedersehen, Johnny? Nach diesem Abend wird die keusche Jungfrau wieder in den Turm gesperrt. Glaube mir, meine Eltern patrouillieren besser als die Drachen von früher. Das hier war's für 'ne Weile.«

»Nein«, sagte ich und staunte im selben Moment über mich selber. »Das geht nicht. Wir müssen uns noch mal sehen.«

»Müssen?«, erwiderte sie lachend. »Wie willst du das anstellen?«

»Tja, wenn ich höre, dass ich Drachen trotzen muss, sollte ich mir wohl ein Schwert zulegen.«

»Das mit dem Schwert, das lass mal vorläufig. Hier.«

Mit ihrem Augenbrauenstift schrieb sie mir zehn Ziffern auf die Innenseite meines Arms. Ihre Telefonnummer, die ich, auch ohne sie mir auf den Arm zu tätowieren, nie mehr vergessen würde.

»Ich muss gehen. Ich muss Veronique noch beruhigen, bevor sie zu meinem Vater ins Auto steigt.«

Dann war sie weg. Von der Menge verschluckt. Und ich stand da mit einer leeren Dose und einer Notrufnummer.

Auf dem Nachhauseweg grinste mich aus dem Rinnstein ein blauer Plüschaffe an. Ich grinste zurück.

Ich folge ihr über die ganze Kirmes, zwischen den Buden und durch das Gedränge hindurch. Ich bin nie weit von ihr entfernt, wahre jedoch Distanz. Immer sind irgendwelche Leute zwischen uns. Wenn sie sich umdreht, kann sie einen Schimmer von mir erhaschen. Wenn sie achtgibt, kann sie mich zwischen den Buden dastehen sehen. Aber sie würdigt mich keines Blickes.

Ich kann nichts dafür, will ich sagen. Wie kann ich an diesem Tag nicht hier sein? Solange du mich nicht loslässt, lasse auch ich nicht los.

Sie vermeidet die Ecke des Platzes, wo das Schiff steht. Aber wie ist es möglich, es nicht zu sehen, wenn es jede Viertelstunde mit viel Geschrei in die Höhe schießt? Die halbe Stadt kann es sehen.

Die Freundinnen merken zwar, dass etwas ist, wissen aber nicht, was sie tun sollen. Sie sind erleichtert, als sie eine Gruppe von Jungen erblicken, die sie kennen. Auch Bram ist dabei. Die Jungs schließen sich den Mädchen an. Dieter mimt den Clown. Die Mädchen lachen; nicht weil er sich so ins Zeug legt, sondern weil sie Orphees Stimmung jetzt nicht mehr allein zu ertragen brauchen. Die ersten Minuten geht Bram Orphee aus dem Weg, aber dann, fast selbstverständlich, laufen sie nebeneinander her. Viel zu sagen haben sie sich nicht. Wie sehr ich auch horche, ich höre meinen Namen nicht fallen. Sie reden über die Kirmes.

»Mir haben Kirmessen noch nie gefallen«, lügt sie. »Ein forcierter Frohsinn.«

»Ich verstehe«, lügt er zurück.

Als ich mich zwischen sie begebe, verstummen sie.

MEIN GROSSVATER IST EINE SPINNE. Er lebt in einem unsichtbaren Netz aus Worten. Er wartet. Wer so dumm ist, mal eben bei ihm vorbeizuschauen, ist verloren. Wenn er merkt, dass sich die Beute achtlos an den Küchentisch gesetzt hat, lässt er seine Worte los. Sie schweben durch den Raum und glitzern in den letzten Sonnenstrahlen. Man folgt den tanzenden Sätzen, bis man Raum und Zeit vergisst und sitzen bleibt, auch wenn man beim Hereinkommen noch behauptet hat, nur kurz bleiben zu können. Seine Worte wickeln einen ein, sodass man wie gelähmt an seinen Lippen klebt, bis er das letzte Bisschen Aufmerksamkeit aus einem herausgesaugt hat. Kein Wunder, dass er wenig Besuch bekommt. Die Leute befürchten, dass der alte Mann ihnen ihren Nachmittag wegfuttert.

Ich habe mich nie gewehrt. Ich fand es nicht schlimm, bei ihm hängen zu bleiben. Andere hatten seine Geschichten vielleicht schon Hunderte Male gehört, aber für mich waren sie neu, jedenfalls zu Anfang, als ich – zehn Jahre alt und in kurzen Hosen – ganz allein mit meinen Tupperdosen auf dem Gepäckträger aus der Stadt ins Dorf geradelt kam. Und später, als er anfing, sich zu wiederholen, war ich neugierig auf die Variationen. Denn obwohl er immer steif und fest behauptete, das, was er erzählte, sei die reine Wahrheit, waren seine Geschichten doch immer wieder anders.

Noch später hoffte ich, in seinen Erzählungen endlich die Antwort auf das Rätsel von dem großen Streit zwischen ihm und meiner Mutter zu finden. Irgendwas war geschehen, aber was, wusste ich nicht. Es auf direktem Weg herausbekommen zu wollen half nicht. Mein Vater sagte, ich solle meine Mutter selbst oder meinen Großvater danach fragen, falls ich es wirklich wissen wollte, aber er rate mir davon ab. Lieber würde er sich in einen Ameisenhaufen setzen, sagte er, als meine Mutter über ihren Vater auszufragen.

Ich habe es versucht, aber meine Mutter wollte nicht darüber reden. Das ginge mich nichts an, sagte sie. Mein Großvater wiederum meinte: Nein, da wäre nichts. Meine Mutter hätte sich etwas in den Kopf gesetzt, und stur wie sie sei, würde es wohl dauern, bis sie einsah, dass sie sich unnötigerweise aufgeregt hatte. Je weniger sie preisgaben, desto neugieriger wurde ich.

Eine Geldsache konnte es nicht sein. Mein Großvater besaß nur den Hof und der verlor vor Verwahrlosung Jahr für Jahr weiter an Wert.

Vor einigen Jahren, als meine Mutter von seinen Nachbarn erfuhr, er sei im Stall ausgerutscht und habe sich das Bein ausgerenkt, hatte sie erstmals wieder Kontakt gesucht.

Dass jemand anderer für ihn würde sorgen müssen, ließ ihr Stolz nicht zu und so schickte sie erst meinen Vater und später mich mit einer Wochenration Essen zu ihm. Sie selbst sprach nie von ihm, auch nicht, als sie für ihn kochte. Sein Name fiel nie im Haus. Sein Essen stand jeden Mittwoch auf dem Küchentresen bereit. Das war alles.

Wenn ich einmal spät zurückkehrte, fragte sie mich nie, wo ich so lange gesteckt hatte, obwohl ich die Frage auf ihren Lippen brennen sah. Für mich traf sich das gut, besonders im letzten Jahr, als ich mich mit Orphee verabredete.

Orphee war auch gleich der zweite Grund, weshalb ich

Großvater ausfragte. Alle seine Geschichten handelten von ihm selbst. Die Spinne sitzt schließlich in der Mitte des Netzes. Aber die Randfiguren waren fast immer Leute aus seinem Dorf. Und Orphee, die sich, wenn es um ihre Verwandtschaft ging, ebenso schweigsam gebärdete wie der Rest meiner Umgebung, kam aus demselben Dorf. Ihre Großeltern tauchten manchmal in den Erzählungen meines Großvaters auf, und wenn das geschah, machte mein Herz einen Sprung. Es war, als würde ich Orphee selbst wie einer Figur aus einem meiner Lieblingsbücher begegnen, als würde sie plötzlich ein Teil der Geschichte und bliebe zugleich Orphee, meine Liebe, das Mädchen, das mir ihren Namen mit den Fingern in den Nacken schrieb, bis ich verrückt wurde.

Wir waren also das perfekte Team: mein Großvater die Spinne und ich seine willige Beute. Binde mich fest, wünschte ich, spinne mich ein, lass mich für einen Moment mich selbst vergessen, nimm mich mit in die Vergangenheit, die es nie wirklich gegeben hat und die du aus dem Stegreif erfindest, es ist mir einerlei, solange du nur zu mir sprichst, ohne etwas von mir zu wollen, ohne dass dir die Tränen in die Augen treten, wenn du mich siehst, wie das bei den anderen mitunter geschieht. Denn ich kann nirgendwo auftauchen, ohne ein Messer ins Herz derjenigen zu rammen, die ich mag, und ich bin es so leid, bin es müde, will, dass es aufhört, will, dass man mich gehen lässt.

Aber in letzter Zeit hapert es irgendwie. Auf den Schränken liegt immer mehr Staub. Die Töpfe werden nicht mehr abgewaschen und in der Ecke der Küche liegt ein Haufen leerer Suppendosen. Als wäre die Trauer auch hier eingesickert.

Mein Großvater ist ein Stück magerer geworden. Dumpfer auch, falls man das von einem Menschen so sagen kann. Er verwirrt sich in seinen eigenen Fäden. Es ist immer unklarer, ob er zu mir spricht oder zu einem der unsichtbaren Toten, die in der Küche zusammenströmen. Seine Sätze stocken mitunter, seine Bewegungen sind mühsam, als klebte er fest und als käme er nur mehr durch reine Willenskraft vorwärts.

Er sieht mich heute zwar, aber es dauert etwas, bis er mich anspricht.

»Draußen ist Schmuddelwetter. Du bringst Dreck mit herein.«

Ich schaue auf den mottenzerfressenen Teppich. Das Ding wurde seit Jahren nicht mal mehr abgefegt. Staub und Fettflecken sind mit dem Dreck vergangener Jahre zusammengepappt. Zwischen den Rissen in dem Schmutz kann man noch einige rote und blaue Formen erkennen: einen Arm, einen halben Kopf, eine Schlingpflanze, einen Eisvogel, einen Schwan, Stücke einer Erzählung, die sich nicht mehr zusammensetzen lässt, für immer bedeckt von einer schwarzen Schicht aus Füßen und Jahren.

»Na los. Zieh deine Schuhe aus und trockne dich am Feuer.«

Kurz darauf hat er mich beinahe vergessen. Mit Mühe hat er sich auf den Teppich gekniet und kratzt ein Stück Dreck mit einem kleinen Messer weg, das er immer in einer der Taschen seines Overalls mit sich trägt.

»Weißt du, wer das hier gewebt hat?«

Einen Augenblick denke ich, er hat sich endgültig in seine eigenen Gespinste verstrickt, aber dann sehe ich die Lichter in seinen Augen. Da ist er wieder, der Großvater, den ich kenne, versteckt in diesem alten Mann.

»Läuft da einfach so mit seinen Schmutzfüßen über unsere Erinnerungen hinweg. Weißt du denn nicht, dass dieser Teppich ein Teil des großen Teppichs ist, der einst das gesamte Dorf überschwemmte? Oder habe ich dir das schon erzählt?«

Ich spiele nicht sofort mit.

»Erinnerst du dich nicht mehr daran? Ich rede von der hübschen Philomena mit dem Webstuhl. Es ist eine lange Geschichte. Und eine dramatische.«

Ich habe nichts anderes erwartet.

»Eines Tages«, erzählt er mit der Begierigkeit der Einsamen, »kam Philomena Van Der Luchten aus dem Wald gerannt, als wäre ihr der Teufel auf den Fersen. Mein Vater sah sie als Erster, während sie über seinen Acker hastete. Er rief ihren Namen, aber sie schaute sich nicht um.

Philomena war nicht wie alle anderen Mädchen. Sie konnte weder rechnen noch schreiben. Die Schule war wie ein langer, böser Traum an ihr vorbeigezogen. Man sah sie manchmal auf dem Dorfplatz, wo sie stundenlang einen Schmetterling auf der Mauer anstarren konnte oder ein Fenster oder ein Blatt im Wind. Nur zwei Dinge vermochten sie zu fesseln: die Märchen, die ihr die Mutter noch jeden Abend vor dem Schlafengehen erzählte, und ein Webstuhl, den sie irgendwann von einer Tante bekommen hatte. Wie wenn es nichts wäre, verzauberte sie ein Häufchen Wolle in einen wundervollen Teppich mit den lieblichsten Blütenmotiven. Leider verlor sie schnell ihr Interesse und die Teppiche blieben halbfertig auf dem Webstuhl, bis ihre Mutter schließlich die Fäden aufknüpfte und die Wolle wieder aufwickelte für das nächste Mal.

Mein Vater war also nicht allzu beunruhigt, als er Philomena so rennen sah. Wahrscheinlich hatte eine Ratte oder ihr eigener Schatten sie erschreckt. Das würde schon wieder, dachte er. Aber er irrte sich.

Philomena rannte durchs Dorf, geradewegs in die Arme ihres Vaters, des Schmieds.

»Was ist geschehen, Meentje?«

Sie öffnete den Mund, aber die Worte blieben ihr im Hals stecken. Er ließ sie los und sie sank auf den Boden der Schmiede. Ihre Mutter kam herbeigerannt und die erschrockenen Eltern hoben ihre Tochter vorsichtig auf und legten sie auf ihr Bett.

Da blieb sie die nächsten Tage liegen und schaute mit großen, leeren Augen vor sich hin. Man fragte sie, was geschehen sei, was sie gesehen habe, aber sie sagte kein Wort.

Der Arzt, den man aus der Stadt hatte kommen lassen, wusste sich keinen Rat. Er wollte sie in eine Anstalt mitnehmen, aber ihre Mutter weigerte sich und so blieb Philomena in ihrem kleinen Zimmer, zwischen dem verwaisten Webstuhl und den Puppen auf der Kommode, die sie mit kalten Augen anstarrten.

Anfänglich mieden die Dorfbewohner den Wald, aber als keine neuen Geschichten von seltsamen Wesen auftauchten und keine anderen Mädchen in panischer Angst aus ihm herausgerannt kamen, verschwand ihre Vorsicht allmählich. Es lag nicht am Wald, beschlossen sie. Es lag an Philomena.

Der Sommer neigte sich dem Ende zu und der Herbst begann. Alles blieb beim Alten. Oder doch nicht. Denn Philomena wurde dicker und dicker, wie wenig sie auch aß. Ihr

Bauch wuchs mit jedem Tag. Ihre Mutter versuchte es noch zu verbergen, aber im Dorf konnte so etwas ebenso wenig geheim bleiben wie ein Riesenkürbis. Es war klar, dass Philomena im Wald sehr wohl etwas zugestoßen war.

Im Dorf spekulierte man, wer wohl der Vater des Kindes sei. Manche vermuteten, irgendein umherziehender Handelsreisender habe die Gutgläubigkeit des Mädchens missbraucht. Andere meinten, jemand aus dem Dorf selbst sei es gewesen. Aber wer?

An einem der ersten schönen Frühlingstage waren mein Vater und ich ins Dorf gekommen, um Saatgut einzukaufen, als plötzlich eine Frau schreiend durch die Straßen von Repelgem rannte. Es war Philomenas Mutter.

»Sie ist wieder da!«, rief sie. »Mein Kindchen ist wieder da!«

Natürlich mussten wir das Wunder mit eigenen Augen sehen. Das ganze Dorf folgte der Frau des Schmieds in ihr Haus, schob sich die Treppen hoch und kämpfte um einen Platz im Schlafzimmer Philomenas, die tatsächlich aus dem Bett gekommen war und jetzt, als wäre es die normalste Sache der Welt, zu weben begann.

Wir konnten ihren Händen kaum folgen, so schnell flogen sie hin und her. Die Spindel schoss durch die Fäden, die Wolle, die in Haufen um den Webstuhl lag, verschwand und so erstaunt waren wir von der Geschwindigkeit des Webens, dass wir nicht sofort merkten, was der Webstuhl da ausspuckte. Louise Ceupers war diejenige, die es als Erste sah.

»Es ist das Dorf!«

Tatsächlich. Auf dem Teppich konnte man die Bäckerei, das Haus des Bürgermeisters und die Pumpe mitten auf dem

Dorfplatz erkennen. Wir vergaßen das wundersame Weben des Mädchens, das wie ein Wirbelwind die Wolle in allen Farben durch ihre Hände gleiten ließ, und sahen die Schmiede und Philomenas Zimmer, in dem wir jetzt alle standen, mühelos aus dem Webstuhl hervorquellen. Die Fenster standen offen und eine jüngere und schlankere Philomena hatte sich über die Fensterbank gebeugt. Ihr blonder Pferdeschwanz baumelte herab, als sähe sie auf der Straße etwas, das ihre Aufmerksamkeit fesselte.

»Es ist ein Kerl«, flüsterte Louise.

»Wer?«, fragte Robert Van Houcke. »Kannst du sehen, wer es ist?«

»Nein«, sagte Louise. »Sein Hut verbirgt seine Visage.«

Der Schmied schob die Dorfbewohner weg und kniete sich neben den Teppich.

»Der maskierte Saukerl. Aber ich werde ihn finden!«

»Schaut«, sagte Louise, »da ist Philomena wieder.«

Der Teppich, der in Wellen auf dem Boden landete, zeigte jetzt die Umgebung des Dorfes an einem schönen Sommertag und mittendrin Philomena, die durch den Wald spazierte, am Arm einen Henkelkorb. Etwas später auf dem Teppich blieb sie stehen. Eine Hand zwischen den Baumstämmen lockte sie tiefer in den Wald hinein.

»Halt!«, rief Robert Van Houcke. »Es ist genug. Schaut nur, in welchem Zustand sie sich befindet! Seht ihr denn nicht, dass ihr die Hände bluten? Wir müssen das arme Ding zurückhalten, bevor sie sich vollkommen verausgabt.«

Die Mutter rieb sich ängstlich die Hände und schaute hilflos zu ihrem Mann.

»Lasst sie weben«, sagte der Schmied.

»Ich kann das nicht mit ansehen«, sagte Robert Van Houcke.

Niemand würdigte ihn eines Blickes, während er sich einen Weg durch die Menge bahnte und die Treppe hinunterging. Wir hatten nur Augen für den Teppich, der jetzt wieder ungestört aus dem Webstuhl gerollt kam.

Wir folgten dem Mädchen durch den Wald, der mal grün und dann wieder lila aufleuchtete, abhängig von der Wolle, die sie in die Finger bekam, aber wer störte sich an den unwirklichen Farben, wo es gerade so spannend wurde? Wir steckten schon tief im Wald und noch immer hatten wir bloß einen Schimmer von dem Mann erhascht: eine Hand, eine Ferse, die Falte seines Ärmels. Wie schnell sie auch webte, immer schien er unseren Blicken und denen von Philomena im Wald, die bisweilen zu zögern schien, zu entwischen. Manchmal blieb sie stehen, weil sich Brombeeren an ihren Röcken verhakten und sie auf den Weg zurückführten, fort vom dunklen Herzen des Waldes, aber dann tauchte wieder diese Männerhand auf, die ihr Bänder hinhielt oder eine Rose, sodass sie ihm weiter bis zu einer verfallenen Jagdhütte folgte.

War es dort geschehen? Wir beugten uns über den Teppich und folgten dem Mädchen hinein. Ungeduldige Hände zerrten an dem Teppich und wollten ihn aus dem Webstuhl ziehen, aber dann war die Wolle alle und das Mädchen griff ratlos um sich.

Was nun?

Dann sahen wir, wie der Schmied mit seinen großen, plumpen Händen die Überdecke auf dem Bett aufzog und Philomena den gekräuselten Faden ergriff.

»Das ist es!«, rief Louise. »Alte Strümpfe, Pullover, Bettdecken, Garn, Bänder, Seil: Bringt alles, was ihr entbehren könnt!«

Die Dorfleute stürmten die Treppe hinab. Zehn Minuten später webte Philomena schon weiter. Unter ihren Händen wuchsen die alten Pullover und schmutzigen Socken zu einer Geschichte in wilden Farben heran. In der Dunkelheit der gewebten Hütte war noch immer undeutlich, wer der Mann war, aber wohl sahen wir, wie das Mädchen die Hände vors Gesicht schlug, als hätte sie etwas gesehen, das sie nicht hätte sehen wollen oder dürfen.

Wir hielten den Atem an, als wir zwei Hände aus dem Dunkeln kommen sahen, die sich um ihren weißen Hals legten.

»Was jetzt wohl geschieht?«, flüsterte Louise.

Was für eine törichte Frage, dachte ich noch, denn es war Philomena selbst, die den Teppich webte, auf dem die großen Männerhände sie jetzt in die Schatten der Hütte hinabzerrten. Voller Spannung schaute ich zu, wie sie in der Dunkelheit verschwand und mindestens ein Meter lang nur schwarzer Teppich aus dem Webstuhl gerollt kam, mit Wolle, die nicht einen Funken Licht zuließ, sodass wir nach wie vor bloß mutmaßen konnten, was in der Hütte geschah. Die Leute aus dem Dorf murmelten. Hatten sie dafür ihr Zeug aufgetrennt, hatten sie dafür Vieh, Kinder und Mahlzeiten vergessen, um hier auf ein schwarzes Tuch zu starren?

In dem Moment kam Robert Van Houcke die Treppe heraufgerannt.

»Vinckes Stall steht offen«, rief er außer Atem. »Sein Vieh läuft durchs Dorf! Wir müssen es wieder zusammentreiben, bevor …«

Er wurde still, als er das schwarze Tuch sah.

»Ist das alles, was sie noch webt?«

Wir nickten.

»Los, kommt«, sagte Jeroom Vincke, »mein Vieh läuft frei herum. Wer hilft mir?«

Einige Männer rührten sich, hielten aber wieder inne, als Louise losschrie.

»Da!«

Das Schwarz verschwand. Ein dünner Lichtstrahl drang unter einem der Fensterläden in die Hütte und in der Dämmerung standen zwei Menschen, ein Mann und ein Mädchen, beide so nackt wie die ersten Menschen im Paradies. Das Mädchen stand am Fenster. Sie war es, die das Licht hereinließ. Der Schmied bedeckte seine nackte Tochter mit einer seiner großen, schwarzen Hände. Aber wir waren nicht an dem Mädchen interessiert, sondern schauten alle auf den Mann, der auf einem Strohballen lag. Wir sahen seine nackten Füße aus dem Webstuhl rollen und anschließend seine nackten Beine.

»Vincke, denk an dein Vieh. Wir haben keine Zeit für diesen Quatsch!«, rief Robert Van Houcke. Aber selbst Bauer Vincke zögerte, nachdem wir fast wussten, wer der Mann war.

»Ein schöner Mann«, sagte Louise, als seine Hüften und sein Brustkorb zum Vorschein kamen. Die Frauen murmelten zustimmend.

»Schweinkram«, sagte Eufrazie, die Magd des Pastors. »Erst recht für ein junges Mädchen!« Aber ihre Augen blickten gebannt auf den nackten Leib des geheimnisvollen Mannes und sie regte sich auf, als Robert Van Houcke sie beiseiteschob.

Der Schweiß troff ihm von der Stirn. Aber es gab nichts mehr zu sehen. Die Wolle war wiederum alle.

Als sie nichts mehr zu weben fand, griff das Mädchen in Panik um sich, sie kratzte die Farbe vom Fußboden und hörte erst auf, als sie ihre blonden Haarsträhnen spürte. Kurz darauf begann der Teppich wieder zu wachsen, feiner und glänzender als zuvor. Der Brustkorb des Mannes wuchs unter ihren Fingern, sein Hals kam herausgerollt. Noch etwas und da war sein Gesicht.

»Lügen«, sagte Robert Van Houcke, »alles nur Lügen!«, aber noch begieriger als die anderen schaute er zu, als der Kopf des Mannes auftauchte.

Es war kein Mann. Die Goldfäden, die seine Gesichtszüge formten, die seine feine Nase und blonden Haare zeichneten, machten es schon bald klar. Nachdem sein Hut heruntergefallen war, kam er in all seiner Herrlichkeit und Schönheit zum Vorschein. Er erhellte die ganze Hütte, das Stroh in der Nähe seines Kopfes entzündete sich, Flammen schossen aus seinen Augen und leckten an seinen Haaren. Blendend war er, ein Gott, ein Feuergott.

»Es ist die Sonne«, sagte Louise ein bisschen überflüssigerweise, denn jetzt sahen wir es alle. Es war die Sonne, die Philomena genommen hatte.

»Die Sonne?«, flüsterte der Schmied leise vor sich hin. Aber seine Frau war begeistert.

»Ich dachte mir schon, dass mein Mädchen sich nicht zu gemeinen Dingen hat verführen lassen«, sagte sie. »Es war die Sonne.«

»Seht euch Philomena an!«, rief Liske van der Weijden.

Jetzt erst sahen wir es. Sie hing mit dem Kopf an dem

Webstuhl fest, aber sie strahlte. So glücklich hatten wir sie noch nie gesehen.

»Kein Wunder. Mit der Sonne als Mann.«

»Davon müsste ich mich auch erst mal erholen.«

»Was für eine Niederkunft wird das werden!«

Robert Van Houcke, der die ganze Zeit in einer Zimmerecke vor sich hin gemurmelt hatte, bahnte sich jetzt einen Weg zum Webstuhl.

»Seid ihr alle verrückt geworden? Wer hat schon ein Kind von der Sonne?«

»Von wem sonst sollte sie dann eins haben?«, fragte meine Mutter leise.

»Von mir«, rief er, »es ist von mir! Ich habe es getan! Da, jetzt wisst ihr es!«

Er ließ sich auf den Boden fallen.

»Ich habe sie angelockt. Ich habe ihr verrückte Versprechungen gemacht. Ich habe ihr erzählt, ich wäre die Sonne und sie der Mond und wir würden zusammengehören, denn so stünde es in allen Büchern geschrieben. Ich habe sie mitgenommen zu der Hütte im Wald. Ich habe …« Er zeigte auf den Teppich.

Wir folgten seinem Finger und sahen dort den Gott in seiner ganzen Glorie erstrahlen. Die Frauen lachten.

»Armer Robert«, sagten sie. »Seht euch nur den Mann dort an. Seht diese Muskeln, diese Beine und sein … nun, es ist klar, dass du es nicht bist.«

»Aber ich bin es wohl«, rief Robert. »Wenn ich es euch sage! All die Monate des Schweigens waren die Hölle. Ich konnte sie nicht mehr sehen, nicht mehr sprechen. Als ich hörte, dass ein Kind unterwegs war, wusste ich nicht mehr, was tun. Und jetzt, jetzt reicht es. Ich kann nicht mehr schweigen. Ich bin der Vater.«

Philomenas Mutter kam auf ihn zu.

»In der Tat, es reicht jetzt, Robert. Geh weg. Meiner Tochter ist mit derlei Geschichten nicht gedient.«

Philomena hatte die ganze Zeit, die er im Zimmer war, nicht einmal zu ihm aufgeschaut. Ihr Vater schnitt sie los, und jetzt, fast eine Fremde mit ihren kurzen Haaren, stand sie auf und ging durchs Zimmer. Wie von selbst machten wir ihr Platz.

Sie bettete sich auf den Teppich, streichelte ihn, drückte ihre Lippen auf die des strahlenden Gottes.

»Sieh doch nur, Robert, und hör auf mit dem Unsinn«, sagte Liske. »Der Teppich lügt nicht.«

Nein, der Teppich lügt nicht. Es ist klar, dass der Hof immer schmutziger wird. Verfällt. Es sich hier kaum noch leben lässt. Und das meinem Großvater egal ist.

DIE ART, WIE SICH DIE TÜREN von Intercityzügen öffnen, ist ein kleines Wunder. Die beiden Türhälften schieben sich zwanzig Zentimeter vor und falten sich dann langsam und elegant wie Vogelschwingen vor die Flanken des Zuges. Die Reisenden merken nichts von diesem elektronischen Ballett. Sie drängeln schon, bevor die Türen aufgehen, die meisten von ihnen mit Zigarette und Feuerzeug im Anschlag, um nur keine Sekunde ihrer Rauchzeit zu verlieren. Meine Mutter raucht auch wieder, aber ihr Widerwille in Bezug auf Körperkontakt mit Fremden zwingt sie, sitzen zu bleiben, bis sich der Großteil der Meute über die Bahnsteige ergossen hat.

Es ist einer dieser Abende, die einen glauben lassen, der Sommer wäre wohl schon im Anmarsch. Wenn meine Mutter durch die Allee ins Zentrum geht, hängen Amseln wie schwarze Äpfel in den Bäumen und zwitschern ihr zu. Die Stadt ist aus dem Winterschlaf erwacht. Hier und da sieht man sogar Leute lächeln. Es ist das Wunder des Frühlings.

Sie betritt ein Lokal der Art, die eine Frau auch alleine betreten kann, ohne von den Gästen am Tresen angegafft zu werden. Es ist ein Ort, wo man eine Zeitung lesen oder kurz vom Shoppen verschnaufen kann.

Sie setzt sich an einen Tisch und bestellt einen weißen Martini. Es sitzen nur wenige Leute da und die sind mit sich und ihren Pfannkuchen essenden Kleinen voll ausgelastet. Meine Mutter trinkt, stellt dann ihr Glas auf einen Bierdeckel ab und schiebt das Glas mit dem Teelicht in die Tischmitte. Warten ist nie ihre Stärke gewesen. Sie ist nicht gern allein.

Sie will Menschen um sich, Stimmen oder Lärm. Wenn bei ihr nicht das Radio läuft, dann stattdessen der Fernseher oder irgendeine CD mit Musik aus ihrer Jugend.

Sie dreht ihr Glas und die Olive kullert den Rand entlang. Solange sie weiterdreht, saust die Olive fröhlich umher, aber sobald sie das Glas wieder abstellt, verliert diese an Geschwindigkeit und sinkt traurig zu Boden. Ein Mann am Tisch neben ihr beobachtet sie. Seine Augen schweifen immer wieder von seiner Zeitung weg. Sie bemerkt es; ich sehe es daran, wie sie etwas zu lässig von ihrem Martini nippt und dann in ihrer Handtasche kramt.

Der Mann trinkt in einem Zug sein Bier aus. Trinkt er sich gerade Mut an? Er ist ein gut aussehender Typ. Alt natürlich, über dreißig, schätze ich, aber gepflegt, in Leinenanzug und blütenweißem Hemd. Mit dem kurzen Haar und der etwas zu großen Nase ähnelt er etwas meinem Vater.

Wie haben sich meine Eltern kennengelernt? Ich habe nicht den leisesten Schimmer. Über ihre Jugend reden sie nie. Als wären sie schon als Eltern zur Welt gekommen. Aber irgendwo müssen sie sich doch auch zum ersten Mal begegnet sein? Vielleicht kam meine Mutter allein in ein Lokal spaziert und mein Vater saß da mit der Zeitung, im einen Moment noch in eine politische Krise vertieft, im nächsten schon in den Augen meiner Mutter versunken.

Der Mann hat seine Zeitung hingelegt und schaut ab und zu in ihre Richtung. Er sucht ihren Blick. Meine Mutter schaut sich in dem Lokal um, scheinbar an ihren Mitmenschen interessiert, und ganz, ganz zufällig kreuzen sich ihre Blicke. Der Mann nickt. Meine Mutter lächelt kurz. Es ist kein Komm-her-Lächeln, so schlau ist sie schon. Es ist das Lächeln, das sie bereithält, wenn ein behindertes Kind sie am Ärmel zieht oder sie plötzlich zusammen mit einem lallenden Trunkenbold im Bus sitzt. Freundlich, aber distanziert. Dieses Lächeln genügt vorläufig. Mehr bekommt er nicht. Meine Mutter nippt noch einmal an ihrem Martini. Sie tippt mit ihrem Ehering gegen das Glas. Hat er den gesehen? Wenn ja, dann schreckt es ihn nicht ab, denn er starrt sie nach wie vor an.

Dann springt meine Mutter lächelnd auf. Der Mann, verwundert, erhebt sich ebenfalls. Merkt dann, dass meine Mutter nicht ihm zulächelt, sondern einer Frau, die gerade das Lokal betritt.

»Ich bin zu spät, ich weiß. Entschuldige bitte vielmals.«

»Ist nicht schlimm, Melinda, ich habe mich nicht gelangweilt«, sagt meine Mutter.

Melinda winkt den Kellner herbei.

»Ich will Alkohol, und zwar schnell. Nach diesem Tag ist das das Einzige, wonach ich mich noch sehne. Willst du noch was?« Meine Mutter nickt, und noch bevor die Getränke kommen, legt Melinda los. Sie erzählt von ihrem Tag, »regelrecht höllisch«, von ihrem tyrannischen Chef, der seine sexuellen Frustrationen zunehmend an seinem Personal auslässt, »was ich ihm noch verzeihen könnte, aber sein nach Kaffee stinkender Atem, das geht mir zu weit«, von den eigenartigen Nachrichten, die sie in letzter Zeit erhält, »aber ich vermute schon, von wem die kommen, und wenn er denkt, er bekäme mich damit zurück, dann ist er noch dümmer als zu der Zeit, als ich ihn in die Wüste geschickt habe«, und davon, wie ihr eine Nachbarin auf der Straße erzählte, sie dürfe ruhig auch ein paar Kilo verlieren, »und wenn das nicht die Krönung dieses Tages ist, dann weiß ich es auch nicht mehr.«

Meine Mutter wartet auf eine Flaute im Wortstrom, um sich irgendwie ins Gespräch zu zwängen, aber Melinda lässt sich nicht so leicht unterbrechen. Erst als der Mann am anderen Tisch aufsteht, seine Zeitung in die Tasche steckt und meiner Mutter noch kurz freundlich zunickt, ehe er an der Bar seine Rechnung begleicht, schweigt Melinda.

»Wer ist das?«

»Keine Ahnung«, sagt meine Mutter, die Unschuld selbst.

»Komm schon, Eva, gib's zu!«

»Da gibt es nichts zuzugeben.«

»Du stilles Wasser«, sagt Melinda. »Mir war ja klar, dass diese Heiligkeit gespielt war. Wie lange seid ihr jetzt schon zusammen, Willem und du? Achtzehn Jahre? Und wir sollen glauben, du hättest noch nie einen kleinen Seitensprung gemacht?«

Sie schauen dem Mann hinterher, als der zur Tür hinausspaziert.

»Einen guten Geschmack kann man dir nicht absprechen. Ich hätte sie auch gern wieder etwas jünger. Nicht so jung, dass sie noch nicht wissen, was sie tun, aber wiederum auch nicht so alt, dass ihnen zu schnell die Puste ausgeht.«

»Ich schwöre dir«, sagt meine Mutter lachend, »dass ich den Mann noch nie vorher gesehen habe. Er saß einfach am Tisch nebenan.«

»Wie schön. Ich darf mich bei Tanzkursen anmelden und mir auf der Suche nach etwas Appetitlichem im Internet Hobbys ausdenken und Madame sitzt kaum eine Viertelstunde im Lokal und landet gleich einen Treffer. Was ist dein Geheimnis?«

»Ich bin nicht verzweifelt.«

»Ich schon. Macht es dir etwas aus, wenn ich ihm hinterhergehe?«

»Geh. Lauf!«

Sie bleiben sitzen.

»Mal im Ernst: Bereust du es nie? All die Jahre der Treue? Immer derselbe Kerl in deinem Bett? Nie ein Stück frisches Fleisch? Niemals ein anderer Griff, andere Lippen auf der Haut?«

»Nein«, sagt meine Mutter.

»Wie schön für dich«, sagt Melinda. »Und wie schön für uns, dass es noch Hoffnung gibt und so was wie eine perfekte Beziehung.«

Meine Mutter schaut in ihr Martiniglas, wo die Olive ihren Glanz verloren hat.

»Ich will weg«, sagt sie.

»Wir sind doch gerade erst hier. Wohin willst du?«

»Nein, nicht weg von hier. Weg von Willem. Ich will mich scheiden lassen.«

»Was?«

Meine Mutter fischt die Olive heraus, zögert einen Moment und wirft sie dann in ihr Glas zurück.

»Möchtest du noch was trinken?«, fragt sie.

»Nachdem du so eine Bombe hast platzen lassen? Ja, dann möchte ich noch was trinken! Was sagt Willem dazu?«

»Der weiß es noch nicht. Noch einen Weißwein?« Sie steht auf und geht zum Tresen. Während sie auf die Getränke wartet, lächelt sie einer total überraschten Melinda im Spiegel zu. Sie flirtet mit dem Kellner. So als wäre alles in Butter. Als plante sie nicht, einen Schlussstrich unter einer achtzehnjährigen Ehe zu ziehen.

»Ich verstehe das nicht«, sagt Melinda, als meine Mutter mit neuen Gläsern zurückkommt. »Ist etwas passiert? Hat er …«

»Hat er was?«

»Eine andere?«

»Nicht dass ich wüsste.«

»Hast du jemand anderen?«

»Nein.«

»Das heißt, jemand anderen gibt es nicht«, sagt Melinda.

»Nein«, sagt meine Mutter. »Er betrügt mich nicht, er schlägt mich nicht, er trinkt nicht, oder doch nicht in dem Ausmaß, dass es problematisch wäre, er mag mich immer noch gern, er tut alles, was ein guter Mann tun muss.«

»Was ist es dann?«, fragt Melinda.

»Ich liebe ihn nicht.«

»Ach, hör auf!«, sagt Melinda. »Wir alle wissen, wie verrückt du nach ihm bist. Du steckst in einer schwierigen Phase und da musst du durch, das ist alles. Du darfst nur keine dummen Sachen machen. Ihr beide braucht euch gegenseitig, jetzt mehr denn je.«

»Ich denke nicht, dass ich ihn jemals geliebt habe«, sagt meine Mutter kühl und nippt vorsichtig an ihrem Glas.

»Eva, ich bin deine beste Freundin. Wir kennen uns jetzt schon länger, als ich zugeben mag. Ich tue alles für dich, das weißt du: Wenn du Geld brauchst oder eine Niere, du brauchst mich nur zu fragen. Und ich sage dir als deine beste Freundin: Du laberst. Du bist die letzten Monate nicht klar, das weißt du selbst. Fälle bitte keine drastischen Entscheidungen. Warte, bis du dich wieder etwas erholt hast. Willem hat dich furchtbar gern und du ihn. Dich jetzt von ihm zu trennen wäre das Dümmste, was du tun kannst.«

»Weißt du, warum ich ihn geheiratet habe?«

»Weil er großartig im Bett war«, sagt Melinda.

»Das war nicht der Grund«, sagt meine Mutter.

»Nein? Du hast es mir damals doch in den schillerndsten Farben ausgemalt!«

»Er schwieg. Darin lag sein großer Charme.«

»Ich kann dir nicht folgen, Eva.«

»Du weißt doch, woher ich komme. Du kennst meinen Vater. Immer nur Wortwolken, bis du verrückt wirst.«

»Ich bin deinem Vater nur einmal begegnet und da war er sehr freundlich.«

»Ach, das bezweifle ich nicht. Solange man ihm zuhört, ist er die Freundlichkeit selbst. Aber ich war das Zuhören leid. Der Mann ist talentiert, das lässt sich nicht leugnen. Die Art, wie jemand dir die Hand gibt oder bloß seinen Hut trägt, genügt ihm, um dir das ganze Leben dieses Menschen zu erzählen. Gib ihm ein Sandkorn und er erfindet ein Schloss, zeig ihm eine Wimper und er erzählt dir eine Familiensaga. Er sieht die sieben Weltwunder in einem Tautropfen. Was er dagegen nicht sieht, ist die Arbeit, die sich vor seiner Nase auftürmt.

Das alles war gut und schön, solange ich jung war, ein Kind, das es nicht besser wusste, das an seinen Lippen hing und seine Märchen schluckte. Und selbst damals schon mochte ich nicht alle Geschichten und lag abends aus Angst vor dem, was im Dunkeln auf mich lauerte, zitternd in meinem Bett. Und Märchen wird man schnell leid, wenn man ganz allein den gesamten Hof in Schuss halten soll. Als ich ungefähr zwölf war, konnte ich seine Spinnereien nicht mehr hören. Ich hatte keine Zeit mehr dafür, denn die meiste Arbeit lag auf meinen Schultern. Die Kühe blieben halb gemolken, weil er loszog, um meine Mutter zu suchen. Und weil er sie abends in der Kneipe dann immer noch nicht gefunden hatte, war er nur mehr Tränen und Selbstmitleid. Ich dachte, ich wäre dem entkommen, als ich Willem kennenlernte. Der hatte keine Zeit für Unsinn. Er war der unromantischste Mann, den man sich erträumen kann. Ach, ich wusste sofort, dass er der Richtige war. Er konnte mir genau erzählen, was er an mir anziehend fand. Nicht die Spiegelung des Mondes in meinen Augen, sondern meine … nun, ist jetzt nicht so wichtig.

Jedenfalls war ich von den Geschichten meines Vaters erlöst. Die werden immer wilder, wenn ich seinen Nachbarn glauben darf. Er wird allmählich altersdement und denkt sich aus, woran er sich nicht mehr erinnert.

Willem ist das andere Extrem. Der große Schweiger. Aber jetzt sehne ich mich danach, dass er spricht, und das will er nicht. Seiner Meinung nach verschlimmert Reden alles nur noch. Reden habe nur dann Sinn, wenn man etwas an der Situation ändern kann. Wenn nicht, könne man auch besser schweigen und sein Leben fortsetzen.«

»Vielleicht hat er recht.«

Meine Mutter reibt über ihren Zeigefinger, der gelb von Nikotin ist.

»Ich werde verrückt in diesem Haus«, sagt sie. »Die Stille erstickt mich. Die Decke fällt mir auf den Kopf. Und ich kann mit niemandem drüber reden.«

»Du kannst mich jederzeit anrufen«, sagt Melinda. »Tag und Nacht.«

Meine Mutter ergreift Melindas Hand.

»Das ist lieb von dir«, sagt sie. »Aber du verstehst es nicht.

Du kannst es nicht verstehen, bis es dir zustößt, und das wünsche ich dir nicht.«

»Versuch es trotzdem«, sagt Melinda.

Meine Mutter lächelt matt.

»Weißt du«, sagt sie, »das hier«, und sie deutet mit dem Arm über den Tisch, »dieses Lokal, diese Leute … das ist nichts. Sie existieren nicht. Sie bedeuten nichts. Meine Arbeit bedeutet nichts. Es ist eine Zerstreuung, mehr nicht. Manchmal schaue ich von meinem Bildschirm hoch und dann weiß ich, dass es keinen Sinn hat, dass nichts Sinn hat. Ich schaue aus dem Fenster, sehe Bäume, Dächer, Radfahrer. Sie sind wie Papier so durchsichtig. Ich sehe das Schwarze hinter der Sonne, Melinda, ich sehe die Fäulnis hinter der Fassade.«

»Und ich«, sagt Melinda. »Existiere ich noch? Bin ich echt?«

»Du denkst, ich stelle mich an. Du denkst, ich hätte mich nach all den Monaten wieder fangen müssen. Schließlich bin ich nicht die Einzige, der so etwas widerfährt. Willem hat dem offenbar einen Platz geben können. So viele Leute machen das durch und die schreien nicht irgendwas von schwarzen Löchern.«

»Ich sage nichts, Eva, ich höre zu.«

»Wenn ich Thomas loslasse, dann … Ich habe es versucht, aber es geht nicht. Wenn ich loslasse, dann falle ich, dann verschwinde ich in einem dicken, schwarzen Meer. Tausend Meter und tiefer falle ich und der Druck nimmt zu, ich bekomme keine Luft mehr. Öffne ich den Mund, dann schwappt mir dickes, schwarzes Wasser in den Hals, ich ersticke, ich werde zerschmettert. Er ist mein Atem. Ohne ihn sterbe ich.«

Sie trinkt ihr Glas in einem Zug leer.

»Vielleicht hat Willem ja recht und es hilft einen Dreck,

über alles zu reden. Denn Worte können genauso gut etwas verbergen wie enthüllen. Ich könnte dir in tausend Jahren nicht erklären, was diese Verzweiflung ist, die auf mich lauert, dieses Dunkel, das mich aufsaugen will. Worte sind Lügen. Sie spiegeln uns vor, dass wir uns gegenseitig verstehen.«

Sie schnippt mit den Fingern.

»Wir sprechen alle unsere eigene Sprache, wir zwängen uns in Worte, versuchen, uns dem anderen zu übersetzen, aber in der Übersetzung verlieren wir uns. Verstehst du das? Nein, natürlich nicht.«

Sie steht auf. »Ich will noch ein Glas.«

»Ich gehe schon.«

»Entschuldige, Melinda. Das hier ist nicht der fröhliche Ausgehabend, den du erwartet hast.«

»Glaubst du, für mich müsste es immer nett und fröhlich zugehen? Was für eine Freundin wäre ich dann?« Aber unwillkürlich schaut sie auf die Uhr über dem Tresen.

»Ich bin keine gute Gesellschaft. Auch nicht für Willem. Er ist besser dran ohne mich. Ohne mich kann er anfangen zu vergessen.«

»GEH WEG!«, schreit sie.

Aber wie kann ich weggehen, wenn sie mich gerufen hat?

»Ich will dich nie mehr sehen. Ich will, dass du mich in Ruhe lässt!« Orphee lässt sich aufs Bett fallen und verbirgt ihr Gesicht in den Kissen.

»Ich will dich aus meinem Leben haben, Thomas. Ich habe alles, was mich an dich erinnert, verbrannt. Vernichtet. Aber es ist nicht genug. Du steckst noch immer in mir und das will ich nicht mehr. Es tut zu weh. Kannst du nicht einfach gehen? Ich will, dass der Schmerz aufhört.«

Es dauert eine Weile, bis sie sich aufsetzt und sich die Tränen aus den Augen reibt.

»Du hast es versprochen, weißt du noch? Du hast mir versprochen, wir würden immer zusammen sein. Du Lügner!« Sie will mir ein Kissen an den Kopf werfen. Es trifft die Wand.

»Weißt du noch?«, sagt sie. Als ob ich es vergessen könnte. Ich kann es nur vergessen, wenn sie es vergessen kann, und ich denke, das kann sie nicht, obwohl sie es will. Es war zu tief. Es war, um einmal ein Klischee zu bemühen, einer der schönsten Tage meines Lebens. War es das auch für sie? Will sie das aus ihrem Gedächtnis löschen? Was bleibt dann noch von uns, von ihr übrig?

Nach der Kirmes durfte sie nicht mehr vor die Tür. Veronique war ohne Orphee auf dem Bahnhofsplatz erschienen, Orphees Vater hatte sie ausgefragt und wusste, dass sie mit einem Jungen verschwunden war. Veronique, die hätte sagen können, dass ich in ihre Klasse ging und nicht unbedingt als Crackdealer oder Massenmörder gehandelt wurde, zog es vor zu schweigen. Als Orphee etwas später angelaufen kam und zugab, dass sie nicht einmal meinen Namen kannte, war das Maß für ihren Vater voll. Orphees Internetzeit wurde gestrichen und ihr Telefonguthaben eingeschränkt. Sie durfte und würde mich nie mehr sehen.

Ich muss dem Mann ewig dankbar sein. Denn wer weiß, ob Orphee wirklich vorhatte, mich wiederzusehen, und ob ich es nicht allein seinem Verbot verdanke, dass sie so freundlich war, als ich am nächsten Tag anrief?

Telefonieren war gefährlich, aber bei aller Kontrolle der modernen Kommunikationsmittel hatten ihre Eltern die altmodischen Briefe übersehen. Orphee steckte ihre auf dem Schulweg in den Kasten und ich schickte meine an Veronique, die diese verbotene Liebe zu spannend fand, um sich nicht als Randfigur in unsere Geschichte einzuklinken. Es war nicht wirklich eine verbotene Liebe, denn meine Eltern hätten keine Einwände gegen Orphee gehabt und ihre Eltern kannten mich nicht mal, das heißt: Wie sollten sie etwas gegen mich haben? Aber wir spürten beide, dass uns das etwas Besonderes gab, und vielleicht war es auch so. Denn in Briefen konnte ich so viel mehr sagen, als ich mich am Telefon je getraut hätte. Endlich hatte ich eine Leserin gefunden.

Wir sahen uns immer nur unter der Woche; kurze, gestohlene Augenblicke, bevor sie zum Bus nach Repelgem musste, und selbst diese flüchtigen Augenblicke waren gefährlich. Zu viele Leute kannten sie in dem Dorf, in dem ihre Eltern eine Bäckerei besaßen. Wenn sich nur irgendwer verplapperte, würde sie wieder bestraft werden. Einen Sonntagnachmittag gelang es uns, zusammen ins Kino zu gehen, mit Veronique als fünftes Rad am Wagen. Mehr war nicht drin. So konnte es nicht weitergehen. Es wurde Zeit, dass sich der Ritter etwas einfallen ließ, bevor die Prinzessin in einen hundertjährigen Schlaf sank und ihn vergaß.

Am nächsten Mittwoch war ich früher als sonst bei meinem Großvater.

»Du bist so früh.«

»Und auch schon wieder weg.«

»Wo brennt's denn?«, fragte er.

»Mein Herz«, sagte ich und er konnte darüber lachen.

Zehn Minuten später befand ich mich in der Bäckerei von Repelgem. Orphee und ihre Mutter standen hinter dem Verkaufstresen. Orphee hob den Kopf, als die Schelle ging, drehte ihn aber sogleich weg, nachdem sie sah, wer den Laden betrat. Ich spürte, wie ich rot wurde. Das hier würde nie klappen. Vieles an meinem Plan konnte scheitern, und wenn es das tat, dann aber auch richtig. Aber ich wollte Orphee nicht enttäuschen. Also trat ich näher. Übte lautlos meine Sätze. Stotterte dennoch, als ich an die Reihe kam und ihre Mutter mich fragte, womit sie mir dienen könne.

»Indem Sie ihre Tochter regelrecht in meine perversen Träume schubsen.« Das sagte ich nicht. Ich sagte, ich wollte eine Bestellung für ein Heim in einem nahe gelegenen Dorf aufgeben. Es gäbe jedoch ein Problem. Ich hätte keine Taschen an meinem Fahrrad. Lieferten sie auch aus?

»Nur, wenn es eine große Bestellung ist«, sagte Orphees Mutter.

Das hatten wir vorhergesehen. Auf meiner Liste standen zwanzig Baguettes, eine Tüte Sandwiches und vier Kuchen. Sie ging zu einer Tür, die wahrscheinlich in die Backstube führte.

»Roger, hast du Zeit, heute Nachmittag etwas auszuliefern?«

Das war die Schwachstelle in unserem Plan. An ihrem Vater hatte ich nichts.

»Es müsste aber so zwischen vier und fünf Uhr sein, hören Sie?«

Gemurmel aus der Backstube. Anscheinend keine gute Zeit. Nein, das würde nicht gehen, meinte Orphees Mutter.

Ich zuckte mit den Schultern. »Tja, schade«, sagte ich. »Gibt es vielleicht sonst noch einen Bäcker in der Nähe?«

Orphee hatte mich gut gebrieft. Das waren die magischen Worte. Es gab tatsächlich noch einen zweiten Bäcker im Dorf, aber Orphees Mutter wäre lieber tot umgefallen, als mich der Konkurrenz in die Arme zu treiben.

»Orphee?«

»Ja«, sagte Orphee, die fleischgewordene Unschuld.

»Kannst du nach vier Uhr die Bestellung nach Deemstervelde bringen?«

Orphee warf mir einen galligen Blick zu – als dem Sklaventreiber, der sie kilometerweit auf dem Fahrrad herumscheuchte.

»Hier ist die Adresse«, sagte ich. Mit einem Teil des Geldes, das ich aus dem Portemonnaie meiner Mutter »geliehen« hatte, bezahlte ich meine Bestellung.

Ich radelte zum Wald. Mir stand noch eine Menge Arbeit bevor.

Um Punkt vier Uhr erwartete ich sie ungeduldig am Waldrand. Wir hatten nicht viel Zeit. Sie konnte nicht Stunden später nach Hause kommen, obwohl sie vorhatte, einen Platten als Ausrede zu bemühen. Als ich Orphee nach zwanzig Minuten Warten immer noch nicht sah, wurde ich unruhig. Auf der Straße war selten viel Verkehr, aber gerade das machte es so gefährlich. Jeder Autofahrer meinte, er könnte hier ungeniert Gas geben. Ich versuchte, die Bilder von Orphee, irgendwo am Straßenrand, das Fahrrad ein Haufen verbogenes Metall und sie selbst verletzt oder noch Schlimmeres, von mir wegzuschieben.

Endlich, als ich gerade beschlossen hatte, ihr entgegenzufahren, kam sie um die Kurve geradelt. Die Kartons mit den Kuchen wackelten auf ihrem Gepäckträger.

»Was mache ich jetzt mit dem Zeug?«, fragte sie, während sie ihr Rad an einen Baum stellte.

»Das hole ich nachher ab.«

»Nachher?«

»Ja«, sagte ich, »nachher. Jetzt haben wir Wichtigeres zu tun.«

Ich holte einen Streifen Stoff aus meiner Gesäßtasche.

»Ist das ein Schal, Thomas? Falls es dir noch nicht aufgefallen sein sollte: Es ist warm.«

»Das ist eine Augenbinde.«

Sie zögerte.

»Was soll ich damit?«

»Was ist?«, fragte ich. »Vertraust du mir nicht?«

»Nicht die Bohne«, erwiderte sie lachend.

Ich habe wohl sehr belämmert geguckt, denn sie musste lachen.

»Was hast du mit mir vor?« Sie band sich das Tuch vor die Augen.

»Haben deine Eltern dir nie von dem Monster von Repelgem erzählt, das unschuldige Mädchen in den Wald lockt?«

Ich kontrollierte, ob die Binde auch fest saß.

»Und niemand weiß, was sie dort erwartet.«

»Ich kann dir sagen, was dich erwartet, wenn ich gleich über eine Baumwurzel stolpere und voll auf die Nase falle.«

»Gib mir deine Hand«, sagte ich. »Vorsichtig. Sehr gut. Du machst das gut.«

»Ich komme mir so was von idiotisch vor«, sagte sie. »Hoffentlich lohnt es sich wenigstens.«

Ich nahm sie mit, tiefer in den Wald hinein, bis wir zu der Lichtung kamen.

»Jetzt darfst du die Augen aufmachen.«

Sie riss sich die Binde ab.

Ich hatte Angst, sie würde es kindisch finden. Aber sie sagte nichts, sondern drückte meine Hand nur etwas fester.

»Ihr Tisch ist bereitet, Madame.«

Einen Tisch hatte ich zwar nicht in den Wald mitgeschleppt, aber sonst hatte ich mir alle Mühe gegeben. Im Schatten zwischen den Bäumen hingen Lampions in sämtlichen Farben. In der Mitte der Lichtung ausgebreitet lag eine Decke, darauf ein großer Leuchter, Teller und Gläser, Chips, verschiedene Sorten Käse und ein Kühler mit einer Flasche Weißwein.

»Ach, warte, ich habe noch etwas vergessen«, sagte ich und ließ ihre Hand los. Ich hatte kleine Boxen an meinen iPod angeschlossen und kurz darauf füllte die rauchige Stimme von Nina Simone den Wald.

»Birds flying high, you know how I feel,
Sun in the sky, you know how I feel
Breeze drifting on by, you know how I feel
It's a new dawn, it's a new day, it's a new life for me
And I'm feeling good.«

Ich mochte die Muse-Version lieber, aber das hier war ihr Tag. Unser Tag.

Ich schaute sie an. Die ganze Woche über hatte ich das hier vorbereitet und mich auf ihre Reaktion gefreut. Ich hatte auf einige leise Schreie gehofft, vielleicht einen Freudentanz, vielleicht einen Kuss. Als kleiner Pessimist, der ich war, hatte ich versucht, mich gegen eine mögliche Enttäuschung zu wappnen, aber was ich nicht erwartet hatte, war, dass sie gar nichts sagen würde.

Ich wollte keine Reaktion erzwingen und huschte weg zu unseren Fahrrädern. Als ich mit den Baguettes und dem Kuchen wiederkam, stand sie immer noch auf derselben Stelle.

»Nicht gut?«, fragte ich.

Sie nickte nur. Es war eigenartig. In den Briefen war es so einfach gewesen zu sagen, was wir dachten und fühlten. Ich hatte schlicht und einfach unterstellt, dass alles viel leichter sein würde, wenn wir uns wiedersähen, aber als ich sie so dastehen sah, nicht mehr ganz die Orphee meiner Fantasie, fühlte es sich an, als wären wir Fremde füreinander. Ich hatte mittags zum ersten Mal ihre Eltern gesehen und das Geschäft, in dem sie offenbar jeden Mittwoch für alle zur Schau stand. Die Ladentochter war für mich nur schwer mit der wilden Orphee von der Kirmes zu vereinen. Und wer war das Mädchen, mit dem ich jetzt hier im Wald stand? Ich wusste es nicht.

»Kuchen?«, fragte ich bloß. Ich hatte zwar die Kulisse für den Nachmittag vorbereitet, aber nicht den Inhalt, und wusste nicht mehr, wie weiter. Zwar hatte ich mir einige Szenarien zusammenfantasiert, aber die hatten nicht viel mit Kuchen zu tun, sondern mehr mit unseren nackten Leibern, die sich über die Decke wälzten. Ein Szenario, das mir mit jedem Zögern Orphees immer unwahrscheinlicher vorkam.

Nein, sie wollte keinen Kuchen. Na ja, das war zu verstehen. Nach all den Jahren in einer Bäckerei konnte sie wahrscheinlich keinen Kuchen mehr sehen.

»Wein?«

Ich hatte lange gezweifelt, ob ich die Flaschen mitnehmen sollte. Ich fand, Wein passte zu einem schicken Picknick im Wald, aber würde sie nicht denken, ich hätte schnöde Pläne und wollte sie betrunken machen? Nun, diese Pläne hatte ich gehabt.

Nein, sie wollte auch keinen Wein.

»Thomas«, sagte sie. Mehr nicht. Allein schon durch die Art und Weise, wie sie meinen Namen aussprach, wusste ich, dass sie keine guten Nachrichten für mich hatte.

»Es ist nicht richtig«, sagte sie. »Ich sollte hier nicht sein. Ich muss weg.«

»Aber du bist doch gerade erst hier! Habe ich etwas falsch gemacht?«

Was hatte ich alles gesagt? War der kleine Scherz mit dem Monster von Repelgem zu viel gewesen? Hatte sie Angst bekommen?

»Orphee? Sind es deine Eltern? Findest du es schlimm, dass du sie belogen hast?«

»Das auch.« Sie war schon bei den dunklen Bäumen.

Ich verstand es nicht. Sie konnte nicht einfach so gehen, ohne irgendeine Erklärung! Ich muss idiotisch ausgesehen haben, als ich mit einem Kuchen in der Hand hinter ihr herrannte.

»Orphee, es tut mir leid, wenn ich dich irgendwie verletzt habe. Ich will dir nicht wehtun, dafür …« Dafür habe ich dich viel zu gern, hätte ich fast gesagt, aber zum Glück konnte ich die Worte noch zurückhalten, bevor sie meinem Mund entwischten.

»Es hat nichts mit dir zu tun«, sagte sie, »es liegt an mir.«

Wenn sie dachte, dass mich das trösten würde, dann dachte sie falsch. Wenn es an mir lag, dann konnte ich wenigstens etwas daran ändern.

»Schau, ich werde dich nicht … küssen oder so, falls du davor Angst hast. Ich fände es einfach schön, wenn du noch etwas bleiben würdest.«

»Warum?«

Warum? Weil ich sie anfassen wollte. Weil ich sie kennenlernen wollte. Weil ich sofort verloren gewesen war nach jenem ersten Tag auf der Kirmes, so sehr, dass sie mir nicht mehr aus dem Kopf ging und ich die ganze Zeit vor mich hin träumte, weil ich ihr hoffnungslos erlegen war und kaum die Kraft hatte, mich wieder aufzurappeln. Weil ich in ihrer Nähe sein wollte, auch wenn sie das nicht wollte.

Ich verstand es nicht. Bei unserer vorherigen Verabredung war sie ganz anders gewesen. Sie hatte gelacht. Sie hatte es nicht schlimm gefunden, dass meine Hand im Dunkeln des Kinos zufällig ihre Haare, ihren Hals und schließlich ihre Brüste berührte. War ich damals zu schnell vorgegangen? Zu langsam? Hatte sie es sich überlegt? Gab es jemand anderen?

Aber warum hatte sie sich dann mit mir verabredet? War das hier irgend so eine Mädchenlaune, von der ich dummer Junge keine Ahnung hatte?

»Um etwas zu reden«, sagte ich.

Sie zögerte.

»Nur fünf Minuten! Ist das zu viel verlangt?«

»Ich weiß nicht, Thomas.«

»Ach, komm. Dieser Nachmittag hat mich viel Mühe gekostet. Du wirst mich doch nicht mit vier Kuchen allein lassen?«

Sie lächelte.

»Gut, aber nur kurz«, sagte sie. »Obwohl ich es besser nicht tun sollte.«

Sie folgte mir zurück zur Lichtung. Und da saßen wir dann, mitten in einem Wald voller Lampions.

Was sagt man einer, der man Briefe voller Unsinn und Sehnsüchte geschickt hat, die bei der ersten richtigen Verabredung dann aber kein Wort sagt und gleich wieder weg will?

Meine Verliebtheit (falls dieser Knoten im Magen, immer wenn ich an sie dachte, Verliebtheit war) war durch dieses unerwartete Ereignis ein wenig abgeklungen. Vielleicht hätte ich sie gehen lassen sollen. Der Nachmittag war sowieso dahin. Aber die Vorstellung, hier allein zwischen den Überbleibseln eines Festes zu sitzen, während sie von mir fortradelte, nein, das war nicht zu ertragen.

Ich schaute sie an. Ich hatte so schnell vergessen, wie sie aussah, als ich nach dem Kino wieder zu Hause war. Ich konnte mich nur an einzelne ihrer Züge erinnern, aus diesen umherschwirrenden Kinnen und Ohren aber kein vollständiges Antlitz schaffen, und blieb mit einem Picasso zurück.

Diesmal würde ich besser aufpassen, mir ihre Nase einprägen und ihre Wangen, ihre dunkelblonden Haare, in die jetzt etwas Schwarzes kroch. Es war irgendein Insekt. Sie erschrak, als ich aufsprang und es wegschlug.

»Da war ein Tier in deinem Haar«, sagte ich ein bisschen dumm.

Mich plagten so viele Fragen. Was hast du von diesem Nachmittag erwartet? Warum bist du hier? Gefällt dir mein T-Shirt? Gefalle ich dir? Warum habe ich mehr Briefe geschrieben als du? Überstürze ich die Dinge? Hat der Abend auf der Kirmes mir mehr bedeutet als dir? Ist es dir dabei nur um die Spannung, den Ungehorsam gegangen? Wie viele Freunde hast du schon gehabt? Willst du noch etwas Wein? Denn nachdem ich meine Zunge verloren hatte, meine enttäuschte Zunge, konnten meine Worte sie nicht trunken machen, sondern musste der Alkohol es tun, damit sie sich mir hoffentlich doch noch in die Arme warf. *Sex on the brain.* Was konnte ich dafür? Ich wartete schon so lange. Sie war so hübsch. Und erreichbar. Wenigstens schien sie das beim ersten Mal zu sein; eine, der man alles sagen konnte, die keine Spielchen spielen wollte, sondern ehrlich war. Und jetzt das. Launen. Merkwürdiges Verhalten. Hatte sie, was sie wollte: Aufmerksamkeit? Und genügte ihr das?

Sie schien meine Enttäuschung nicht zu genießen, sondern schaute noch immer zu den Lampions, wo ab und zu ein Insekt einen schnellen Tod fand.

Sie ließ sich rücklings auf die Decke fallen, starrte zu den Wolken hinauf, die vorübersegelten. Nicht zu mir. Das war gut. Dann sah sie nicht, wie ich auf ihre Brüste starrte.

»Erzähl mir was«, sagte sie.

»Was denn?«

»Du wolltest doch reden. Erzähl mir irgendwas. Etwas, das du noch nie jemand anderem erzählt hast.«

Was konnte ich ihr erzählen? Dass ich sie trotz der abhandengekommenen Stimmung immer noch bespringen wollte, seit sie so dalag? Nein, das war kein Geheimnis. Das konnte sie jederzeit an meinem Körper ablesen.

»Also gut«, sagte ich. »Ich erzähle dir etwas, das ich noch nie jemandem erzählt habe. Wenn du das auch machst.«

»Zeig mir deinen, dann zeige ich dir meinen?« Sie lächelte. Sie war so schön, wenn sie lächelte. Genauso schön wie wenn sie nicht lächelte.

»Okay«, sagte sie. »Aber du zuerst.«

Was sollte ich bekennen? Meine nächtlichen Sünden, das Spicken während meiner Prüfungen, einen gelegentlichen Griff in das Portemonnaie meiner Mutter? Nichts davon war es wert, erzählt zu werden.

Ich hatte nur ein Geheimnis. Es war nicht schockierend, und doch würde ich lieber sterben, als es einzugestehen. Weil ich weder einen Kommentar noch Gelächter ertragen würde. Selbst ein aufrichtiges Interesse fände ich zu intim. Ich wollte nicht, dass jemand es wusste, weil es dumm war, ein Traum. Wenn ich es laut sagte, würde er verblassen und das wollte ich nicht. Was wäre ich ohne meinen Traum?

Ich wusste nicht, ob andere das auch hatten, einen Traum, einen Wunsch nur für sich. Gut möglich, dass ich in einer Welt voll verkappter Musikanten und Schauspieler, Millionäre, Luxushuren, Generäle, DJs, Sklaventreiber, Catwalk-Models und Modedesignern herumlief, umringt von Menschen mit Träumen, die sie aus Angst, ausgelacht und im

Tiefsten ihrer selbst gekränkt zu werden, nicht auszusprechen wagten. Besser schweigen, als dass jemand mit schmuddeligen Händen in deinen Eingeweiden wühlte.

Warum sollte ich ihr mein Geheimnis preisgeben? Ich hatte es all die Jahre vor Eltern und Freunden verschwiegen, hatte meine Hefte noch besser versteckt als den Porno, den Bram seinem Vater gestohlen hatte. Sie hatte eine solche Offenbarung nicht verdient. Später vielleicht, wenn wir ein Paar waren und alles miteinander teilten. Aber wir würden nie ein Paar werden. Ich war nicht hübsch oder breitschultrig oder alt genug für sie und sie war nur hier, weil ich sie fast angefleht hatte zu bleiben. Noch ein paar Augenblicke und sie war wieder weg, für immer.

War das der Grund, weshalb ich es ihr erzählte? Weil ich wusste, dass ich sie nie mehr wiedersehen würde und es also nichts mehr ausmachte? Oder weil ich es irgendwie doch loswerden wollte? War es nicht sogar aggressiv, drängte ich ihr nur etwas auf, um zu sehen, wie sie damit umgehen würde? Oder hoffte ich insgeheim doch, sie zu beeindrucken?

»Ich will Schriftsteller werden.«

Da. Ich hatte es gesagt. Und zwar laut.

Sie drehte kurz den Kopf.

»Im Ernst?«

»Warum? Ist es so lächerlich?«

»Nein«, sagte sie. »Nein, im Gegenteil.«

Sie fragte nicht weiter. Ich hätte erleichtert sein müssen, denn jedes Wort konnte verkehrt sein, ein Messer, das Blut hervorbrachte. Aber ich hatte gehofft, sie würde nachfragen. Ob ich schon Sachen geschrieben hätte, was ich denn schrieb, was ich erreichen wollte. Ich gönnte ihr einen Blick in mein richtiges Leben, dasjenige, das mir allein gehörte, nein, mehr als einen Blick, ich riss die Tür zu meinem Jungenzimmer sperrangelweit auf und sie machte sich nicht mal die Mühe, hineinzuschielen. Stattdessen schaute sie wieder zu den Wolken. Ich betrachtete sie, wie sie so dalag, die Arme hinter dem Kopf verschränkt, in ihrem T-Shirt, das ein Stückchen gebräunten Bauch zeigte und eine fremde Landschaft verbarg, in der ich mich nur zu gern verirrt hätte. Eine Berührung, ein Finger auf dieser Haut, ein Lecken meiner Zunge. Ich würde so sanft sein. Und auch wieder nicht. Ich wollte meine Abdrücke hinterlassen, wollte hineinkneifen in dieses Fleisch, wenn das die einzige Art war, ihre Aufmerksamkeit zu erlangen. Ich erzählte ihr mein Geheimnis und sie gähnte mir vor Langeweile fast ins Gesicht.

»Jetzt du«, sagte ich knapp. »Du bist dran.« Es war gleich, was sie erzählte. Ich würde ebenso uninteressiert sein.

»Mein Geheimnis? Ha.« Sie lachte kurz.

»Siehst du die Schwalben da oben?« Sie zeigte in den Himmel. »Schau nur, wie hoch sie fliegen. Das bedeutet, dass es morgen ein schöner Tag wird.«

»Bist du eine Wetterfrau? Ist das dein Geheimnis?«

»Ich bin krank«, sagte sie.

»Ach«, sagte ich, mein geplantes Desinteresse sofort vergessend. Meine Orphee, krank! Das durfte nicht sein. Alle möglichen Krankheiten und Missbildungen, eine fürchterlicher und tödlicher als die andere, rasten mir durchs Hirn.

»Es ist mein Herz«, sagte sie.

Und ich hatte ihr Herz schon aufscheuchen wollen, hatte es vor Genuss springen lassen wollen, es schon brechen wollen, als sie von mir fortging.

»Es ist nicht wie das Herz anderer Menschen.«

»Was fehlt ihm denn?«, fragte ich ängstlich.

Sie wandte mir ihr Gesicht zu.

»Es ist gefroren.«

»Was?«

»Ich habe ein Herz aus Eis.«

Ich sprang wütend auf. Da erzählte ich ihr meine tiefsten Geheimnisse. Da war ich ganz voller Mitleid und Verständnis für ihre Krankheiten und sie hielt mich hier einfach zum Narren.

Ich ging weg. Es reichte. Ich würde mich nicht länger lächerlich machen.

Jetzt war sie es, die hinter mir herlief.

»Thomas, komm zurück!«

Nein, und wenn sie mich auf Knien darum bat. Ich hatte die Nase voll. Voll von ihr und ihrem überheblichen Grinsen, ihren Launen und ihrer Stummheit, ihren Lügen und falschen Versprechungen.

»Thomas.« Sie fasste mich am Arm. Ich riss mich los.

»Was?«

»Entschuldige. Ich wollte einen auf dramatisch machen. Aber es ist die Wahrheit: Mein Herz ist aus Eis.«

»Lass mich in Ruhe«, sagte ich. »Es ist mir klar, dass du …«

Dass du nichts für mich empfindest. Dass all die Briefe Lügen waren. Dass ich all die Tage umsonst gehofft und geträumt habe.

»… dass du nicht hier sein willst.«

Dass du nicht bei mir sein willst. Die ultimative Sünde. Unverzeihlich.

»Willst du wissen, warum nicht?«

Nein, das will ich nicht. Ich will, dass du mir widersprichst. Ich will, dass du sagst, du willst wohl hier sein. Dass du dich die ganze Zeit auf unseren Nachmittag im Wald gefreut hast. Dass du nächtelang von mir geträumt hast. Dass du die wildesten Fantasien in Bezug auf mich hegst. Das will ich. Und das ist erst der Anfang.

Aber ich folgte ihr zurück zu der Lichtung, zu unserer Decke mit den Leuchtern und den Kuchen und den umherschwirrenden Insekten. Und sie erzählte mir, sie hätte vor noch nicht so langer Zeit einen Freund gehabt. Kevin. Komplett mit Motorrad und Helm und drei Jahre älter. Sie sei bis über beide Ohren verliebt gewesen. Ob ich das verstehen könne? Ja, ich konnte mir vorstellen, wie sich das anfühlen musste. Aber er hatte sie betrogen, er hatte sie verlassen.

»Es klingt banal, wenn ich es so erzähle«, sagte sie, »aber das macht es nicht weniger schmerzlich. Ich wollte niemanden sehen, wollte nicht mehr ausgehen. Ich hatte Angst, Kevin über den Weg zu laufen, und Angst, ihm nicht über den Weg zu laufen. Die Kirmes war so ungefähr das erste Mal, dass ich wieder vor die Tür ging, anstatt abends in meinem Zimmer zu hocken.«

Es sei so schön für sie gewesen, einmal nicht an ihn denken zu müssen. Und meine Briefe und meine Aufmerksamkeit seien auch angenehm gewesen und sie habe sich eingeredet, Kevin vergessen zu haben.

»Aber als ich die Lampions sah, da wusste ich, dass es nicht so war. Ich dachte nur an eine Sache, nein: an zwei. Mein erster Gedanke war, dass ich hier mit ihm hätte sein müssen. Wie glücklich wäre ich gewesen, wenn er das hier für mich getan hätte. Und mein zweiter Gedanke war, dass ich dich nicht länger hinhalten konnte. Du hast dir so viel Mühe gegeben. Es ist klar, dass du es ernst meinst, und ich will nicht meinerseits wieder jemanden verletzen.«

Zu spät, dachte ich. Zu spät, meine Eiskönigin.

»Darum wollte ich weg. Ich hätte dir noch einen Brief geschrieben. Ich bin nicht stolz auf mich. Es tut mir leid.«

Ich zuckte mit den Schultern. Ich wusste, es würde erst dann richtig wehtun, wenn sie wieder weg war und ich allein zurückblieb. Jetzt spürte ich nur das Echo dieses Schmerzes, der mich erwartete. Solange sie bei mir war, solange ich sie vor mir sah, blieb es erträglich.

»Was denkst du?«

Dass ich diesen Kevin mitsamt seinem Motorrad in den Kanal schubsen wollte, das dachte ich.

»Hasst du mich?«

»Nein, ich hasse dich nicht.«

Sie lächelte. Es war ihr erstes echtes Lächeln an diesem Tag. Als wäre ihr eine Last von den Schultern gefallen und als könnte sie zum ersten Mal durchatmen.

»Du bist lieb«, sagte sie und strich kurz mit dem Zeigefinger über meine Augenbraue. Es war so eine merkwürdige, unerwartete Geste. Es war pure Elektrizität. Der Schlag kribbelte nach bis in meine Fußsohlen.

»Thomas, der Schriftsteller. Was schreibst du denn so?«

Ich raffte die Bruchstücke meines Gehirns zusammen. Sie durfte nicht sehen, wie schwer es mir fiel. Jetzt kam sie mit ihrem Interesse, jetzt, wo alles schon sinnlos war. Was schrieb ich denn so?

Geschichten, das schrieb ich. Kurzgeschichten. Absurde Geschichten über das Dorf, in dem Orphee wohnte. Mein

Großvater erzählte mir seine Geschichten und ich übernahm sie, vergrößerte sie, veränderte sie, machte sie mir gefügig.

»Kannst du mir eine erzählen?«, fragte sie. »Oder muss man sie lesen?«

Ich suchte nach Höflichkeit in ihren grünen Augen, fand aber nichts. Vielleicht wollte ich auch nichts finden.

»Nein, ich kann es versuchen. Aber wenn es zu langweilig wird, musst du es sagen.«

Ich schenkte uns beiden ein Glas Wein ein. Nachdem klar war, dass ich keine Hintergedanken damit verband, ging das. Außerdem war mir gleich, was sie dachte. Ich brauchte ein Glas, bevor ich anfing.

Ich erzählte ihr von Philomena mit dem Webstuhl. Das hatte sich hier in diesem Wald abgespielt. Ich erzählte ihr lieber nicht die harte Version meines Großvaters, in der Philomena immer wieder Darstellungen von Holzschuhen in ihre Arbeit gewebt hatte, bis ihre Mutter schließlich begriff, dass es der Holzschuhmacher des Dorfes war, der sie vergewaltigt hatte. Woraufhin Philomenas Vater den Mann gezwungen hatte, seine Tochter zu heiraten. Ich war nicht überzeugt, dass die Ehe eines schwach begabten Mädchens mit jemandem, der sie missbraucht hatte, ein Happy End war. Also erzählte ich ihr lieber seine rätselhafte Version und wie Philomena die Sonne in den Teppich gewebt hatte.

Orphee hörte bis zum Ende zu.

»Diese Philomena ist doch irgendwie fein raus«, sagte sie.

»Wie meinst du das?«

»Na ja, sie konnte das Unangenehme in ihrem Leben einfach vergessen und durch eine Fantasie ersetzen, die ihr besser gelegen kam. Wäre es nur für jeden so einfach.«

Daran hatte ich noch nicht gedacht.

»Ich muss sagen, dass ich so etwas nicht erwartet hätte«, sagte sie.

»Was denn sonst?«, fragte ich, die Worte nur mühsam hervorbringend. Mein Mund war trocken geworden und ich goss mir schnell ein zweites Glas ein.

»Was ich erwarte hätte? Geschichten von einem Fünfzehnjährigen, ja genau, und dass ihn keiner versteht.«

»Die gibt es auch«, sagte ich, »aber die sind nicht so spannend. Über andere Leute zu schreiben gibt einem mehr Freiheit. Man lernt, sich in jemand anderen hineinzuversetzen und … Entschuldige. Ich texte dich zu.«

»Überhaupt nicht. Du erzählst von den Dingen, die dir wichtig sind.«

»Ich mache mir selbst etwas weis. Ein paar Geschichten meines Großvaters zu Papier zu bringen macht aus mir noch keinen Schriftsteller. Eigentlich weiß ich ja auch, dass daraus nichts werden wird. Es ist ein Traum, eine Fantasie, und wenn es ohnehin nur beim Fantasieren bleibt, dann packe ich die Träume wohl besser weg und mache etwas Solides aus meinem Leben.«

»Wer sagt das?«

»Meine Mutter wahrscheinlich.«

»Und du hörst auf deine Mutter?«

Wenn sie es so fragte, natürlich nicht.

»Du willst doch etwas Sinnvolles mit deinem Leben anfangen?«

»Ist Schreiben denn sinnvoll?« Eine Gotteslästerung, dass ich das anzuzweifeln wagte, und sei es auch nur, um ihr eine Antwort zu entlocken.

»Es ist sinnvoll, wenn du es mit deinem ganzen Herzen tust. Was sonst solltest du mit deinem Leben anfangen?«

Ich wusste es nicht. Genug Geld verdienen, dachte ich.

»Du kannst deinen Traum doch nicht wegpacken, bevor du nicht versucht hast, etwas daraus zu machen! Willst du für den Rest deines Lebens bereuen, etwas nicht getan zu haben?«

Ich schaute sie an. Sie regte sich plötzlich so auf. War es ihr also doch nicht so egal, was ich mit meinem Leben tat? Hatte Kevin mit seinem Motorrad doch nicht alle meine Träume über den Haufen gefahren?

Sie hatte recht. Ich traute mich nur zu träumen und nicht, etwas zu tun. Aus Angst, das Leben in die Hand zu nehmen. Nicht sie, sondern ich hatte ein Herz aus Eis, sodass es nicht getroffen werden konnte, so groß war die Angst, abgewiesen und verletzt zu werden.

»Du hast recht«, sagte ich. »Es tut mir schon jetzt leid um die Dinge, die ich nicht getan habe.«

Mir schwindelte, als ich ihr in die Augen schaute.

»Zum Beispiel der Kuss auf der Kirmes. Der tut mir leid.«

»Welcher Kuss?«, fragte sie.

»Ja genau«, sagte ich. Sie kapierte es nicht. Wie sollte sie auch? Ich laberte irgendwas. Es war der Wein, der redete.

»Erinnerst du dich, wie wir in diesem Schiff saßen und über der Stadt hingen?

Sie nickte.

»Erinnerst du dich, dass wir uns gegenseitig angeschaut haben? Ich kannte dich nicht und doch … ich fühlte mich so gut in diesem Moment. Ich dachte, wenn sie mich jetzt küsst, wenn ich sie jetzt küssen kann, bin ich wunschlos glücklich. Aber ich traute mich nicht und der Moment ging vorbei und jetzt ist es zu spät. Dieser Kuss wäre der schönste meines Lebens gewesen, aber es ist nie dazu gekommen, und alle anderen Küsse werden nur ein Abklatsch dieses einen sein, der mir entgangen ist.«

»Vielleicht kommt ja noch ein großartigerer Kuss zu einem besseren Zeitpunkt.«

»Aber nicht du wirst diejenige sein, die ich küsse.«

Tu's doch, Dummkopf. Tu's doch. Küsse sie!

»Hm«, sagte sie.

Angsthase. Feigling. Was hast du zu verlieren? Ist Stolz denn so viel wert?

Aber ich tat es nicht.

Musik kam durch die Bäume geweht.

»I'll try to keep myself open up to you
That's a promise that I made to love
When it was new
›Just like Jericho‹ I said,
›Let these walls come tumbling down‹«

Wir lagen auf der Decke, ihre Nase fast an meiner. Ich spürte ihren Atem auf meinem Gesicht.

»Es ist fast dunkel. Ich muss weg. Meine Mutter wird schon in heller Aufregung sein.«

»Bleib noch etwas.«

»Nein«, sagte sie, blieb jedoch liegen.

Es wurde dunkel. Die Vögel zwitscherten anders, fast panisch, weil der Tag vorbei war und sie immer noch keinen Partner gefunden hatten. Die Bäume mit ihren bunten Lampions in den Zweigen beugten sich über uns und die letzten

Ameisen hasteten über unsere Hände. Man hörte nur den Wind in den Blättern und von ganz weit weg die Stadtgeräusche, eine Sirene, entferntes Verkehrsgemurmel, das Echo einer anderen, weniger bedeutsamen Welt. Das hier war neu für mich, dieses Zusammensein, ohne etwas zu sagen, ohne nachzudenken, einfach nur zu sein, mich so weit wie möglich selbst zu vergessen, mich aufzulösen wie das Licht im Abend. Wir lagen zwischen den Krümeln und Gläsern, zwischen den Baumwurzeln, in der Weichheit des Grases, nicht ganz menschlich mehr, nicht mehr völlig in unserer Haut gefangen, sondern Teil dieses Waldes, Teil der Vögel und Ameisen, und wir schauten, wie am Himmel die ersten Sterne erschienen, kleine Nadelstiche in einem blauvioletten Tuch, und für einen Moment waren wir eins, obwohl ich sie nicht berührte; es war, als ob unser Geist kurz unseren Körpern entwich, überlief, ineinander verlief, ich erfinde es nicht, es war ein Moment, in dem sich unsere Seelen berührten, vielleicht, weil wir nichts mehr sagten, Worte uns nicht mehr verwirrten, und ich wusste sicher, dass sie mehr für mich empfand, als sie zugeben wollte, mehr, als sie selbst wusste. Der Trost eines enttäuschten Jungen, der sich selbst etwas weismacht? Möglich.

Es wurde ihr zu viel und sie sprang auf.

»Ich bin voller Ameisen.«

Sie strich die Tierchen von ihrer Hose.

»Nach heute werden meine Eltern noch strenger sein. Ich werde wochenlang nicht mehr vor die Tür dürfen.«

Sie hob ihren Rucksack auf. Wir gingen zurück zu ihrem Fahrrad.

»Ich bin nicht viel gescheiter als Philomena«, meinte sie

lachend. »Einfach so einem fremden Mann in den dunklen Wald zu folgen.«

Geh nicht fort, dachte ich. Wenn du gehst, reißt du ein Stück aus meinem Leben. Ich kann die Kälte schon jetzt fühlen. Sag mir, dass du mich noch sehen willst. Sag, dass du anrufen oder schreiben wirst. Gib mir ein Almosen. Lüge nötigenfalls, aber lass mich nicht betteln.

»Danke. Für alles.« Sie zeigte auf den Wald. »Als Kind sind wir manchmal zum Spielen hierhergekommen. Aber jetzt, mit deiner Geschichte im Hinterkopf, schaue ich mit anderen Augen auf das hier.«

»Dann müsstest du erst mal den Rest lesen«, sagte ich. War das zu schnell? Zu aufdringlich?

»Das wäre schön«, sagte sie. Sagte sie es nur aus Höflichkeit? Wollte sie mich nicht mit leeren Händen zurücklassen, bevor sie davonfuhr?

»Ich kann dir ja ein paar Geschichten schicken«, sagte ich, die Gelassenheit selbst.

Sie schien kurz zu zögern, aber ich rührte sie nicht an, beugte mich nicht vor, um sie zu küssen. Das wäre, wie schön auch immer, eine Enttäuschung. Es war nicht der richtige Moment. Der Kuss musste ein Anfang sein und kein Abschied. Nein, sie war mich noch nicht los.

HINTER EINER KARIERTEN DECKE taucht das zerknitterte Gesicht meines Großvaters auf.

»Es ist so kalt hier. Frierst du denn nicht?«

Draußen ist ein schöner, warmer Frühlingstag. Hierher in die Küche mit dem Fenster nach Norden dringt niemals die Sonne, aber trotzdem kann es nicht so kalt sein, wie mein Großvater behauptet.

»Ich hatte einen schlimmen Traum. Der Eisvogel kam mich holen.«

Er kriecht aus seinem Sessel, steckt einige alte Zeitungen in den Bauch des Ofens und bekommt ein kleines Feuer in Gang. Ich habe ihn noch nie so zerbrechlich gesehen.

»Da, schau. Seine Flügel haben das Fenster berührt. Es wird nicht mehr lange dauern, bis er mich findet.«

Er kriecht wieder unter seine Decke.

»Er sucht mich schon so lange.«

Diese Geschichte kenne ich. Sie hat mir meine große Liebe beschert.

»Ich weiß, dass er irgendwann zurückkehren wird. Ich kann ihm kaum mehr widerstehen. Ich werde wie der Rest des Dorfes. Die Sterne glänzen nicht mehr. Mein Herz wird immer kälter. Wenn die Eisschicht, die es umgibt, zu dick wird, braucht der Eisvogel mich nur noch aufzufischen.«

Es wird nicht mehr lange dauern. Damit hat er recht.

»Ich war so ungefähr zehn, als der Eisvogel kam. Es begann ganz unschuldig mit einem Schneeschauer. Ich war allein zu Hause. Meine Mutter war zum Wachtershof, wo die Frau meines Bruders jeden Augenblick niederkommen konnte, und mein Vater nutzte ihre Abwesenheit und machte sich auf in die Dorfkneipe.

Die ersten Flocken kamen beinahe schüchtern herabgewirbelt, aber schon bald fiel der Schnee in Massen vom Himmel. Ich setzte mich ans Fenster, bis der Garten im Dunkeln verschwand und ich mich im Licht einer Kerze selbst dasitzen sah.

Der Schnee stapelte sich am Fenster hoch. Ich konnte fast hören, wie die frischen Flocken auf den bereits gefallenen Schnee auftrafen, so still war es. Als ein Stück Holz im Ofen platzte, erschrak ich. Ich wartete auf meinen Vater, aber der kam und kam nicht. Wahrscheinlich würde er im Dorf übernachten. Ich erhitzte einen Ziegelstein, wickelte ihn in ein Handtuch und nahm ihn mit ins Bett, um meine Füße warm zu halten.«

Er unterbricht seine Erzählung und greift nach seinem Taschentuch. Sein Räuspern wird Husten. Fünf Minuten lang hustet er sich die Lunge aus dem Leib. Er wirkt so klein. Einen Moment lang denke ich, er wird das nicht überleben. Aber schließlich kann er wieder ungestört atmen. Er schaut mich an, seine wässrigen Augen sind blaue Meiseneier in einem Nest aus Runzeln und ich sehe den Schelm in diesen Augen. Es ist der Blick eines kleinen Jungen. Er ist wieder zehn, als er mit seiner Geschichte fortfährt.

»Als ich am nächsten Morgen aufwachte, war es immer noch still im Haus. Ich ging nach unten. Niemand. Ich öffnete die Haustür und der Schnee rutschte herein, sodass ich bis zu den

Knien in der Kälte stand. Währenddessen huschten zwei fremde Katzen ins Haus. Sie ließen sich nicht wegscheuchen, so sehr ich auch drohte. Ich ließ sie vorläufig sitzen und schippte den Schnee mit der Kohlenschaufel nach draußen, als ein knochendürrer Hund hereingehuscht kam. Die Katzen unter dem Küchentisch fauchten gefährlich, aber er legte sich ruhig vors Feuer, als wäre er seit Jahren hier zu Hause. Ich zuckte mit den Schultern. Das waren Sorgen für später. Draußen räumte ich den Weg über den Hof frei. Ich erkannte den Garten nicht wieder. In einer einzigen Nacht waren die Farben aus der Welt verschwunden. Weiße Bäume standen in dem weißen Gras. Weiße Vögel klammerten sich an weißen Zweigen fest. Es war eiskalt. Sobald der Wind einen erfasste, war es, als würde man nackt in ein Eisbad gleiten. Im Stall war es nicht viel besser. Unsere Kühe schmiegten sich aneinander auf der Suche nach Wärme. Ich steckte meine Forke in einen Heuballen und brach sofort einen der Zähne ab. Der Ballen war gefroren.

Ich schleppte den Ballen über den Hof in die Küche, schob den Hund beiseite und das Heu in die Nähe des Feuers. Ein Schatten erschreckte mich und ich drehte mich um. Die Schafe waren mir bis in die Küche gefolgt und guckten verwundert auf das Bild vom Guten Hirten an der Wand.

Es gelang mir nicht, sie wieder aus der Küche zu schieben. Auch Bles, unser Pferd, war irgendwie aus seinem Stall entwischt und beschnüffelte den Brotlaib auf dem Küchentisch. Durch die offene Tür drang jetzt ein Tier nach dem anderen in die Küche ein. Zuerst schien es der Schnee selbst zu sein, der durch den Obstgarten angewackelt kam, aber es waren die Gänse, die schnatternd zwischen den Schafsbeinen hereinkamen. Sie waren nicht allein. Bevor ich Bles ins Haus zog und die Tür schloss, hatten auch die Kühe, drei weitere Katzen, ein Maulwurf und eine Kolonie Stare ihre Zuflucht in der Küche gesucht.

Draußen klopfte es. Endlich, dachte ich. Vater wird schon wissen, wie er die Viecher wieder aus dem Haus kriegt. Ich zog die Tür auf und zwei kleine Rehe schauten mich mit scheuen schwarzen Augen an. Zwischen ihren Beinen flitzten ein paar Feldmäuse in die Küche.

Ich brachte es nicht übers Herz, sie wieder hinauszubefördern. Draußen würden sie erfrieren. Die Tiere verloren schon bald ihre Scheu. Die Katzen waren hinter den Mäusen her, der Hund hinter den Katzen und die Kühe traten nach dem Hund, als der zwischen ihren Beinen herumrannte. Die Rehe bibberten in einer dunklen Ecke und erschraken bei der geringsten Bewegung. Bei so viel Leben wurde es warm in der Küche. Ich schob eine Kuh zur Seite, setzte mich an den Tisch und trank meinen lauen Kaffee.

Ich wartete den ganzen Tag auf meinen Vater, aber der blieb weg. Ich verstand es nicht. Ich wusste da noch nicht, was sich alles im Dorf abgespielt hatte, sondern merkte nur, dass es unmenschlich kalt blieb. Ein Glück, dass ich die Tiere ins Haus gelassen hatte, denn schon bald wagte ich mich nicht mehr hinaus auf den Hof, aus Angst, die Ohren könnten mir abfrieren und wie zwei rote Lappen vor die Füße fallen. Das hier war der kälteste Winter aller Zeiten und er schien kein Ende zu nehmen. Ein Eiswind brachte dunkle Wolken mit. Fenster und Türen klapperten in einem Sturm, der den Schnee immer höher an die Hauswände häufte, sodass ich schließlich kaum nach draußen konnte.

Sofort verhungern würde ich nicht. Im Vorratsschrank war genug Mehl, Wurst, getrockneter Schinken und Kaffee für mehrere Wochen. Die Schafe fraßen alles, was man ihnen auftischte: Kartoffelschalen, Zeitungen, alte Handtücher, sogar einen Wecker, als ich einen Moment lang nicht achtgab. Das Pferd und die Kühe fraßen das Stroh aus den Matratzen, die Vögel lebten von dem, was sie in den Kuhfladen fanden, und von den Fliegen, die aus dem Nichts aufgetaucht waren und den anderen Tieren das Leben sauer machten. Die Katzen und der Hund erlösten mich von den vielen Litern Milch, die ich jeden Tag zusammenmolk. Um die übrigen Tiere, die noch vor dem Sturm ins Haus geflüchtet waren, machte ich mir keine allzu großen Sorgen: Die Dachsfamilie, die im Geschirrschrank rumorte, das Wiesel in den Abflussrohren und die Igel, die wie stachelige Kissen auf dem Sofa lagen und schnarchten.

Ich vermisste meine Mutter. Wie es wohl war auf dem Wachtershof? Hatte ich schon einen Cousin oder eine Cousine? War es bei ihnen auch so kalt? Ich fragte mich, wie es den Leuten im Dorf erging. Wie lange würde es dauern, bis mein Vater kam und mich rettete? Ich begann, mich vage an seine Geschichten zu erinnern. An kalten Winterabenden, wenn wir alle nah ums Feuer saßen, erzählte er oft vom Eisvogel, einem riesigen Vogel, größer als ein Dorf, der im grimmigen Norden lebte, sich aber manchmal in die bewohnte Welt aufmachte. Nicht Hunger oder Neugierde lockten ihn, sondern der Ruf eines Menschen, ein kaltes Lied mit Worten aus Eis, das Unheil über einen ganzen Landstrich herabrufen konnte. Nur verzweifelte Menschen, so erzählte mein Vater, wagten es, den Eisvogel anzulocken, denn sie wussten, auch sie würden zur Beute des monströsen Vogels werden. Und wehe der Gegend, in der er sich niederließ. Eine plötzliche Kälte griff dann um sich. Flüsse verstummten. Der Saft in den Bäumen wurde steinhart und dicke Äste brachen schon beim geringsten Wind. Eine Schneeschicht erstickte das Land unter einer Decke aus Kälte. Die Menschen verkrochen sich in ihre Häuser und die Tiere versteckten sich vergeblich in Spalten und Höhlen, denn die Kälte kroch ihnen hinterher. Der Eisvogel pflückte den Landstrich kahl. Kein gefiedertes Tier, keine Feldmaus, kein verirrter Hund unter einem kahlen Strauch entkam seinem Blick. Auch die Menschen in ihren Höfen und Ställen entrannen ihm nicht. Er wartete geduldig, bis sie sich auf der Suche nach Essen oder Brennholz hinauswagten, und dann schlug er zu. Die Kälte wurde ihnen zu viel, sie erfroren an Ort und Stelle und er packte sie mit seinem Schnabel, zermalmte sie, genoss das Knacken der eisigen Knochen. War das Dorf des Eisvogels Beute geworden? Wer hatte das Monster dann angelockt? Ich schüttelte den Kopf, in der Hoffnung, die Torheiten würden herausfallen. Wenn ich anfing, Märchen Glauben zu schenken, dann war ich schon zu lange allein.

Nach einigen Tagen hatte ich kein Brennholz mehr, also mussten unsere Stühle und Schranke dran glauben. Jeden Tag verheizte ich mehr vom Hausrat und bald waren die Zimmer leer. Ich musste hinaus aus der Küche und meinen Vater finden, bevor ich durchdrehte, das war klar.

Ich streckte den Kopf aus der Tür. Im Westen löste sich ein kalter Mond im Morgenlicht auf. Es war immer noch unwirklich kalt. Ich zog alle Kleidung an, die ich finden konnte. Verpackt in drei Pullover und eingehüllt in den dicken Mantel meiner Mutter, konnte ich kaum mehr die Arme bewegen.

Die Kälte schnitt mir den Atem ab, als ich den Hof verließ. Ich drehte mich um. Die Tiere hinter dem Fenster schauten mir nach. Ich zog meine Mütze tiefer ins Gesicht und folgte dem Weg zum Wald, der zwischen unserem Hof und dem Dorf lag.

Fast jeden Tag meines jungen Lebens war ich diesen Weg gegangen, aber jetzt erschien mir alles fremd. Ich ging in einer Welt aus gesponnenem Glas. Die Felder lagen unter einem weißen, froststarren Laken. Die vor mir auftauchenden Bäume waren reifbedeckte Riesen. Und es war still. Das Knirschen meiner Schritte in dem harten Schnee wurde von dem Land ringsum sofort wieder aufgeschlürft, eingesogen.

Auf dem Ast einer kahlen Birke saß ein Rabe. Ich schlich näher, verwundert, dass in dieser weißen Wüste noch irgendetwas lebte. Er flog nicht weg, als ich unter dem Ast stand und meine Hand, die trotz der dicken Handschuhe durchgefroren war, vorsichtig nach ihm ausstreckte. Er blieb sitzen, bis ich ihn berührte. Da purzelte er vom Ast und fiel wie ein schwarzer Federklumpen in den Schnee. Ich hob ihn an einem seiner Beine hoch, aber das brach ab und zerbröselte mir zwischen den Fingern. Ich eilte weiter, bevor mich ein gleiches Schicksal ereilte.

Das Dorf war ebenso tot wie der Wald und die Felder. Kein Mensch regte sich auf der Straße. Die Kälte hatte die Zeiger der Kirchturmuhr festfrieren lassen. Die Zeit stand still.

Auf dem Dorfplatz sah ich dann doch jemand dastehen.

Wenn meine Augen mich nicht trogen, dann war es Liddy Ceupers.

Erleichtert ging ich auf sie zu. Sie stand bis zu den Knien im Schnee, eine Hand an der Pumpe. Aus ihrem Mund quoll ein Häufchen Schnee. Ich dachte an den Raben im Wald und fasste sie nicht an. Ich ging weiter zum Dorfkrug. Mit jedem Schritt wurde es noch kälter, so als würde ich mich dem Herzen des Eises nähern.

Die Tür war festgefroren, zerbrach jedoch in Stücke, als ich dagegentrat. Der plötzliche Lärm erschreckte mich, so als hätte ich laut in der Kirche geflucht. Ich ging hinein. Mein Vater saß da, umringt von seinen Kartenfreunden. Die Spielkarten lagen vergessen auf dem Tisch. Die Männer schauten über seine Schulter auf die Zeitung, die er aufgeschlagen hatte. Nicht einer von ihnen bewegte sich. Genau wie Liddy waren sie erfroren, als die plötzliche Kälte sich über das Dorf gelegt hatte.

Ich ging auf ihn zu, schaute auf den Artikel in der Zeitung, den er jetzt schon seit mehr als einer Woche las, immer wieder aufs Neue.

Großer Hofbrand in Deemstervelde, stand da. Der Name des Wachtershofs folgte in fetter Schrift. *Fest. Neu geboren. Feuer. Keine Überlebenden.* Ich verstand nicht, was ich las, die Kälte hatte mich zu fassen. Die Worte drangen nicht zu mir durch.

›Vater.‹ Ich weiß nicht, warum ich flüsterte. Wer sollte mich hören in dieser gefrorenen Stille?

›Ich weiß nicht, was ich tun soll. Das Haus ist ein Stall. Die Tiere hocken in der Küche. Komm zurück nach Hause, Pa, ich habe schon so lange gewartet.‹

Ich versuchte, ihm die Zeitung aus den Händen zu ziehen,

aber er bewegte sich nicht. Ich zog an seinem Ärmel und aus seiner Jackentasche fiel ein Brief. Ich erkannte die Schrift meiner Mutter. Ich las laut, so wie ich es in der Schule gelernt hatte. Die Worte glitten in Wölkchen aus meinem Mund und schwebten durch den Dorfkrug.

›Es ist ein Mädchen. Sie heißt Liza. Das ist schön von Cordelia.

Das Wichtigste ist, dass die Entbindung hinter uns liegt. Die letzten Tage hatte sie immerfort nur geächzt und gestöhnt, man hätte denken können, am Ende ist sie noch die erste Frau, die sich ein Kind kaufen muss.

Karel war nicht viel besser. Immer nur umhergehen und Zigaretten drehen, mehr tat er nicht. Nun ja, das hat er von keinem Fremden. Oder weißt du nicht mehr, dass du bei seiner Geburt schon bei den ersten Wehen davongelaufen bist, durch den Obstgarten hinein in den Wald? Der Förster musste gehen und dich holen. Ich war vielleicht wütend. Mich mit einem Neugeborenen sitzenzulassen! Wann hat man schon von einem Bauern gehört, der sich vor einer Geburt fürchtet? Ich wusste nicht, ob ich lachen oder weinen sollte.

Karel lief nicht weg. Warum sollte er? Er ist doch wirklich fein raus. Große Ställe und gefüllte Scheuern. Er muss hart arbeiten, aber das müssen wir alle. Cordelia passt zu ihm. Es ist keine große Liebe, aber dann macht man auch keine dummen Sachen. Dann heiratet man nicht ohne einen Cent in der Tasche. Weißt du noch, dieser armselige Hof von Jagers, wo wir die ersten Jahre eingezogen sind, mehr Stall als sonst was?

Karel hat mir einen Genever auf den glücklichen Ausgang aufgedrängt und der steckt mir wahrscheinlich im Kopf, denn warum sonst denke ich jetzt an diese alte Bruchbude zurück? Ich war noch jung damals. Und du auch. Wir mussten auf jeden Cent achten, noch mehr als jetzt. Warum denke ich dann, dass es gute Zeiten waren? Und wenn ich das Kind hier so daliegen sehe, mit seinem runzligen Alteleutegesicht und den kleinen Fäustchen, dann beginnt es wieder zu kribbeln. Ein Glück, dass du nicht hier bist, Richard, sonst würde ich dir vielleicht noch weismachen, dass ich auch noch eins will. Aber ich hätte dich schon gern hier gehabt. Bei mir.

Kommt ihr dort so einigermaßen über die Runden? Behalte Cesar im Auge. Er ist ein Träumer.

Ich komme Donnerstag zurück. Du brauchst mich nicht vom Bahnhof abzuholen. Ich fahre mit Drieselkes mit, wenn er seine Milch abliefert. Und zieht euch warm an. Ich spüre, dass Kälte im Anzug ist.‹

Ich hob den Kopf. Mein Vater taute. Wasser tropfte von seiner Nase auf die Zeitung und nahm die schwarzen Worte mit. Ein gigantisches Krachen, wie das Bersten von Eisschollen auf einem See, fuhr durch das Dorf. Ich ging hinaus. Der Schnee rutschte in Packen von den Dächern. Das Dorf erwachte.

Das Dorf entkam dem Eisvogel. Aber mein Vater nicht der Nachricht, die da so nackt in der Zeitung stand. Seine Frau, sein ältester Sohn und sein erstes Enkelkind innerhalb eines Tages in Flammen aufgegangen. Ein Stück der Kälte steckte in seinem Herzen und ließ es für immer gefrieren. Ich dachte, auch ich wäre dem Vogel entkommen. Aber ich weiß, meine Hoffnung war vorschnell. So viel Kälte geht dir nie mehr aus dem Leib. Mein Herz ist alt und kalt und die Eisschicht umgibt es bereits.«

Ich nicke. Es wird nicht mehr lange dauern, bis der Eisvogel ihn zu fassen kriegt.

»BEEIL DICH BITTE!«, ruft mein Vater aus dem Badezimmer. »Frank und Daniël erwarten uns um neun Uhr und du weißt, wie sie sind.«

Seine Rasierklinge gleitet wie ein kleiner Schneepflug durch den Schaum auf seinem Hals. Meine Mutter steht vor dem großen Spiegel im Schlafzimmer und zupft die Träger ihres Kleides zurecht. Sie ist noch nicht geschminkt. Man sieht die Runzeln in ihren Augenwinkeln, die dunklen Schatten, die Falten um ihren Mund.

»Kochen ist für die beiden zur Religion geworden«, sagt mein Vater. Sie versteht kaum, was er sagt, weil er seine Oberlippe stramm zieht. »Manchmal kommt es mir vor, als wären wir nur deswegen eingeladen, um das Essen zu kommentieren. Ein schlichtes Zusammensein unter Freunden ist offenbar nicht mehr drin.«

Meine Mutter antwortet nicht. Sie kommt aus dem Schlafzimmer und huscht in mein Zimmer. Die Vorhänge sind zugezogen, und als sie die Tür hinter sich schließt, ist es stockdunkel im Raum. Sie braucht kein Licht, um sich hier zurechtzufinden. Ihre Finger gleiten über die Stifte und Papiere auf meinem Schreibtisch, über die CDs, die ich immer alphabetisch ordnete, um einen Monat später zu entdecken, dass ich wieder von vorn anfangen konnte. So werden sie jetzt immer dastehen, ungeordnet.

Eine Hose, die ich Monate zuvor in meiner Eile über einen Stuhl geworfen habe, hängt da immer noch, mit einem Bein über der Stuhllehne, wie der Arm eines Ertrinkenden, der noch ein letztes Mal aus dem Wasser auftaucht. Es kostet sie Mühe, die Hose nicht zusammenzulegen oder in den Wäschekorb zu werfen. Aber die Hose ist unantastbar geworden. Nicht einen Zentimeter darf sie verschoben werden, ebenso wenig wie die Stifte, die Schuhe unter dem Bett, das Ladegerät für meinen iPod und meine Sonnenbrille.

Sie zieht meinen Kleiderschrank auf. Die T-Shirts liegen ordentlich aufgestapelt neben den Pullovern. Sanft drückt sie ihr Gesicht in den Stapel und atmet tief ein. Sie atmet mich ein. So steht sie mindestens fünf Minuten lang da, bis mein Vater ins Zimmer kommt und das Licht anknipst.

»Eva«, sagt er. Er ist fertig. Gewaschen und rasiert, mit einem frischen Hemd und passender Krawatte und einem Paar Schuhe in der linken Hand.

»Weißt du noch«, sagt sie, »wie wir zur Hochzeit deiner Schwester mussten und ihn bei den Nachbarn zurückgelassen haben? Wie alt war er damals? Drei? Weißt du noch, wie er geweint hat, als wir wegfuhren? ›Das geht schon vorbei‹, sagtest du. ›Wenn wir erst einmal fort sind, hat er uns im Handumdrehen vergessen.‹«

Mein Vater sagt nichts.

»Weißt du, dass die Nachbarn uns am nächsten Morgen gebeichtet haben, er hätte den ganzen Abend und die ganze Nacht hindurch geweint? Sie konnten ihn einfach nicht davon überzeugen, dass wir zurückkommen würden. Sie trauten sich nicht, uns anzurufen, und so ist er zuletzt eingeschlafen, die Tränen noch feucht auf seinem Gesicht.«

»Wir müssen los, Eva.«

»Wie konnte ich ihn wegen so eines dummen Festes einfach zurücklassen?«

»Was hätte ich meiner Schwester sagen sollen: ›Wir kommen nicht zu deiner Hochzeit, denn wir können unseren dreijährigen Sohn nicht allein lassen?‹«

»Warum nicht?«

»Du musst dich davon losmachen, Eva.«

»Du weißt nicht, was du da verlangst.«

»Das hier geht so nicht weiter. Dieses Zimmer ... Es nimmt dein ganzes Leben in Beschlag.«

Sie streichelt den Pullover, der oben auf dem Stapel liegt.

»Du hast recht«, sagt sie und mein Vater hebt verwundert den Kopf.

»Ich kann das hier nicht einfach so liegen lassen. Ich muss die Kleidung luftdicht verpacken, damit ich seinen Geruch nicht verliere.«

»Eva.«

»Fotos sind nicht alles«, sagt sie, »es ist der Geruch hier, der ihn mir wieder so nahe bringt. Es ist mehr als sein Geruch. Es ist seine Seele. Ich spüre es.«

»Liebste«, sagt er. Wie viel Mühe kostet es ihn, seine Stimme so neutral klingen zu lassen, frei von Ungeduld, Frustration oder Wut? »Liebste, wir müssen los.«

»Warum?«, fragt sie. Ihre Hand liegt noch immer auf dem Pulloverstapel.

»Weil wir es versprochen haben. Weil sie uns erwarten.«

»Wir können jederzeit absagen«, sagt sie. »Sie haben noch andere Gäste. Man wird uns nicht vermissen.«

»Wir haben keinen Grund abzusagen«, sagt er.

»Nein?«, sagt sie. »Haben wir das nicht?«

»Nein«, sagt er. »Diesmal lassen wir niemanden zurück.«

»Du bist grausam«, sagt sie.

»Komm.« Er streckt seine Hand nach ihr aus. »Komm raus aus diesem Zimmer.«

Sie bleibt stehen.

»Hast du Angst, hier zu sein?«, fragt sie. »Hast du Angst vor deinem eigenen Sohn?«

»Ich habe Angst um dich. Je länger du das hier fortführst, desto schlimmer wird es.«

»Was soll ich tun, Willem? Was willst du?«

»Ich will, dass du dein Leben wieder aufnimmst. Ich will, dass du dieses Zimmer verlässt.«

»Siehst du das hier?«, sagt sie und zeigt auf eine Blase auf ihrem Zeigefinger. »Vor drei Tagen habe ich mich an der Auflaufform verbrannt. Ich habe Salbe draufgeschmiert, aber es wird nur noch schlimmer.«

»Eva, ich will ...«

Sie unterbricht ihn.

»Man sollte meinen, der Schmerz legt sich nach einer Weile, aber ich spüre das Pochen immer noch. Ich konnte heute Nacht vor Schmerzen kaum schlafen. Ein dummes Loch in meinem Topfhandschuh, nur ein Augenblick der Unachtsamkeit, und da schau dir die Folgen an!«

»Vielleicht solltest du einen Arzt aufsuchen.«

»Nein, ich muss nicht zum Arzt!«, schnauzt sie. »Auch wenn du das noch so gern möchtest.«

Unten klingelt das Telefon. Mein Vater schaut auf die Uhr.

»Es ist zehn nach neun. Wetten, das ist Daniël?« Das Telefon klingelt zehn, fünfzehn Mal und schweigt dann brüsk, beleidigt.

»Ich komme nicht mit, Willem. Ich kann es nicht.«

»Es wird dir guttun.«

»Es hat keine Bedeutung mehr.«

»Es sind unsere Freunde.«

»Ich fühle das nicht. Ich sehe sie lachen und reden, aber es dringt nicht mehr durch. Zwitschernde Vögel sind sie. Ich verstehe sie nicht mehr. Ich bekomme Kopfschmerzen davon, das ist alles. Was sie erzählen, die Diskussionen über das, was in der Welt geschieht und was nicht … es ist mir vollkommen gleich. Es betrifft mich nicht.«

»Gib dir etwas Mühe. Zwinge dich, Interesse für das aufzubringen, was um dich herum geschieht.«

»Mühe? Ich gebe mir schon so viel Mühe aufzustehen, meinen Körper zusammenzuhalten. Ich habe Angst, dass mir irgendwann einmal die Arme abfallen, wenn ich mir nicht alle Mühe der Welt gebe, mich zu erinnern, dass ich noch einen Körper habe. Du weißt nicht, wie es ist, Willem. Ich bin kaum anwesend. Die Welt ist tot, weißt du, und ich bin kurz davor, mich aufzulösen. Und du erwartest von mir, dass ich mich mit diesen Mumien und ihrer selbst gemachten Guacamole und ihrem gebratenen Springbock an den Tisch setze.«

»Du lässt dich gehen in deiner Trauer.«

»Wenn du wüsstest, wie viel Mühe es mich kostet, mich nicht gehen zu lassen.«

»Es ist mein Fehler«, sagt mein Vater. »Ich habe es zugelassen. Ich war zu nachgiebig. Aber jetzt ist es genug. Dieses Museum hier wird aufgelöst.«

»Das ist nicht dein Ernst.«

»Ich hätte es schon einige Zeit früher tun sollen.«

»Du rührst hier nichts an!«

Er lacht bitter.

»Wie willst du mir das verbieten, Eva? Du kannst hier nicht vierundzwanzig Stunden am Tag Wache halten.«

»Nimm ihn mir nicht weg, Willem. Es ist alles, was ich habe. Du hilfst mir nicht, indem du mich zwingst.«

»Es wird Zeit, dass du einsiehst, dass er tot ist. Tot, Eva. Thomas ist tot, hörst du mich?«

Sie schüttelt den Kopf.

»Er wird nicht zurückkehren, egal wie viele Teller du auf den Tisch stellst und wie sehr du sein Zimmer bewachst, als könnte er jeden Augenblick zurückkommen; wie oft du mit der Luft sprichst, als stünde er neben dir. Ich weiß es, denn ich höre dich.«

»Du denkst, ich werde verrückt, nicht wahr? Wäre es nur so einfach. Ich weiß, dass er tot ist, Willem. Aber das bedeutet nicht, dass er nicht da ist.«

»Genau das ist es, was tot sein bedeutet.«

»Du verstehst es nicht. Er wird nie älter werden. Ich werde ihn nie erwachsen sehen, das weiß ich. Die Geschichte endet hier. Keine Fortsetzung. Kein gutes Ende. Aber das bedeutet nicht, dass es ihn nie gegeben hat. Und wenn du willst, dass ich ihn totschweige, dass ich alles, was er angerührt hat, ausradieren soll, nun, das kann ich nicht. Dann würde nichts übrig bleiben. Nimm mir meinen Topfhandschuh nicht weg. Es ist einfacher, unseren toten Sohn zuzulassen. Wie kannst du nur behaupten, er wäre nicht mehr da? In den letzten Monaten ist er mehr in meinem Leben als früher. Wenn ich ihn vergesse, dann stirbt er aufs Neue.«

»Ich sage nicht, dass du ihn vergessen sollst.«

»Was willst du dann?«

»Ich will, dass es aufhört.«

»Und ich wollte, es hätte nie angefangen.«

Sie bleiben stehen.

»Wenn ich mich entscheiden muss, Willem, dann entscheide ich mich für ihn. Ich will ehrlich zu dir sein.«

»Ich habe mir diese Art Unsinn lange genug angehört.« Jetzt ist er wütend. »Ich sehe keine Besserung. Ich sehe nur, wie du abmagerst und kaum vor die Tür kommst. Das hier ist kein Leben, nicht für dich und nicht für mich. Wie lange sollen wir noch hier herumlaufen, in dieser heiligen Stille? Ich bin es leid. Wenn du nicht willst, dass ich seine Kleidung im Garten verbrenne, dann geh jetzt ins Schlafzimmer und mach dich endlich fertig.«

Sie springt auf ihn los, aber er packt sie und drückt sie auf das Bett.

»Nach wem willst du rufen? Es ist kein Verbrechen, meine alte Kleidung wegzutun.«

»Es ist nicht deine Kleidung. Es ist die von Thomas«, sagt sie.

»Er wird sie nicht mehr tragen.«

Sie reißt sich los, geht ins Schlafzimmer und schlägt die Tür zu.

»Du hast fünf Minuten. Dann fahren wir.«

Er bleibt an der Tür stehen, geht aber nicht hinein. Wieder klingelt das Telefon, erst unten und dann auch das Handy meiner Mutter im Schlafzimmer, aber keiner von beiden macht sich die Mühe, ranzugehen.

»Noch eine Minute«, sagt er, und als sie nicht antwortet: »Du weißt, dass ich es ernst meine.«

Die Tür geht auf. Meine Mutter kommt aus dem Zimmer. Ihr ganzes Gesicht ist mit einer dicken Schicht weißem Make-up bedeckt. Ihre Augen sind zwei schwarze Zirkel und ihr Mund ist viel zu groß, viel zu rot. Sie ist ein makabrer Clown.

»Ich bin fertig«, sagt sie.

Mein Vater geht auf sie zu. Sie wartet ihn ab, zuckt nicht, als er seine Hand hebt. Er beherrscht sich, dreht sich um und geht dann fluchend die Treppe hinab. Sie hört, wie er den Wagen startet und kurz darauf mit quietschenden Reifen durch die Straße brettert. Sie geht wieder zurück in mein Zimmer.

ORPHEE SITZT IN IHREM ZIMMER und spielt mit einem altmodischen Rasiermesser. Woher hat sie das? Egal. Sie muss weg aus der Dunkelheit, sie muss raus aus dem Zimmer.

Geh weg! Lass mich in Ruhe.

Nein, das tue ich nicht. Komm nach draußen, Liebes. Der Tag ist so schön. Es ist der erste Sommertag, die Sonne brennt und die Erde stöhnt. Verlass dein Zimmer. Weißt du noch, was für ein großartiger Tag das war, haargenau vor einem Jahr, als du dich morgens aus der Bäckerei geschlichen hast und ich auf dem Platz auf dich wartete? Weißt du noch, wie still es war im Dorf, als ob alles Leben verschwunden, gefroren oder geflohen war? Es war unverschämt früh, noch kaum hell, am Horizont zögernd das erste Rosa. Die Erde war eine müde Schläferin, zog ein Augenlid hoch und ein Halbkreis aus Licht glitt durchs Dunkel. Der Tag konnte beginnen. Komm, Liebes, verlass dein Zimmer und geh hinein in die Welt.

Ich kann nicht mehr, Thomas. Ich schlafe nicht mehr. Ich esse nicht mehr. Decke und Wände meines Zimmers rücken näher. Die Männer und Frauen auf den Postern verspotten mich mit ihrem banalen Glück, sie pfeifen mich aus und erzählen mir, dass es andere Orte gibt, an denen die Trauer nicht allmächtig ist. Ich reiße sie von den Wänden, höre jedoch weiter ihre Stimmen. Das hier ist kein Leben mehr. Das muss ein Ende haben. Ich flehe dich an!

Ich war krank, Liebes, krank vor Liebe und nicht gewohnt, so früh aufzustehen. Und mir war schlecht vor Anspannung, denn erst nach zwei Monaten Warten sah ich dich wieder. Du hattest in der Zwischenzeit meine Briefe nicht verweigert, hattest mir sogar zurückgeschrieben, hattest angerufen, und was für Schmerzen du mir damit zufügtest, wirst du nie wissen, deine Stimme in meinen Ohren, meine Angst, unsere kostbaren Minuten an banale Bemerkungen zu verschwenden, was unvermeidlich geschah, weil ich zu angespannt war und nur an den Moment denken konnte, an dem du auflegen würdest und ich allein mit der Stille zurückblieb.

Dann weißt du, wie ich mich fühle, seit du nicht mehr da bist, nie mehr da sein wirst.

Du hattest angerufen und geschrieben. Es waren nicht die Worte, die ich lesen wollte, es war keine Liebeserklärung. Aber ich las immer weniger Kevin zwischen den Zeilen und das war ein Trost. Jeden Brief betastete ich, ich leckte die Worte vom Papier, schmeckte immer weniger Trauer, kostete Erwartungen und Aufgewecktheit, ja, die Briefe waren meine Lebenslinie, das Wort wurde Fleisch, ich wagte zu hoffen, dass du mich nicht aufgegeben hattest, dass du mich nochmals sehen wolltest und nicht nur als Ersatz für irgendeinen Johnny auf dem Motorrad. Steh auf, meine Liebste, schau, der Winter ist vorbei und das Feld voll mit Blumen. Hörst du die Tauben in den Bäumen?

Du hast recht. Ich muss hier weg. Ich bekomme hier drinnen keine Luft mehr. Ich will nicht, dass sie mich hier finden. Die Wärme auf meiner Haut, die Sonne in meinen Augen. Es ist egal. Nichts kann mich noch aufwärmen.

Komm, zögere nicht an der Tür. Wenn sie dich sehen, rufen sie dich zurück. Komm, lauf weg aus diesem Haus, weg aus diesem Dorf. Wir laufen, bis wir außer Atem sind. Bis wir an der ersten Kurve sind, wo die Pappelreihe uns den Blicken entzieht. Weißt du noch, wie wir voriges Jahr hier anhielten, als wir den Hund fanden?

Das hätte mich warnen sollen.

Das arme Tier. Angefahren von einem achtlosen Autofahrer. Hatte es sich noch bis zum Straßenrand geschleppt? Die Pfoten unnatürlich unter dem Leib, der jetzt ein Sack Knochen und Därme war. Das offene Maul. Ich war erstaunt, als du deinen Fotoapparat hervorzogst, erstaunt, dass du dich neben das Tier hinknietest, obwohl es doch schon stank. Was hast du darin gesehen, das das Fotografieren lohnte?

Ich sah den Tau auf den ausgetrockneten Augen. Ich sah eine Fliege, die ungestraft in dieses Maul spazierte, ein Tourist in einer schwarzen Höhle.

Ich selbst konnte nur aus den Augenwinkeln zu dem Tier hinüberschielen, aber das Blut und die Eingeweide schreckten dich nicht ab. Direkt ins Maul des Todes hast du geblickt, unerschrocken.

Ich hatte keine Angst vor dem Tod, weil der mir nie etwas anhaben würde. Weil er etwas war, das anderen zustieß, nicht mir, niemals mir. Ich war jung.

Ich war aufgeregt, obwohl es halb sechs in der Frühe war und mein Magen nicht gerade begeistert, dich so bei einem verwesenden Hund herumtrödeln zu sehen. Denn ich war neugierig, was du noch alles fotografieren wolltest. Der Tag entrollte sich und bot unendliche Möglichkeiten.

Hier ungefähr war es. Hier in dieser Straßenkurve. Kein Kreuz, das die Stelle markiert. Nicht wie ein Stück weiter, wo deines steht, Thomas. Der Ort, den ich meide. Wohin ich ein Mal gegangen bin, wider besseres Wissen. Bei dem Kreuz lagen Blumen. Karten. Ich ließ sie ungelesen. Ich bin nicht dageblieben. Da war nichts für mich.

Ebenso wenig, wie hier etwas ist. Vielleicht finde ich noch einige Spuren, wenn ich das Gras des Straßenrandes absuche, einen Schädel, den Knochen von einer Pfote. Wie lange dauert es, bis die Erde die Knochen verdaut?

Ich erinnere mich an die Blitzlichter, als du die Fotos machtest, die von dem toten Hund. Plötzlich waren wir Schauspieler in einer dieser Serien, in denen Kriminalisten um eine frische Leiche stehen. Aber schon bald rollte sich die Nacht zusammen. Ein roter Tagesanbruch war es. Wir waren beide in der romantischen Stimmung, einen Sonnenaufgang zu begaffen. Du nahmst meinen Arm und rote Flammen zogen über meinen Leib.

Heute zeigt die Welt ihr wahres Gesicht. Alles Sanfte ist vom Himmel gepflückt, lediglich eine große, lange Wolke zieht messerförmig durch die Luft und schneidet den Himmel entzwei. Ich brauche nur einen ruhigen Ort, an dem mich niemand finden wird.

Wohin gehst du, Orphee? Egal, ich folge dir ohnehin, das weißt du. Ach, der Hügel, wo wir damals frühstückten, ja, das ist ein schöner Ort, um den Tag über das Land hinwegrasen zu sehen.

Es war einer der Orte, an denen ich zur Ruhe kommen konnte. Die Lichtung im Wald ist ein Platz zum Nachdenken. Die Bäume halten die anderen draußen und man kann sich ungestört seinem Inneren zuwenden. Aber hier, oben auf dem Hügel, zwischen den Ruinen des Sandershofs mit dem großen Schornstein als Einzigem, was noch aufrecht steht, und dem Dorf zu Füßen, kann man sich selbst entkommen und zusehen, wie Wolke um Wolke einem kalten Schauder gleich als Schatten über das Land gleitet.

Es war perfekt. Nicht zu kalt, aber doch kalt genug, dass

du dich an mich schmiegtest, während wir den Morgen anschwellen sahen. Die Stadtgeräusche waren ein Echo von unbedeutendem Leben ohne Liebe. Ich spürte dein Herz. Du warst gerade den Hügel hinaufgerannt und es klopfte wie ein wildes Tier. Es war nicht aus Eis, Liebes, es war lebendig warm.

Ist das hier ein grausamer Scherz Gottes, findet Er das witzig, dass die schönsten Erinnerungen zu den schmerzhaftesten werden? Dass man sich all dessen entledigen muss, was einen einst glücklich machte, die schönsten Sachen aus dem Kleiderschrank wegwerfen muss, bis nur die untragbaren Reste übrigbleiben? Einst brauchte ich nicht mehr als diesen Hügel, um mich durch den Tag zu schleppen, jetzt lastet er auf mir, ich lebe in seinem Schatten, ich warte, bis er über mich fällt.

Das hier war der Moment, an den ich später immer wieder zurückdachte, hier mit deinem Herzen an meinem. Wie du zuließest, dass ich meine Arme um dich legte – angeblich, weil es kalt war – und versuchte, meine Jacke um uns beide zu drapieren. Weil ich noch nie jemandem so nah gewesen war. Weil noch keine fatalen Worte gefallen waren.

Der Duft deines Haars machte mich wild. Du saßest vor mir, ich sah das Sonnenlicht durch deine Ohrmuscheln und brauchte alle meine Kräfte, um dir nicht meine Lippen in den Nacken zu drücken. Mein Blut strömte überallhin. Mein sauerstoffarmes Hirn funktionierte zu dieser frühen Stunde nicht, aber mir war wohl bewusst, dass es nicht einfach ein wilder Sprung einer unberechenbaren Orphee war, so früh aus dem Haus zu schleichen, bloß um ihre Eltern zu ärgern, sondern dahinter steckte mehr. Ich ließ meine Hoffnung nicht los. Ich hatte beide Arme um dich gelegt und das war schon etwas. Dein Kopf lag an meiner Brust. Du musstest doch spüren, wie mein Herz Überstunden machte! Aber du bliebst sitzen und wir ließen den Tag über uns hinwegschwappen.

Das hier war in der Tat ein wunderkräftiger Hügel, wie mein Großvater behauptete. Auf diesem Hügel wuchsen einst Riesengemüse und unter ihm lebten seltsame Wesen, die jetzt das Klopfen meines Herzens hören mussten. Alles war möglich an diesem Ort. Es war nicht undenkbar, dass du mich mögen könntest. Allerdings war ich schlau genug, das nicht laut zu fragen. Ich hätte eine Ewigkeit so dasitzen können.

Ich muss weg von diesem Hügel. Ich hatte gehofft, hier allein zu sein, aber hier entsteht ein neues Viertel mit Sozialwohnungen und die Erdarbeiten haben schon angefangen. Die Traktoren haben ein Stück aus dem Hügel gebissen und es ist völlig klar, dass sich hier keine Paläste verbergen, sondern nur Schlamm und Stein und blinde Würmer.

Du hättest Hunger, sagtest du, und ich musste dich loslassen. Ich hatte Kaffee in einer Thermosflasche dabei und du Croissants. Ich hatte noch nie so früh im Freien gefrühstückt.

»Werden sich deine Eltern keine Sorgen machen?«

»Ich habe einen Zettel dagelassen.«

Was du ihnen geschrieben hattest, wolltest du nicht sagen. Egal. Wir waren hier. Jetzt. Das hier war wichtig: unsere Hände, die wir an den Plastikbechern aufzuwärmen versuchten, unsere Atemwölkchen und der Tag, der erstaunlich schnell über das Land glitt, das Dorf entblößte und den Hügel heraufkletterte. Ich stand auf, versuchte, meine eingeschlafenen Füße durch Stampfen aufzuwecken, aber du gestikuliertest, ich solle still sein. Ich kniete mich neben dich und folgte deinem Finger, der auf einen kleinen Weiher am Fuß des Hügels zeigte.

»Da, siehst du das? Zwischen den Sträuchern.«

»Was ist es?« Ich schmiege mich eng an dich.

»Ein Fuchs.«

Jetzt sah ich ihn auch, rot schimmernd zwischen den Zweigen. Behutsam schlich er zum See und schaute erst um sich, bevor er sich bückte und zu trinken begann.

Deine rechte Hand griff nach dem Rucksack. Dich ebenso langsam bewegend wie der Fuchs, holtest du die Kamera hervor und zoomtest heran. Ich wusste nicht, was außergewöhnlicher war, das direkt aus einer Fabel entsprungene wilde Tier hundert Meter unter uns oder du, so nah bei mir, dass ich den Flaum deiner Wangen sehen konnte und die Sonne auf deinen Wimpern.

»Ich bekomme ihn nicht richtig ins Bild«, sagtest du. »Ich muss näher ran.« Auf dem Bauch krochst du durch das taufeuchte Gras und ich kroch dir hinterher; zu unbedacht, denn das Tier hob den Kopf. Ich weiß nicht, ob es uns gesehen hatte, aber es ging auf Nummer sicher und verschwand in ein Getreidefeld.

»Vielen Dank. Jetzt ist er weg.« Du knufftest mich, spielerisch, aber fest.

»Kann ich was dafür?«

»Ja, du bist zu plump.«

»Und du zu langsam, das ist es.«

»Wie kannst du es wagen?« Wieder ein Knuff gegen meine Schulter. Ich umschloss deine Hand mit der Faust.

»Lass mich los.«

Ich setzte mich auf dich, ergriff deine andere Hand und drückte sie wie angenagelt auf den Boden. Du mühtest und wandest dich, aber ich hatte dich fest im Griff.

»Ich bin ein Tollpatsch, was?«

»Unter anderem.«

»Was noch?«

»Lass mich los.«

Ich hing über dir, mein Kopf über deinem. Ich hätte dich einfach so küssen können.

»Was noch?«

»Du bist laut. Bäuerisch. Du kochst schlechten Kaffee. Und du siehst um sechs Uhr morgens nicht gut aus.«

»Du siehst großartig aus«, sagte ich.

»Tatsächlich?«

»Wie … wie eine Bergblume.«

Gegen deinen Willen musstest du lächeln.

»Du bist kein so guter Schriftsteller, wie du meinst.«

Das saß.

»Ach, und noch etwas.«

»Ja?«

»Das hier.«

Ehe ich richtig wusste wie, hattest du mich von dir abgeworfen. Ich klammerte mich an dich, du versuchtest, dich freizustrampeln, und schon bald rollten wir den Hügel hinab. Du schriest. Ich schrie. Es ging immer schneller. Wir rollten wie Äpfel, wie Kürbisse, zwei junge Leiber den Hügel hinab. Die Welt war eine Aufeinanderfolge aus blauen und grünen Streifen. Ich hörte dich lachen und dann plötzlich mit Panik in der Stimme rufen: »Der Weiher! Der Weiher!«

Vergeblich griff ich um mich, krallte nach dem Gras und – wie wir es schafften, weiß ich nicht – ein paar Meter vor dem kleinen See kamen wir zum Halten.

»Liebe Güte!«, sagtest du, während du dich aufrappeltest

und dir das Gras von der Hose klopftest. »Noch etwas und wir hätten im Wasser gelegen.«

»So tief wird es wohl nicht sein.«

»Nein. Aber ich habe keine Lust, den ganzen Tag klatschnass herumzulaufen.«

»Wir könnten unsere Sachen jederzeit zum Trocknen ausziehen.«

»Das hättest du wohl gern.«

»Wenn du Angst hast, jemand könnte uns sehen, dann verstecken wir uns halt ein Stück weiter im Getreide.«

»Wie idyllisch. Ist das eine deiner geheimen Fantasien?«

»Eine von vielen«, sagte ich und ging auf dich zu.

»Finger weg!«, sagtest du lachend. Aber du wusstest, dass ich diesmal nicht vorhatte, auf dich zu hören. Du schriest, drehtest dich um und ranntest um den Weiher davon. Am Rand des Kornfeldes ein kurzes Zögern.

»Der Bauer bringt uns um, wenn er merkt, dass wir durch sein Getreide gelaufen sind.«

»Dein plumper Bauer hier findet das nicht schlimm!«, rief ich und ging auf dich zu. Du verschwandest im Korn.

Es ist verlockend, die Augen zu schließen und mich vom Hügel hinabrollen zu lassen, mühelos ins Wasser, aber die Augen der Arbeiter lassen mich gefrieren, behindern mich, ich kann nicht anders, als mich umzudrehen und einfach hinabzugehen, ihre Blicke im Rücken.

Fasanen in allen Farben stoben auf, als du in das Feld tauchtest, Hände voll Spatzen und Stare flogen wie schwarzer Hagel über das Korn. Ich hatte dich schnell eingeholt. Du gabst dir wenig Mühe, dich zu verstecken. Ich sprang, du fielst und ich fiel mit, hinein ins Dunkel.

Ich hätte fortgehen sollen aus diesem Dorf, in dem jeder Baum und jede Straßenkurve Erinnerungen aufwühlt. Ich hasse diese Gegend, die sich jedes Jahr wiederholt, als ginge alles einfach so weiter. Das kann, das darf nicht sein. Seit letztem Jahr hätte die Sonne stehen bleiben müssen. Wie wagt es das Getreide, zu sprießen und schamlos zu wachsen, wie wagen es die Bäume, so selbstgenügsam dazustehen? Aber mir fehlte die Kraft und ich blieb hängen, gefangen in einem Foto von früher.

Leck meine Lippen nass, Liebes, leck sie rot, rot wie Kirschen, wie Granatäpfel. Eine Explosion von Rot ist alles, was ich hier in der Dämmerung des Getreides sehe, das sich wie ein Vorhang zusammenschiebt und uns zudeckt, begräbt, betäubt, während über uns die Sonne brennt, angestarrt von Kleinwild im Korn, Wieseln und Rebhühnern. Es dämmert mir vor den Augen, hier im Schatten des Getreides nach dem grellen Mittagsblau. Ich habe so lange auf diesen Moment gewartet, fünfzehn wilde Sommer der Sehnsucht in einem einzigen Moment. Ich muss tastend weiter, meine Finger laufen über deine abschüssige Landschaft, fast außer Atem, aber nicht hügelmüde, zu neugierig, zu begierig nach diesem neuen Land, ein Tourist ohne Karte, aber bereit für das Abenteuer, die früheren Vorstellungen, wie das Land aussehen würde, vergessen, jetzt, wo ich hier bin, wo ich es rieche, ein Geruch, den die Fotos in meinem Kopf niemals hatten, nach Erde und Sand und Schweiß und unbekannten Blumen, die, je tiefer ich tauche, im Dunkel aufblühen, und ich hatte nicht erwartet, dass ich zittern würde, ist es die plötzliche Kälte, seit wir aus der Welt der Sonne abgetaucht sind und in den Falten der Erde verborgen liegen, seit das Lachen verschwunden ist, unser letztes Lachen noch irgendwo über uns schwebt, fortgeweht, seit es voller Ernst geworden ist; ist es die Anspannung, einen Weg einzuschlagen, von dem ich niemals zurückkehren kann; ist es deine Nähe, Liebes, ich hatte gedacht, die Dunkelheit würde mir mehr Mut verleihen, dein Blick mich dann nicht bremsen, aber seit ich deine Augen nicht mehr sehe, sondern nur als nasses Schimmern unter mir erahne, bin ich plötzlich allein in meinem Körper, allein mit meinen dunklen Gedanken, nein, es sind keine Gedanken mehr, denn wie Sätze zu Wörtern zerbröseln, wenn du zu nahe kommst, in Buchstaben zerfallen, die ihre Bedeutung verlieren und sich wie schwarze Würmer davonschlängeln, so verliere ich meinen Verstand, je näher ich dir komme, meine Sinneswerkzeuge sind nicht wieder dort, wo ich sie zurückgelassen habe, sondern sind verschmolzen und rasen wie ein Suchlicht durch meinen Körper, meine Finger riechen, meine Hände sehen, der Druck deines Körpers unter mir, ein Ellbogen, eine Hüfte macht Einbuchtungen in meinen Leib, knetet mich um und ich verliere mich in deinen Fingern, die sich mit meinen verflechten.

Warum bin ich derjenige, der fühlt, der tastet, der küsst? Warum suchst du nicht, Liebes, warum stöhnst du nicht, warum greifst du, nagelst du mich nicht fest, was mache ich falsch? Da ist etwas, ein Zögern, ich bemerke es auch noch im Dunkeln. Du küsst mich nicht. Ich küsse dich, aber die Hingabe ist verschwunden. Meine Zunge geht immer tiefer und ich habe einen Augenblick lang die aberwitzige Vorstellung, den Erdboden zu küssen, mit der Zunge Würmer und Maden zu berühren, denn ein Gedanke hat sich plötzlich in meinem Kopf festgehakt, dass du mich in deinem Kopf verlassen hast und bei jemand anderem bist. Umschließen deine Arme nicht mich, sondern ihn, während du auf dem Motorrad sitzt? Denn ich fühle dich nicht zittern, du hast keine Angst, du hast nicht das Gefühl, mit verbundenen Augen in einer fremden Stadt unterwegs zu sein. Wie einfach ist es für dich, die Liebe zu wechseln, jetzt und hier mit mir zu liegen? Dabei müsste ich froh sein, denn das ist es, was ich gewollt habe. Würde es mir etwas ausmachen, dass du hier auch mit jemand anderem gelegen hast? Nein, es sollte mir nichts ausmachen dürfen, aber so ist es verkehrt, denn wenn es dir nicht viel bedeutet, für dich nichts Besonderes ist, dann ist es auch nichts Besonderes für mich. Dann liegst du hier halt einfach und mein Körper, der unmöglich lügen kann, versteift vor Wahrheit, sitzt in der Falle. Und mein Herz, das sich wie ein wildes Tier gewehrt hat, während deines kühl wie Eis daliegt, will das nicht. Und ehe ich begreife, was ich tue, komme ich hoch, stehe auf in diesem gelben Meer und spüre die Sonne wieder auf dem Gesicht.

Es ist nichts als Lüge, diese sanft wogenden Kornfelder, dieser blaue Himmel. Schönheit, pah! Das kratzt man einfach so ab. Zieh die Haut ab und du siehst einen grinsenden Schädel. Leben und Tod, mehr gibt es nicht. Und alles, was lebt, lebt auf Kosten anderer. Dieses Feld steckt voll verborgenen Lebens. Marder jagen hier nach Feldmäusen. Wenn man ganz still ist, hört man so ein kleines Rückgrat knacken. Ein letztes Piepsen und dann nichts mehr. Spinnen saugen das Leben aus gelähmten Fliegen und ich weiß, wie die sich fühlen. Und tiefer in der Erde laben sich die Würmer an faulendem Fleisch. Über all den Leichen singt das Korn. Ist das nicht schön? Ist das nicht romantisch? Dieses Korn ist nicht mehr als Sperma auf Stängeln, ein Samenmeer, die Blumen am Wasser spreizen ihre schamlosen Lippen jedem schwarzen Insekt entgegen, das sie besteigen will.

Wer möchte leben in dieser Welt, in der einem nur die Wahl zwischen Lüge und nackter Wahrheit bleibt? Und wie kann man sich für die Lüge entscheiden, wenn einem die Augen einmal geöffnet sind? Denn wir sterben alle miteinander, unwiderruflich. Warum dann so begierig leben wollen? Welchen Sinn hat das noch? Nein, wenn du einmal hinter der Lüge den Schädel gesehen hast, dann weißt du zu viel. Dann ist es zu spät.

»Es ist zu früh«, sagst du. Mehr nicht. Und das ist vernünftig. Mehr an Erklärung würde uns zu einer Diskussion verleiten, und was gibt es denn zu diskutieren? Ich bin verliebt und du nicht, so simpel ist es. Reden wird daran nichts ändern. Ich bin deswegen wiederum auch nicht so fertig, wie du vielleicht denkst, oder jedenfalls nicht, nachdem mein Körper etwas zur Ruhe gekommen ist. Ich wusste es ja. Ich wusste es schon ab dem ersten Moment an diesem Morgen, als ich dich sah: freundlich, etwas abwartend, aber nicht mit diesem Eifer, den ich im Zaum halten muss, nicht mit dieser Angst, etwas Falsches zu tun oder zu sagen, nicht mit diesem dummen Drang, Eindruck machen zu wollen. Ich wusste es, als ich dir ins Getreide hinterherging. Dass ich enttäuscht bin, habe ich mir selbst zuzuschreiben.

Ich bin verliebt. Und wenn es etwas gibt, das wir Verliebten wirklich gut können, dann ist es, uns an Strohhalmen festklammern, uns über Kleinigkeiten freuen. Jeder Blick, jedes Wort, das auch nur etwas nach Hoffnung und nach später riecht, wälzen wir wieder und wieder im Kopf herum, bis es blitzt und wir in diesem Glanz sehen, was wir sehen wollen. »Es ist zu früh«, sagst du. Das ist besser als: »Es geht nicht.«

Wenn etwas zu früh ist, dann kommt irgendwann ein

Moment, in dem es nicht mehr zu früh ist, oder? Ich brauche nur zu warten. Und warten, das kann ich. Noch etwas, das Verliebte so gut können. Sie haben keine Wahl.

Der Höhepunkt des Tages ist vorbei, und nachdem er sich als kein echter Höhepunkt herausgestellt hat, rinnen die Farben aus dem Tag. Der Himmel wird weniger blau, wird dünner, sodass man, wenn man gut und lange und tief genug hinschaut, durch die Atmosphäre hindurch bis in die Leere des Weltalls schauen kann. Die Schatten sind geschrumpft und meine Erwartungen sind im Getreide verschwunden. Wir trotten ziellos durch die Felder und ich wage nicht, dich zu fragen, was du vorhast und wohin wir gehen, aus Angst, dass du mir die gleiche Frage stellst und ich ehrlich sein und sagen könnte, ich hätte nur einen einzigen Plan heute gehabt, und dass daraus nichts werden würde, hättest du ja deutlich gemacht. Aber dass der Tag jetzt leer ist, stimmt nicht. Ich bin bei dir und du bist bei mir und das ist besser, als nicht bei dir zu sein. Und nachdem wir unser unausgesprochenes Gespräch hinter uns haben, hast du weniger Angst, mich anzufassen, und wagst es schon mal, Hand in Hand mit mir zu gehen. Du zerrst mich mit zu einem Erdbeerfeld, wo an diesem Morgen schon gepflückt wurde, aber die Pflücker sind nicht immer gründlich und wir kriechen über den Zaun und heben die Netze hoch und gehen vorsichtig durch die Pflanzenreihen. Wenn wir eine Erdbeere finden, schreien wir wie Kinder am Ostersonntag und sie schmeckt besser denn je, selbst mit dem Sand, der hier und da noch an ihr klebt. Als ich eine Riesenerdbeere finde, die an der Unterseite weggefault ist, kann ich nicht anders, als sie zu werfen, und ich sehe, wie sie an dieser Stelle zwischen deinem Hals und deiner Schulter zerplatzt; einer Stelle, über die ich mich heute früh im Überfluss an Möglichkeiten nur flüchtig gebeugt habe und die ich jetzt, nachdem ich von der Unmöglichkeit weiß, küssen will. Und zu träge, zu traurig, wie ich bin, rühre ich mich nicht, als du zurückwirfst, aber zum Glück wirfst du wie ein Mädchen und die Erdbeeren fliegen überallhin. Als du dich müde geworfen hast, machst du ein Foto von mir, inmitten der Pflanzen, mit dem Hügel als Hintergrund. Warum? Um diesen traurigen Blick für immer zu verewigen? »Cheese!«, rufst du, obwohl du nicht zu der Art von Fotografen gehörst, die an lachenden Gesichtern interessiert sind, aber du fühlst dich schuldig. Ich grinse gehorsam und du lässt die Kamera einen Moment sinken, und wie du mich anschaust … Nein, es wird wohl meine unausrottbare Hoffnung sein. Ich muss warten und wate durch die Pflanzen bis hin zu dir, ich will auch ein Foto von dir, so wie du dastehst in all deiner Herrlichkeit, und während wir uns über die Kamera beugen und unsere Köpfe sich fast berühren, da bin ich beinahe glücklich. Beinahe.

Und wir erreichen, wie kann es anders sein, wieder die Lichtung im Wald. Und ich hole etwas aus meinem Rucksack. Die ganze Zeit habe ich überlegt, ob ich es dir zeige. Aber am Morgen war es noch zu früh und nach dem Getreide passte es auch nicht. Es musste der richtige Moment sein und diese Momente muss man abwarten, kleine Ströme in der Zeit, die unvorhersagbar sind, die zu tun haben mit einem bestimmten Lichteinfall, mit dem, was du gerade gesagt und nicht gesagt hast, damit, wie du lachst, mit der Angst, dass der Tag fast vorbei ist und ich immer noch mit diesen Papieren im Rucksack dasitze und dass, wenn ich mich nicht beeile, es dann zu spät sein kann.

Am Morgen warst du vorsichtig, aber als du merktest, dass ich dich nicht mit Bekenntnissen oder unpassenden Gefühlsregungen belästigte, wurdest du ruhiger. Du lachtest über meine Geschichten von meiner hysterischen Mutter, und als ich von Bram erzählte, hörtest du so aufmerksam zu, dass ich fast eifersüchtig wurde. Du erzähltest von deiner Schwester, den unmöglichen Kunden in der Bäckerei, deinen Träumen von einem Leben als Fotografin. Du hattest schon Preise gewonnen. Nichts Besonderes, irgendein lokaler Quatsch, aber dennoch war klar, du hattest Talent. Repelgem war nicht gleich New York und eine Reportage vom dortigen wilden Nachtleben würde noch auf sich warten lassen, und wie oft kann man betrunkene alte Männer auf dem Platz vor der Kirche fotografieren, bevor sie obszöne Sachen rufen? Das heißt, du wolltest weg. Noch drei Jahre Warten, das erschien dir endlos. Drei Jahre lebendig begraben.

Als du von den Fotos sprachst, wusste ich, dass es ging, dass ich an der Reihe war.

»Ich habe etwas für dich.« Keine Ringe oder Ketten oder sonstigen Kram, der beweisen soll, dass du mein bist, dass du mit etwas von mir durchs Leben musst. »Du hattest mich doch gebeten, mir eine Geschichte für dich auszudenken.«

»Für mich? Ich fühle mich geehrt.«

»So soll es auch sein«, sage ich.

»Darf ich sie gleich jetzt lesen?«

Darfst du jetzt meine Seele, meinen zerbrechlichen Stolz in beide Hände nehmen? Natürlich darfst du das. Ich bin so schlau, nicht sitzen zu bleiben und dir jede Gefühlsregung vom Gesicht abzulesen. Ich stehe auf, betrachte die Drahtgestelle der Lampions, an manchen baumelt noch etwas buntes

Papier. Ich finde die zweite Flasche Wein, die ich beim letzten Mal dort zurückgelassen habe. Das Etikett ist abgeregnet, aber der Wein ist wahrscheinlich noch gut. Gehe zu den Fahrrädern, pumpe meine Reifen auf, versuche zu raten, wie viel Zeit du brauchst, um meine Geschichte zu lesen. Ein merkwürdig geflügeltes Insekt setzt sich auf meine Fahrradpumpe, schwärzer, größer und dicker als eine Ameise. Ich schüttele es weg und es fliegt in die Luft, ein schwarzer Tupfer, der kleiner und kleiner wird, bis er plötzlich verschwindet. Ich suche in meinem Rucksack, ob wir noch etwas zu essen haben. Die Schokolade ist geschmolzen, die Äpfel sind zerbeult, einzig eine Tüte Drops scheint noch relativ unversehrt durch den Tag gekommen zu sein. Währenddessen ist es fast vier Uhr, zum Glück haben wir uns mit Erdbeeren vollgestopft. Vielleicht hast du noch etwas, und angetrieben von Hunger und Ungeduld und gebremst von einer idiotischen Angst, denn ist es wirklich so wichtig, was du von meiner Geschichte denkst, die ich lediglich vierzehn Mal überarbeitet habe, gehe ich zur Lichtung. Du sitzt mit dem Rücken zu mir da. Und dieser Rücken zuckt. Du lachst. Du weißt nicht, dass ich wieder da bin, und lachst über meine Geschichte. Dabei ist sie gar nicht lustig. Es ist eine Geschichte voll Schnee und Tod. Dass du lachst, ist keine gute Neuigkeit.

»Orphee?«

Du drehst dich um und ich sehe, dass du weinst. Natürlich renne ich auf dich zu, meine Liebste, ich wollte dich nicht zum Weinen bringen, und ich umarme dich und du lässt es geschehen.

Die Geschichte von dem Eisvogel war der Anfang vom Ende. Ich wusste, sie handelte von mir. Ich war genau wie die Leute aus dem Dorf gefroren, hatte Angst, abermals zu fühlen. Aber was würde mir das helfen? Gefroren oder tot, das war dasselbe. Ich war tot, das sagtest du, aber ich konnte auftauen. Ich konnte zwischen den Zeilen lesen, Thomas, ich bin nicht dumm. Ich sah durchaus, was du vorhattest. »Vergiss diesen Kevin«, das stand in unsichtbaren Buchstaben da, »verschließ dich nicht, sondern traue dich, wieder zu leben«, das kam in Wölkchen aus den Mündern der gefrorenen Dorfleute. Dein Herz ist nur zeitweilig gefroren. Es wird Zeit, dass es wieder taut, dass du dich anderen Menschen, anderen Lieben wieder öffnest. Und natürlich war klar, wer diese neue Liebe werden sollte.

Weißt du denn nicht, wie viel Mühe es mich gekostet hatte, dieses Herz einzufrieren, diese Mauern hochzuziehen? Und dann kommst du mit deinen Lampions und Briefen, deiner Verletzlichkeit und deinen Geschichten, und ich, ich reiße sie gleich wieder ein.

Du beichtest es dort auf dem Hügel, während der Wind Spuren im Korn zieht, Riesenfinger in einem gelblichen Fell. Du öffnest dich dort, mehr noch als am Nachmittag.

Es ist nicht alles dein Fehler. Diese Mauern waren schon vor Kevin da. Auf der Kirmes hattest du die wilde Orphee kennengelernt, die Orphee, die dem allsehenden Auge ihrer Eltern entronnen war. Aber die laut lachende, schnodderige Orphee war ein Schutz, eine Maske. Dahinter steckte eine kühle Orphee, die alles aus der Distanz betrachtete. Die vergeblich Übereinstimmungen mit ihrer Schwester und ihren Freundinnen suchte. Die niemanden zu nahe kommen ließ. Ich hatte Kevin zugelassen, und fast umgehend dafür bezahlen müssen. Das sollte mir nicht noch einmal widerfahren.

Die Mauern stehen da nicht umsonst, Thomas. Ich habe keine Widerstandsfähigkeit. Das habe ich dir dort erzählt. Dass ich zu ver-

letzlich bin, um einfach so, ohne Verteidigungslinien und Wälle, durchs Leben zu gehen. Dass ich vorsichtig sein muss, wenn ich dieses Leben überleben will. Dass ich mich nicht einfach so verlieben kann, denn das könnte meinen Tod bedeuten. Mein Herz ist nicht aus Eis, sondern aus Glas. Eine Kleinigkeit, und es ist zerbrochen! Deine Briefe waren verführerisch, aber wie konnte ich sicher sein? Es war, als stünde ich am Rand eines Schwimmbeckens oder an einem Meer und fragte mich, ob ich springen sollte.

Ich verstehe es nicht recht, das gebe ich zu. Geht das denn, sich überlegen, ob man in jemandes Leben tritt? Zögern, den Sprung zu wagen und sich zu verlieben? Ich brauchte dich nur auf der Kirmes zu sehen und es hat mich umgehauen. Offenbar war ich einer derjenigen, die sich leicht verlieben, die es einfach überkommt, wie eine Erkältung. Du bist so anders, dass ich erst später ganz verstehe, was du sagst. Jetzt bin ich vor allem überglücklich, dass du mich ins Vertrauen ziehst.

Ich dachte, du würdest mich verstehen, du hättest mich durchschaut. Wie sonst hättest du die Geschichte vom Eisvogel für mich schreiben können? Ich dachte, du wärst einer der wenigen, bei denen ich die Maske ablegen konnte. Eines der seltenen Wesen, die hinter die Mauern blicken durften. Die mich nicht enttäuschen würden. Mich nicht verlassen würden.

Ich küsse die Tränen weg und du lässt mich gewähren. Für mich ist es zu gefährlich, zu lange in deiner Nähe zu bleiben, dich zu riechen, dich zu berühren. Ich darf diesen Nachmittag nicht mit ungebührlichem Verhalten verderben. Ich springe auf. Meine erste Leserin ist von meinem Werk berührt. Das müssen wir feiern! Ich hebe die Flasche Wein auf und schaffe es nach einigem Hin und Her, sie mithilfe meines Taschenmessers zu öffnen.

Du nimmst mir die Flasche aus der Hand, noch mit Tränen in den Augen.

»Auf deinen Erfolg«, sagst du und setzt sie dir an den Mund.

Auf meinen Erfolg. Der literarische kann noch etwas warten. Es gibt andere Erfolge, die mir dringender vorkommen. Ich nehme dir die Flasche aus den Händen und trinke gierig. Da ist etwas in deinen Augen. Vielleicht muss ich doch nicht so lange warten, wie ich dachte. Aber ich darf nichts überstürzen. Muss vorsichtig sein wie die Schlange und sanft wie die Taube.

Wir unterhalten uns über die Geschichte. Ob sie stimmt. Nicht das mit dem Eisvogel natürlich, sondern der Brand auf dem Hof. Das lässt sich noch herausfinden. Du müsstest mal im Dorf herumfragen. Was du nicht recht verstehst, ist, warum mein Großvater als Einziger nicht gefriert. Was macht ihn so außergewöhnlich?

»In derartigen Geschichten gewinnt am Ende immer die Liebe«, sagst du, »aber dafür ist er noch zu jung«, und greifst wieder nach den Papieren.

»Unschuld«, sagst du, »ist es das?«

»Das gehört dazu, denke ich.«

»Wozu?«

»Zum Leben.«

Wir trinken weiter.

»Warum fotografierst du?«

»Weil ich einen Onkel habe, der sich viel damit beschäftigt.«

»Ich habe einen Onkel, der verkauft Badezimmer. Deswegen sieht man mich aber noch nicht mit einer Duscharmatur durch die Felder laufen.«

»Weil ich gut darin bin.«

»Das wusstest du nicht, als du damit anfingst.«

»Was meinst du: Warum fotografiere ich?«

»Schönheit.« Mir das einfallen zu lassen kostet mich bei ihrem Anblick wenig Mühe.

»Das gehört dazu«, erwidert sie lachend. »Ich will die Dinge festhalten, bevor sie vergessen werden. Manchmal bekommt man es einfach so geschenkt, ein Zusammenwirken von Umständen, ein Lichteinfall, der Blick einer Frau, eine Tür, die sich öffnet, eine Szene, die vor deinen Augen entsteht und nur kurz hängenbleiben wird, um dann für immer zu verschwinden. Das Leben, oder?«

Wir trinken weiter. Ich bin immer näher an sie herangerückt. Unsere Schultern berühren sich.

»Thomas?« Du drehst dich nach mir um.

»Ja?«

»Du …«

»Ja?«

»Was denkst du von mir? Ehrlich.«

Das ist der Moment. Hier muss ich die richtigen Worte finden, den magischen Spruch, der dich überzeugt, dass ich weiß, wer du bist, dass ich der Eine bin, der dich sieht, wie du gesehen werden musst, der Einzige, der dich zu würdigen weiß. Und ich muss es so schlagfertig und intelligent verpacken, dass du überzeugt sein wirst, ich bin die Mühe wert.

Ich finde die Worte nicht. Mein Gehirn denkt noch nach, als mein Mund schon gesprochen hat. Wahrscheinlich ist es der Alkohol.

»Ich finde dich bildschön.«

Es sind offenbar keine katastrophalen Worte, denn du

lachst. Und dann denke ich: Fort mit all dem Warten und Vorsichtigsein, wenn das hier nicht der richtige Moment ist, dann ist es halt so. Ich kann nicht immer nur auf eine Tür warten, die plötzlich aufgeht, oder den Blick einer Frau. Das Leben vergeht zu schnell. Ich küsse dich und du lässt es zu. Ich küsse dich und, o Wunder, du erwiderst den Kuss.

Du hast mich verlassen, Thomas, du hast mich verraten. Du hast mich ohne jeden Schutz zurückgelassen, ich bin nicht aus Fleisch und Blut, ich bin aus Eis, eine Statue aus geborstenem Eis, die unter den Windstößen zerbröckelt, in Splitter zerfällt, scharf wie glückliche Erinnerungen, scharf wie dieses Messer, mein Thomas, und dieses Leben ist kein Leben mehr.

Dein Mund ist so süß, so weich, so warm, dass mir kalt wird, ein Schauer läuft mir den Rücken hinab bis in die Fußsohlen, ich schließe die Augen und die Welt verschwindet im Dunkeln, es gibt nichts mehr, ich vergesse zu atmen, du küsst so sanft, dass ich dich nicht mehr spüre, nichts mehr höre und mir schwindelig wird, ich strecke die Hände aus, spüre deinen Körper, baue mir eine Welt, deine Brüste der Grund meines neuen Universums. Ich öffne die Augen. Ich bin so nah bei dir, dass ich dich nicht sehen kann, dein Haar ist verschwunden, deine Augen schwimmen von mir weg, nur einen Teil deiner Nase, deines Mundes kann ich noch sehen. Deine Augenlider. So eine kostbare Haut, verführerisch, sie zu berühren, aber deine Finger haben sich schon mit meinen verflochten, wühlen da wie ein Nest junger Schlangen, und kurz schießt mir durch den Kopf, warum hast du die Augen zu, willst du mich nicht sehen, denkst du an diesen anderen, aber es ist nur ein Blitz, ein Aufstoßen von Licht in dieser neuen, dunklen Welt, überwuchert von neuen Blitzen, neuen Gefühlen, einem elektrischen Schlag, als ich dich berührte. Ist es das? Nicht, wie ich erwartet habe, wie man es mir vorhergesagt hat, stümperhaft und stotternd, unbehaglich und zu schnell vorbei. Ich brauche nur an meine Finger zu denken und ich werde meine Finger, alle meine Sinneswerkzeuge rutschen in meine Fingerspitzen. Alles andere verschwindet, die Welt steht still und nur ich bewege mich, irgendwo bist du, ich höre dich murmeln, seufzen, so nah in mein Ohr, dass meine Augen in den Höhlen knacken. Es gibt Stellen, an denen ich dich berühren kann, meine Finger eine Brücke, deine Wimpern ziehen genüssliche Spuren über meine Wange, ich höre jetzt auch mich seufzen, über das Zwitschern Tausender Vögel hinweg. Dieser Moment soll ewig dauern, stoppt das Drehen der Welt, stoppt die Sonne in ihrer Bahn, das gehört sich nun mal, wenn die Mauern gefallen sind, lasst die Hunde frei, die wilden, sanften Hunde.

Nein, zieht die Mauern hoch, zieht sie hoch, ich will sie zurück, ich stehe nackt da, ich kann nicht mehr, ich kann nicht mehr, Thomas, wie eine Närrin habe ich die Mauern eingerissen und jetzt bin ich verletzlich, von allen Seiten zugänglich, ich sterbe, Thomas.

Und später kriechen die Ameisen über unsere nackten Leiber, kleine Kitzeleien, fliegende Ameisen, die nach all den Monaten unter der Erde endlich hinausdürfen, zu einem ersten und letzten Flug auf der Suche nach einer Königin, die irgendwo in dem riesigen Himmel darauf wartet, befruchtet zu werden, manche werden sie nicht einmal finden, sondern verwirrt umherfliegen, und diejenigen, die nicht sofort von den Vögeln verspeist werden, werden zuletzt müde auf Wiesen und Baumstümpfe, auf Autodächer und in schmutzige Bäche stürzen. Diese ganze Mühe für ein einziges Mal, für die Chance auf dieses eine Mal, wie können wir ihnen Böses tun, wie können wir sie zerquetschen, unsere Körper sind Häfen, Abschussbasen, wir werfen sie lachend in die Luft.

»Ich muss nach Hause.«

»Ich will nicht. Ich will hierbleiben. Bleib bei mir.« Ich ziehe dich wieder an mich, aber du windest dich los.

»Das ist ein bisschen unpraktisch.«

»Warum kann das nicht für immer so sein? Wer sagt, dass du nach Hause musst?«

»Es wird dunkel.«

»Das finde ich nicht schlimm. Bleib.«

»Ich muss fort.«

»Das will ich nicht.«

»Aber ich komme wieder.«

»Versprich es mir.«

»Ich verspreche dir, dass ich wiederkomme.«

»Immer!«

»Immer.«

»Versprich mir, dass du kommst, wenn ich dich darum bitte.«

»Thomas.«

»Versprich es. Versprich mir, dass wir uns nie trennen werden. Dass wir immer zusammen sein werden.«

Ich schaue hoch und da stehst du, eine nackte Königin in einem lebenden Harnisch aus Ameisen.

»Versprich es.«

Ich versprach es. Dass ich dir folgen würde. Bis in den Tod, sagte ich lachend, und dieses Lachen war zu viel und hat die missgünstigen Götter angelockt.

Bis in den Tod. Ich habe versucht, dich zu verlassen, aber es gelingt mir nicht. Thomas, lass mich leben, Thomas, verlasse mich.

Niemals.

Dann verlasse ich dich.

Und mit einem kräftigen Hieb fährt das Rasiermesser durch deine Adern. Das Blut spritzt wie ein lebendiges Wesen durch die Luft und tropft von deinen Handgelenken auf das dicke, grüne Gras.

»WANN KOMMST DU ZURÜCK?«, fragt mein Vater.
»Ich komme nicht zurück«, sagt meine Mutter.

Sie sitzen am Tisch eines Lokals. Zwischen den Studenten und den Berufsalkoholikern fallen sie kaum auf.

»Du kannst nicht ewig bei Melinda wohnen.«

»Ich bin auf der Suche nach einer kleinen Wohnung in der Stadt.«

»Das ist Wahnsinn. Komm zurück. Du fehlst mir.«

Darauf geht sie nicht ein.

»Ich komme am zehnten Oktober vorbei, wenn es dir passt. Ich will noch einige Sachen abholen.«

»Seine Sachen, meinst du.«

»Sie sind doch noch da?«

Sie schaut ihn so ängstlich an, dass er ihre Hand ergreift, die auf dem Tisch liegt.

Der Kellner kommt vorbei und nimmt die Kaffeetassen mit.

»Darf es noch etwas sein?«

Meine Mutter schüttelt den Kopf.

»Einen Whisky«, sagt mein Vater.

Meine Mutter wartet, bis der Kellner fort ist.

»Du hast früher nie Hochprozentiges getrunken.«

»Er gibt so viele Dinge, die ich früher nie gemacht habe. Nach Hause kommen in ein leeres Haus. Mich schlafen legen in ein leeres Bett.«

»Du trinkst doch nicht zu viel?«

»Was kümmert dich das?«

Sie zieht ihre Hand zurück.

»Tu nicht so, Willem. Natürlich kümmert mich das.«

»Dann komm zurück.«

»Es hat keinen Sinn.«

»Warum nicht? Wenn du unbedingt mit deinem toten Sohn reden willst, dann muss es eben sein. Ich werde dir deswegen keine Vorhaltungen mehr machen.«

»Wie lange hältst du das durch? Eine Woche? Du wirst nicht anders können, als es zu kommentieren. Und selbst wenn du es dir verkneifst, dein Blick kann es nicht verbergen.«

»Ich verstehe das alles nicht mehr, Eva.«

»Glaube mir, du bist besser dran ohne mich. Ohne mich kannst du weitermachen mit deinem Leben.«

»Ich will nicht weitermachen mit meinem Leben, nicht ohne dich.«

Der Kellner bringt den Whisky.

»Die Sachen sind noch da«, sagt mein Vater, nachdem er die Hälfte des Glases auf einmal in sich hineingekippt hat.

»Das ist gut.«

»Möchtest du alles mitnehmen? Das ganze Haus Thomas-frei machen: die Kleidung, seine anderen Sachen, die Fotos, die Kinderzeichnungen auf dem Dachboden, den Kram, den er zum Vatertag gebastelt hat?«

»Du behältst, was du behalten willst, Willem.«

»Was machst du mit all den Sachen? Sie mitschleppen, von Melinda in deine neue Wohnung nach Gott weiß wohin, ein ganzer Berg von Kleidungsstücken, die niemand mehr tragen wird?«

»Das heißt, der zehnte Oktober ist dir recht«, sagt meine Mutter ruhig.

Mein Vater trinkt der Rest des Whiskys aus.

»Weißt du, an wen du mich erinnerst?«

Sie schüttelt den Kopf.

»An Johanna die Wahnsinnige.«

Meine Mutter reagiert nicht.

»Weißt du, was die tat, als ihr Mann starb? Sie ließ ihn einbalsamieren. Sie packte seinen Sarg in eine Kutsche und zog damit durchs Land. Jeden Abend hielt sie mit ihrem Gefolge in einer anderen Stadt und dort las man ihm eine Begräbnismesse. Jeden Tag wieder weinte sie, als begrübe sie ihn zum ersten Mal. Es heißt, manchmal habe sie den Sarg öffnen lassen und sich zu der Leiche gelegt, um sie zu umarmen.«

»Ich bin so verrückt wie Johanna die Wahnsinnige?«

»Verrückter. Sie wusste wenigstens, dass ihr Mann tot war.«

»Ich weiß, dass er tot ist, Willem. Ich will ihn nur nicht entschwinden lassen, als wäre er nie da gewesen.«

»Das geht nicht, Liebste«, sagt er. »Er wird immer da sein.«

»Ich weiß nicht«, sagt sie. »Ich verliere ihn mehr und mehr.« Sie schaut mich um Entschuldigung heischend an. »Manchmal stehe ich morgens auf und habe es für einen Moment vergessen. Ich frage mich, was ich in Melindas Gästezimmer mache, und dann überfällt es mich wieder. Dann weiß ich wieder, wer ich bin. Aber die wenigen Sekunden, in denen ich ihn vergesse … sind ein Verrat.«

»Denkst du, ich stehe fröhlich pfeifend auf? Denkst du, für mich ist es nicht schwierig? Denkst du, ich habe keine Schmerzen?«

»Das sage ich doch nicht.«

»Nein, es interessiert dich kaum, was ich denke oder fühle. Du hast das Leiden an dich gerissen. Ach, niemand leidet so wie du. Du hast das Alleinrecht. Du bist die Hohepriesterin der Trauer.«

»Ich denke, ich gehe jetzt besser.«

Sie steht auf, aber er fasst sie am Arm.

»Bitte, bleib noch.«

Sie zögert und nimmt wieder Platz.

»Entschuldige«, sagt er. »Weißt du, was es bedeutet, den Verlust noch nicht einmal mit seiner Frau teilen zu können? Es kostet Mühe, mit dem Leben weiterzumachen. Und ich habe nicht genug Kraft, uns beide weiterzuschieben, nicht, wenn du dich so an früher klammerst.«

»Ich weiß«, sagt meine Mutter. »Darum gehen wir besser auseinander.«

»Komm mit mir mit«, sagt er. »Das hier ist nicht das Ende unseres Lebens.«

Sie schüttelt den Kopf.

»Warum?«, ruft er und gewinnt damit kurz die Aufmerksamkeit der Leute im Lokal. »Warum, Eva? Ist der Schmerz, den wir haben, nicht genug? Warum musst du die Wunde jeden Tag wieder aufreißen? Warum willst du nicht genesen? Ist es so schlimm, für einen Moment davon erlöst zu sein? Ein paar Sekunden lang wieder mal glücklich zu sein?«

»Ich will nicht weiter, wenn das bedeutet, dass ich seinen Namen nicht laut aussprechen darf. Ich will nicht zum Lachen verpflichtet werden, wenn ich nur weinen kann.«

»Und darum lässt du mich im Stich.«

»Wir lassen uns gegenseitig im Stich«, sagt meine Mutter betrübt.

»Du bist nicht klar. Und du darfst keine Entscheidungen treffen, solange du das nicht bist. Ich lasse das nicht zu.«

»Was willst du tun?«

»Notfalls gehe ich zu einem Arzt und sage, dass meine Frau Stimmen hört. Dass sie Tote sieht.«

»Kannst ja versuchen, sie zu überzeugen«, sagt sie.

»Das wird so schwer nicht sein. Ich brauche ihnen nur das Museum für deinen Sohn zu zeigen.«

»Ich denke, unser Gespräch ist beendet«, sagt sie.

Sie steht auf und nimmt ihren Mantel.

»Ach ja«, sagt mein Vater, »das wollte ich dir noch erzählen. Deinem Vater geht es nicht gut.«

»Was?«

»Dein Vater. Es geht ihm nicht gut.«

»Was willst du mir damit sagen?«

»Ich war der Meinung, du solltest das wissen.«

»Was kümmert mich das? Meinetwegen soll er krepieren.«

»Okay«, sagt mein Vater. »Das ist deutlich.«

»Ich bin diesem Mann nichts schuldig. Ein Mal habe ich Mitleid gehabt, als ich hörte, er sei krank und könne nicht mehr kochen. Ich habe Thomas jeden Mittwoch mit Essen zu ihm geschickt, und sieh dir an, wozu das geführt hat. Es ist seine Schuld, dass mein Sohn tot ist.«

Sie schaut meinen Vater wütend an.

»Wer hat dir gesagt, dass es ihm nicht gut geht?«

»Niemand. Ich habe es selbst gesehen.«

»Du bist bei ihm gewesen?«

»Nachdem Thomas ihm kein Essen mehr bringt und er keine Fremden im Haus haben will …«

»… gluckst du hinter meinem Rücken mit meinem Vater zusammen. Herrgott noch mal!«

»Er braucht Hilfe, Eva.«

»Dann soll er halt eine Nummer ziehen. Es sind noch eine Million Wartende vor ihm.«

»Wie kannst du so hart gegenüber deinem Vater sein? Was hat der Mann dir denn getan?«

»Ich weiß haargenau, was er mir angetan hat. Er hat mich mein ganzes Leben lang belogen.«

»Und Lügen sind ein Problem für dich, klar. Was hat er dir denn erzählt? Dass die Toten wieder lebendig werden, wenn man es sich nur fest genug wünscht?«

Meine Mutter gefriert. Der Mund steht ihr offen und für einen Moment fehlen ihr die Worte.

»*Go fuck yourself,* Willem«, sagt sie dann und bahnt sich einen Weg durch die Leute.

»Viel anderes bleibt mir auch nicht übrig«, murmelt mein Vater und winkt dem Kellner.

MEIN GROSSVATER TAUCHT aus seinen Träumen auf und bemerkt mich.

»Thomas«, sagt er. »Lange her. Wo warst du die ganze Zeit? Egal. Ich freue mich, dass du hier bist. Es kann hier manchmal einsam sein, wenn niemand vorbeischaut. Aber ich darf nicht klagen. Dein Vater war neulich noch da. Ein guter Mann. War ein schlauer Zug von deiner Mutter, ihn zu heiraten. Er hat eine Menge Essen mitgebracht. Die frischen Sachen musste ich allerdings wegwerfen. Anscheinend weiß er nicht, dass ich keinen Gefrierapparat habe. Aber die Dosen waren willkommen.

Wir haben nicht über deine Mutter gesprochen. Der Moment erschien mir nicht geeignet. Seine Augen schauten zu traurig. Ich kann das verstehen. Deine Mutter ist eine liebe Frau, aber sie kann so dickköpfig sein. Das brauche ich dir nicht zu erzählen. Du weißt, wie sie ist.

Aber du kannst dir keine bessere Mutter wünschen, Thomas. Sie würde alles für dich tun. Dein Vater übrigens auch. Und es ist nicht immer leicht, ein guter Vater zu sein, das ist mir jetzt klar. Ich würde alles dafür geben, das wiedergutzumachen, aber ich kann die Zeit nicht zurückdrehen und deine Mutter wird mir nie verzeihen. Ihr Ärger wird auf ewig weiterschwären.

Klingt es wie eine Entschuldigung, wenn ich sage, dass ich selbst nie ein gutes Vorbild gehabt habe? Mein Vater hat mir nicht viel Liebe gezeigt. Wie sollte er auch? Als Kind hing ich an meiner Mutter, und als sie starb, starb sein Herz mit ihr und er wurde ein anderer Mann. Das habe ich mir nicht ausgedacht. Alle haben bemerkt, dass er nach dem Brand nicht mehr derselbe war, sondern besessen von einem bitteren, dunklen Teufel, der auch seiner Umgebung die Hölle auf Erden bereitete.«

Ich weiß, was jetzt kommt. Ich habe diese Geschichte schon mehrmals gehört. Beim ersten Mal war sie witzig. Ich war auch noch jung, als er sie erzählte. Besonders das Ende ist mir in Erinnerung geblieben, der Junge, der in Frauenkleidern durch die Straßen des Dorfes läuft, verfolgt von einem wütenden Vater, bis er mitten auf dem Jahrmarkt zwischen den sprechenden Tieren landet, die alle Leute in den Wahnsinn treiben. In späteren Versionen erzählte er mir, wie es kam, dass die Tiere sprechen konnten. Die Seelen derjenigen, die neben der Kirche begraben lagen, waren nach einem misslungenen Exorzismus des Herrn Pastors in die Tiere auf dem Jahrmarkt gefahren, die dort geduldig auf Käufer warteten, und die Folgen waren dementsprechend. Die Angehörigen sahen sich genötigt, Kühe und Gänse mit nach Hause zu nehmen und ihnen einen Platz bei Tisch einzuräumen, weil man nun mal seine geliebten Verstorbenen, ganz gleich ob Vater oder Mutter, nicht in einem Stall zurücklässt. In den ersten Erzählversionen hatten die so wiedergekehrten Toten hauptsächlich schreiend komische Situationen kreiert. In den späteren Versionen zeigte sich, dass sie mehr wussten, als gut für sie war. In allen Varianten aber waren sie trotz ihrer Proteste zuletzt auf einem großen Dorfgrillfest gelandet.

Doch in letzter Zeit hat sich immer mehr Dunkles in die Geschichte eingeschlichen. Die sprechenden Tiere sind verschwunden. Er hat keine Geduld mehr mit diesem Teil seiner Erzählung. Seine ganze Aufmerksamkeit gilt dem armen Jungen in der Geschichte, dem armen Jungen von einst, der er gewesen ist. Ich bin neugierig, was er jetzt daraus macht, nachdem er weiß, dass er mich nicht bespaßen muss, weil ich nirgendwohin gehe. Weil ich alle Zeit der Welt habe. Was von ihm nicht gesagt werden kann.

»Eine Woche nach dem Tod meiner Mutter schleppte mein Vater ihre Sachen aus dem Schlafzimmer und stapelte sie in der Mansarde auf. Ich fragte nichts. Sobald ich etwas in Bezug auf meine Mutter fragte, schlug er drauflos. Es war, als wäre ein Teufel in ihn gefahren, der in allem, was er hörte und sah, nur noch Gift und Lügen fand.

Ich versuchte, möglichst wenig zu reden, denn man wusste nie, was ihn wütend machte. Das Einzige, was noch zählte, war arbeiten.

Häufig lag ich abends weinend im Bett. Ich vermisste meinen Bruder. Ich vermisste meine Mutter. Ich vermisste ihr Lächeln und ihre lieben Worte. Das Haus war tot ohne sie. Es wurde auch immer schmutziger. Putzen war für meinen Vater eine verlorene Mühe. Besser ein sauberer Stall als ein sauberes Haus.

Ins Dorf kam ich selten. Meinem Vater zufolge konnte man dort nur Geld ausgeben. Ich durfte nur dann dorthin, wenn wir wirklich etwas brauchten. Wir gingen auch nicht mehr zur Messe. Die Beerdigung meiner Mutter war das letzte Mal, dass wir noch einen Fuß in die Kirche gesetzt hatten. Wir hätten da nichts verloren, sagte mein Vater. Er war ein ehrlicher Bauer gewesen, der seine Vereinbarungen immer einhielt. Er wusste, dass andere Bauern nicht immer ebenso ehrlich waren, aber von Gott hatte er mehr erwartet. Und jetzt hatte Gott ihn betrogen. Dass seine Frau, sein ältester Sohn und sein Enkelkind am selben Tag in Flammen aufgehen würden, das war so nicht vereinbart. Also drehte mein Vater Gott den Rücken zu und ich, ich drehte mich mit.

Aber welche Mühe ich mir auch gab, immer wieder fand er Anlässe, mich zu quälen. Und es wurde noch schlimmer, als er eines Tages bemerkte, dass er das Medaillon meiner Mutter verloren hatte.

Man könnte denken, dass es Schlimmeres auf der Welt gab. Nicht so für meinen Vater. An dem Abend, als er es bemerkte, brüllte er so laut, dass das Haus erzitterte. Vorsichtig streckte ich den Kopf durch die Tür.

»Wo ist es?«, fragte er.

Ich hatte keine Ahnung, wovon er sprach. Er zog mich ins Zimmer hinein.

»Das Medaillon ist weg. Es lag auf dem Kaminsims und jetzt ist es weg. So etwas verschwindet nicht von selbst. Du hast es genommen, gib's zu!«

Ich schwor, dass dem nicht so war, aber er löste schon seinen Gürtel. Ich flehte ihn an. Ich hatte keine Ahnung, wo es sein konnte, wusste allerdings genau, was er meinte. Das Medaillon war ein Geschenk von ihm an meine Mutter gewesen, noch vor ihrer beider Hochzeit. Man hatte es in den Überresten des Wachtershofs gefunden und meinem Vater geschickt, der es wütend aufs Kaminsims geworfen hatte. Warum war das Medaillon plötzlich so wichtig? Und warum sollte ich es weggenommen haben?

Er war keiner Vernunft zugänglich. Der Gürtel durchschnitt meine Haut und ich brüllte wie besessen, aber er hörte erst auf, als er zu müde war, weiter auf mich einzuschlagen.

»Besser, es liegt morgen wieder da!«

Stöhnend vor Schmerzen verkroch ich mich ins Bett. Am nächsten Tag suchte ich zwischen den anfallenden Arbeiten in der Küche nach dem Medaillon, fand es jedoch nirgends. Für den Abend konnte ich nur hoffen, dass er in besserer Stimmung war als tags zuvor. Ich hoffte vergeblich. Als ich ihm kein Medaillon zeigen konnte, löste er wieder den Gürtel.

In dieser Nacht wartete ich, bis er schlief, und schlich mich dann mühsam aus dem Bett. Mein Rücken und meine Hände bluteten noch immer. Eine weitere Bestrafung würde ich nicht überleben.

Ich ging zurück in die Küche, wo das Medaillon die ganze Zeit auf dem Kaminsims gelegen hatte, zwischen der nackten Hirtin und einer Muttergottesfigur unter einer Glashaube. Ich schaute in alle Schränke und Vasen, unter Teller, tastete in Gläser und fühlte unter Schränken und Matten, ohne Ergebnis.

Sollte ich den Stall durchsuchen? Das war undurchführbar. Und hinter dem Stall lagen der Misthaufen, der Obstgarten und die Felder. Er hatte mir eine unmögliche Aufgabe gestellt.

In den Erzählungen meiner Mutter war dies der Moment, an dem irgendeine gute Fee auftauchte, vorzugsweise komplett mit Zauberstab. Ein paar fleißige Ameisen oder Spatzen waren auch willkommen, aber stattdessen wartete ich immer noch auf die erste Ameise, die mir ein Körnchen Arbeit aus der Hand nahm.

Dann zuckte mir ein Gedanke durch den Kopf, der so beängstigend war, dass ich ihn zunächst wegschob: Was, wenn er genau wusste, wo das Medaillon war? Was, wenn er das Ding selbst versteckt hatte? Mein früherer Vater, der von vor dem Brand, hätte so etwas niemals getan, aber dieser Vater jetzt war durchaus imstande, mich auf diese Weise zu bestrafen.

Ich ging zurück in die Küche und tastete in den Taschen seines Overalls. Ein Medaillon fand ich nicht, dafür ein Kartoffelschälmesser, ein vor Rotz steifes Taschentuch und einen Schlüssel. Es war der Schlüssel zur Mansarde. Da hingen alle ihre Kleider. Hatte er es dort versteckt?

Vorsichtig schlich ich hinauf und öffnete die Mansardentür. Ein plötzlicher Windstoß blies die Kerze aus, aber der Vollmond erhellte das Zimmer zur Genüge. Bis auf den Kleiderschrank, den Nachtschrank und das Bett war das Zimmerchen leer. Der Schrank war so ein Trumm aus Eiche mit einem Spiegel in der Mitte und links und rechts zwei Türen. In dem Mittelteil hinter dem Spiegel hatte meine Mutter die Kleider aufgehängt, die sie nur selten brauchte, Kleider, die sie zu oft umgeändert hatte, Blusen, die schon zwei Generationen in der Zeit zurücklagen, aber noch zu gut waren, um zu Staublappen zu werden, und den schwarzen Rock, der nur bei einer Beerdigung ans Tageslicht kam. Als ich den Schrank öffnete, wehte mir ihr Geruch entgegen. Ich hatte sie schon so lange in ein Zimmer in meinem Kopf eingesperrt und sie hatte sich schon so lange ruhig verhalten, aber ihr Geruch ließ die Tür mühelos aufschwenken und sie trat schöner denn je daraus hervor. Sie ging durch die Mansarde meines Kopfes und stöberte in meinen Schränken voller Erinnerungen.

Es war Sommer und sie rannte lachend durch den Obstgarten, während sie meinen Bruder und mich mit überreifen Pflaumen bewarf. Es war Herbst und sie stand in der Küche, nahm das Bügeleisen vom Feuer und testete es mit einem nassen Finger. Es war Abend und sie schaute noch kurz vorbei, als wir schon im Bett lagen. Sie strich das Bettzeug glatt und machte mit dem Daumen ein Kreuzchen auf unsere Stirn, damit wir beschützt durch die Nacht kamen. Sie stand vor dem Spiegel, diesem Spiegel an der Schranktür, und hängte sich eine Kette aus roten Muscheln um den Hals.

Ich biss mir, so fest ich konnte, in die Hand, aus Angst, mein Schluchzen könnte meinen Vater aufwecken. Nie würde ich sie wiedersehen. Nie mehr würde ich ihr erzählen können, was ich tagsüber erlebt hatte. Ich hatte mir weisgemacht, sie wäre nicht tot, sondern nur kurz weg. Gleich würde sie wieder um die Ecke biegen. Ich würde mich aufrichten auf dem Feld und da würde sie stehen, in der Hand ein paar Flaschen kühles Tafelbier. Und jetzt, nach all dieser Zeit, durchschnitten diese beiden Worte mühelos sämtliche Lügen, durchschnitten mein Fleisch bis auf die Knochen: Nie mehr.

Ich verstand, warum mein Vater ihre Kleider aufgehoben hatte. Weggeben konnte er sie nicht. Die Vorstellung, eine andere Frau im Dorf würde in ihren Sachen herumlaufen, war unerträglich. Aber sie jeden Tag bei dir zu wissen, sie jeden Tag so sehr zu vermissen, dass dir davon schlecht wurde, nein, das war kein Leben.

Ich wollte schon wieder weg, zurück in mein Bett und vergessen, mich kurz in die paar Stündchen Schlaf verlieren, die mir noch blieben. Aber jetzt war ich schon einmal hier, also konnte ich ebenso gut nach dem Medaillon suchen. Ich tastete in der Dunkelheit umher. Die Kleider tanzten leise an ihren Bügeln, wichen spielerisch meinen suchenden Händen aus. Ich suchte nach einer Jacke oder einem Mantel mit Taschen, in denen er das Ding versteckt haben konnte, fand jedoch nichts in den Kleidern, die ich mit meinen Händen erreichte. Die andere Schranktür, die, wie jeder im Haus wusste, gehörig knarrte, wagte ich nicht zu öffnen. Seit dem Tod meiner Mutter hatte mein Vater einen gar zu leichten Schlaf. Aus Angst vor Feuer, behauptete er selbst. Vom Feuer würde er sich nicht überraschen lassen. Wir hatten schon genug Brandopfer dargebracht.

Mir blieb nichts anderes, als in den Schrank hineinzukriechen. Schon berührte mein linkes Knie den Boden. Das Holz ächzte leise. Ich kroch weiter. Die Ärmel der Kleider streichelten mir übers Gesicht, klopften mir beruhigend auf die Schulter. Meine Mutter hatte nicht so viele Kleider gehabt, aber jetzt im Dunkeln kam es mir vor wie ein Kleiderwald, durch den ich kroch. Sie umarmten mich. Ihr Geruch benebelte mich. Ihr Streicheln tröstete mich. Ich wollte tiefer hinein in den Schrank, weg von dem Hof, immer weiter weg, bis in ein anderes Land, wo meine Mutter mich als Königin eines Sommerlandes erwarten würde. Aber schon bald stieß ich mit der Nase gegen die Schrankwand.

Ich winkelte die Beine an und legte mich auf die Pullover und Hemdchen. Es war weich hier, weicher als in meinem Bett. Dann die wiegenden Kleider über meinem Kopf. Ich schloss die Augen. Es war so ruhig, so geborgen im Schrank. Ich atmete meine Mutter ein. Sie war nah bei mir, überall um mich herum. Wenn ich meine Hand ausstreckte, würde ich sie fühlen. Ich blieb liegen. Die Kleider raschelten, der Schrank knarrte und seufzte, ich sank tiefer und tiefer. Ruh dich etwas aus, sagte eine Stimme. Sie klang so nah. Wenn ich die Augen öffnete, würde ich sie sehen. Ruh dich etwas aus. Aber ich durfte nicht ausruhen. Ich hatte eine Aufgabe, eine Aufgabe, die nicht warten durfte. Ich musste das Medaillon finden.

Ach, das Medaillon, flüsterte sie. Mach dir deswegen keine Sorgen. Das liegt auf dem Kaminsims.

Es war so verführerisch, in der Geborgenheit des Schranks liegen zu bleiben. Aber ich durfte nicht einschlafen. Wenn mich mein Vater hier zwischen ihren Kleidern fand, würde er mich umbringen. Ich zwang mich, wach zu bleiben und zurückzukriechen, durch ihre moosweiche Unterwäsche und die Federn ihrer Hüte, bis ich aus dem Schrank taumelte.

Durch das schmale Mansardenfenster sah ich das Feld daliegen. Jetzt, im Schein des Mondes, war es nicht das Feld, auf dem ich mich mein ganzes Leben lang abrackerte, sondern ein fremdes Land, umsäumt von einem drohenden Wald.

Ich schlich mich aus der Mansarde, schloss die Tür und ließ den Schlüssel wieder in den Overall gleiten. Wider besseres Wissen ging ich in die Küche und strich ein Streichholz an.

Auf dem Sims standen zwei Leuchter und unter einer Glasglocke stand die Muttergottes mit dem Jesuskind auf dem Arm. Ich tastete umher, fand natürlich kein Medaillon. Was hatte ich auch erwartet? Und dann, gerade bevor das Streichholz erlosch, sah ich zu Füßen der Heiligen Jungfrau etwas Glitzerndes. War das möglich? Ich entzündete ein zweites Streichholz. Und da lag es. Unerklärlich. Unmöglich. Ich hob das Glas hoch und griff nach dem Medaillon, bevor es womöglich wieder verschwand.

Am nächsten Tag behauptete mein Vater immer noch, ich hätte das Medaillon weggenommen, und fügte warnend hinzu, ein nächstes Mal werde er nicht so leicht einlenken. Aber es folgten keine Schläge und er schien auch weniger mürrisch zu werden. Vielleicht kam es daher, weil ich mir seine Launen weniger zu Herzen nahm, denn ich hatte einen Ort gefunden, an dem er mich nicht treffen konnte. Es blieb nicht bei dem einen Besuch in der Mansarde. Wenn es mir zu viel wurde, schlich ich mich nachts aus dem Bett und kroch in den Schrank, wo ich zur Ruhe kam. Wörter und Sätze fielen zwischen den Kleidern herab. Sie vermochten mich zu trösten und gaben mir die Kraft, durch den nächsten Tag zu kommen. Ich wusste, wer mir die Worte zuflüsterte. Manchmal meinte ich, sie im Spiegel zu sehen, aber immer wenn ich mich umdrehte, verschwand sie.

Ich wusste, dass ich meine Besuche in dem Zimmer beschränken musste. Sooft ich den Schrank öffnete, löste sich ein Teil ihres Geruchs in Luft auf und verschwand, um nie mehr wiederzukommen. Kroch ich zu oft in den Schrank, würde sie schon bald ganz verschwinden. Dennoch konnte ich mich nicht zurückhalten, und schon bald zog es mich jede Nacht dorthin. Ich durchwühlte dann wie ein Maulwurf ihre Kleider, machte ein Nest aus ihren Sachen und schmiegte mich aufgerollt an die Schrankwand. Ich blieb auch immer länger in der Mansarde, kroch erst knapp vor Sonnenaufgang wieder in mein Zimmer, erschöpft und nicht mehr völlig von ihrer Anwesenheit befriedigt. Ich wollte mehr. Ich wollte, dass sie die ganze Zeit bei mir blieb. Ich wollte, dass sie zurückkehrte, aber das geschah nicht, im Gegenteil. Morgens war ich immer so an ihren Geruch gewöhnt, dass ich sie nicht mehr roch.

Morgen für Morgen verlor ich sie aufs Neue. Die Erleichterung und Freude, wenn ich sie wiederfand, wogen die Enttäuschung und das Bewusstsein, dass sie verschwunden war, nicht auf.

Morgen für Morgen beschloss ich, nicht mehr zurückzukehren. Und Abend für Abend stand ich wieder an der Tür.

Ich erschöpfte mich. Ich schlief nicht, aß kaum, ging wie benommen durchs Haus, hatte kaum die Kraft, mich aufs Feld zu schleppen, wollte nur eines, und zwar, dass der Tag möglichst schnell vorbeiging, dass der Abend hereinbrach und ich wieder in die Mansarde konnte. Und jede Nacht war sie schwieriger wiederzufinden. Und jeden Tag schien es länger zu dauern, bevor es Nacht wurde und ich mir sicher war, dass mein Vater schlief.

Eines Tages, als wir eines der Felder vorbereiteten, brach eine Kette am Pflug. Mein Vater schickte mich nach Hause, eine neue holen.

»Und kein Getrödel!«, rief er, aber ich rannte schon über die Felder zum Hof.

Ich stoppte vor dem Haus, das verlassen dalag, wie ertappt, weil ich hier unerwartet auftauchte. Ich sah das schmale Mansardenfenster. Ob ich es wagte? Das hier war meine Chance, am helllichten Tag kurz bei ihr zu sein. Nur fünf Minuten. Das würde mein Vater doch nicht merken.

Ich ging ins Haus, holte den Schlüssel aus seinem alten Overall und stand kurz darauf in dem Zimmer. Meine Hand bebte, als ich hastig die Schranktür öffnete. Voller Erwartung sog ich die Luft ein, roch jedoch nichts. Der Geruch des Ackerbodens hing noch an mir und war stärker als der meiner

Mutter. Ja, das musste es sein. Ich zog ein Kleid vom Bügel, rieb es mir unter die Nase und atmete tief ein. Nichts.

Lag es am Sonnenlicht? Wagte sie nur im Schutz der Dunkelheit zu kommen? Oder war der gefürchtete Tag angebrochen, der Tag, an dem ich ihren Geruch durch das viele Öffnen des Schranks vollkommen vertrieben hatte? Ich griff ein anderes Kleid und noch eins. Ich griff tiefer in den Schrank. Ich sah mich im Spiegel der Schranktür dastehen, ein gelbes Sommerkleid in den Händen, und las die Enttäuschung in meinen Augen. Ich hatte sie verloren. Gab es denn keine Möglichkeit, sie wiederzubekommen? Ich zog mir das Kleid über den Kopf.

Als ich nach zehn Minuten noch nicht zurück war, ging mein Vater selbst los. Am Morgen war mir herausgerutscht, dass ich im Weiher des Notars schwimmen wollte, und er dachte, ich wäre von der Arbeit ausgerissen. Er stand schon auf dem Hof, als er durch das Fenster eine Bewegung in der Mansarde sah. Jemand war in dem Zimmer. Er kannte dieses Kleid.

»Liza!«

Er rannte über den Hof, stürmte die Treppe hoch und warf die Tür zur Mansarde auf.

»Liza, ich bin hier.«

Ich sah das rote Gesicht meines Vaters im Spiegel und drehte mich erschrocken um. Seinen Blick werde ich nie vergessen, dieses breite Lächeln eines Vaters, den ich fast vergessen hatte, eines zehn Jahre jüngeren Mannes, als es dieser mürrische Kerl war, mit dem ich schon den ganzen Sommer zusammenarbeitete. Und das Licht in seinen Augen, das langsam erlosch.

»Was soll das?«

Konnte ich erklären, was ich da in der Mansarde in einem Kleid meiner Mutter tat? Ich bekam nicht die Gelegenheit dazu. Er griff nach dem erstbesten, was ihm in die Finger kam, dem Medaillon in seiner Tasche, und schleuderte es mir nach dem Kopf. Ich bückte mich und der Spiegel zerbrach.

Sieben Jahre Unglück. Aber das waren Sorgen für später. Falls es noch ein Später gab. Ich schlüpfte unter seinen Armen hindurch. Das Kleid war mir sehr im Weg, und erst als ich es mir bis über die Knie hob, konnte ich Geschwindigkeit aufnehmen. Ich brauchte mich nicht umzudrehen, um zu wissen, dass er hinter mir herkam. Ich hörte ihn fluchen und toben. Ich hatte nur einen Gedanken: ins Dorf. Da waren Leute. Da würde doch irgendwer sein, der dafür sorgte, dass mich mein Vater nicht erwürgte.«

Er hält inne.

»Das Dorf hat den Jungen im Kleid nie vergessen. Mein Vater hat ihm nie verziehen. Einen Moment hatte er zu hoffen gewagt, aber meine Mutter hatte ihn zum zweiten Mal verlassen. Verraten. Er konnte es nicht allein ertragen, musste seinen Schmerz teilen. Ich dachte, ich wäre schlauer. Ich glaubte, deiner Mutter den Schmerz ersparen zu können. Aber ich habe falsch gedacht.«

ES REGNET. DIE WELT TRAUERT. Der schwarze Hund läuft los und schnüffelt an dem Kreuz, das im Regen glitzert. Als Orphee anspaziert kommt, ein schwarzer Regenschirm mit Füßen, huscht er zwischen den Maisstängeln davon. Bei dem Kreuz bleibt sie stehen. Sie fährt mit den Fingern über die nassen Karten – unleserlich gewordene Trauerbezeigungen, verregnete Worte des Verlusts – und die platt getretenen Bierdosen. Sie ergreift die Plastikrosen, die am Fuß des Kreuzes liegen, und wirft sie im hohen Bogen in die Luft. Kurz darauf regnen sie auf die Straße. Die frische Narbe an ihrem Handgelenk, ein rotes Armband, ist die einzige Farbe in diesem fahlen Tag. Ein sich nähernder Wagen wird langsamer. Der Mann am Steuer schielt vergeblich unter ihren Regenschirm und fährt dann weiter. Die geplätteten Plastikblumen treiben trostlos in den Pfützen.

Es dauert nicht lange, bis ein Radfahrer in dem peitschenden Regen auftaucht.

»Du bist doch gekommen«, sagt Orphee, als er bei dem Kreuz haltmacht.

»Wie du siehst.«

»Ich dachte … bei dem Wetter.«

»Ich hatte es versprochen.«

»Komm unter den Schirm, Bram.«

»Hast du vielleicht Angst, ich könnte nass werden?« Das Wasser läuft ihm in Rinnsalen am Hals entlang unter die Kleidung und er erschauert kurz, bevor er sich doch unter den Regenschirm stellt.

»Ich hätte anrufen und dir absagen sollen«, sagt sie. »Es ist nicht so dringend, dass es nicht eine Woche hätte warten können. Oder wir hätten uns irgendwo anders verabredet.«

»Ich bin jetzt hier«, sagt er.

»Ja, das bist du«, sagt sie. »Weil ich dich darum gebeten habe. Weil niemand mir etwas abschlagen kann.«

»Ist das so?«, erwidert er lachend.

»Das weißt du doch«, sagt sie und zeigt ihm die Narbe.

»Und wenn es noch so verrückt ist, was ich will, meine Eltern geben nach, aus Angst, dass ich es wieder versuche. Über die Lippen meiner Freundinnen kommt kein unfreundliches Wort mehr. Wenn eine von ihnen vergisst, was ich getan habe, und mir zu widersprechen wagt, wird sie von den anderen mit Blicken niedergemacht. Und warum bist du hier? Weil du mich nicht enttäuschen willst, auch wenn das bedeutet, dass du durch den Regen musst und klatschnass wirst. Plötzlich bin ich allmächtig geworden.«

»Schön für dich«, sagt er.

»Könnte man meinen. Die zerbrechliche Prinzessin, auf die alle so sehr Rücksicht nehmen. Aber es ist nicht schön. Ich merke, wie sie immer mehr auf Distanz gehen. Selbst meine Eltern haben Angst vor mir. Ich bin ihnen plötzlich zu fremd geworden. Als spräche ich eine andere Sprache und käme aus einem anderem Land, wo ich Dinge gesehen habe, die sie nicht verstehen.«

Er weiß nichts zu sagen, aber die Stille wiegt schwer.

»Hat es wehgetan?«, fragt er zuletzt.

»Ja«, sagt sie und reibt sich über die Narbe. »Ich hatte gar nicht daran gedacht, dass es wehtun könnte. Ich glaube, mein Schrei hat die Bauarbeiter, die in der Nähe zu tun hatten, auf den Plan gerufen. Ganz sicher weiß ich es nicht. Ich war schon nicht mehr klar, als sie mich fanden.« Sie zuckt mit den Schultern. »Nicht, dass ich davor sonderlich klar gewesen wäre.«

»Und«, fragt er, »wirst du es wieder tun?«

Sie schaut ihn an und muss dann lachen.

»Das fragst du einfach so? Du weißt doch, dass das die Tabufrage ist, die jeder gern stellen würde, sich aus Angst vor der Antwort aber nicht zu stellen traut.«

»Wie lautet die Antwort?«, fragt er.

»Frag mich das noch mal, wenn ich keine Medikamente mehr zu nehmen brauche«, sagt sie.

Der Regen trommelt immer fester auf den Schirm.

»Ich hätte ein Dach über das Kreuz zimmern sollen«, sagt er.

»Hast du das hier aufgestellt?«

»Ja, kurz nachdem es geschehen war. Um etwas zu tun. Die ersten Wochen bin ich oft hierhergekommen, manchmal allein, manchmal mit Freunden, um ein bisschen zu reden oder zu blowen. Aber letztendlich war es doch zu weit weg.«

»Ich denke nicht, dass noch jemand hierherkommt«, sagt sie.

Sie sind das einzige Leben in diesen farblosen Feldern. Zwei schwarze Gestalten im Regen, versteckt unter einem schwarzen Schirm. Es könnte eines von Orphees Fotos sein, mit einer Unterschrift wie »Tristesse« oder »Heimliche Begegnung«. Denn sie fühlen sich beide nicht recht wohl. Als müssten sie sich schämen, hier zu stehen.

»Hat er manchmal von mir geredet?«

»Manchmal? Die ganze Zeit, wolltest du sagen.«

»Was hat er denn von mir erzählt?«

Bram kratzt sich im Nacken.

»Du kannst ehrlich sein«, sagt Orphee. »Ich halte das aus.«

»Ich erinnere mich nicht mehr so gut.«

Sie schaut ihn an.

»Ging es um den Sex, Bram?«

Er errötet bis an den Hals.

»Typisch«, sagt sie.

»Er hat nicht alles erzählt. Er …«, beginnt Bram.

»Ich muss das nicht wissen«, sagt sie. »Schon schlimm genug, dass er so etwas Intimes jedermann erzählte.«

»Nicht jedermann. Ich war sein bester Kumpel«, sagt Bram. Orphee zuckt mit den Schultern.

»War es einfach nur ein Scherz, diese Briefe, die Geschichten und die Träume? Habe ich mir selbst eingeredet, wir hätten etwas Besonderes gehabt? Dann ist es meine eigene Schuld. Ich wollte es so gern. Ich war bereit, hereingelegt zu werden.«

»Vielleicht möchtest du das hören«, sagt er, »aber ich kann nicht lügen. Er war total verliebt. Er konnte gar nicht aufhören von dir und davon, wie großartig du wärst, wie klug, wie hübsch, wie sensibel, wie du ihn verstündest, wie ihr zusammenpasstet. Es wurde mir manchmal zu viel. Du kannst an vielem zweifeln, aber nicht an der Tatsache, dass er dich geliebt hat.«

Sie beginnt zu weinen.

»Ich weiß«, schluchzt sie.

Er legt seinen Arm um ihre Schultern.

»Ich vermisse ihn auch«, sagt er.

»Vermissen!« Sie schüttelt seinen Arm ab. »Ich will ihn vermissen, Bram. Das ist es gerade. Ich will ihn vermissen, aber er gibt mir nicht die Chance dazu. Er lässt mich nicht los.«

»Was meinst du damit?«, fragt Bram.

»Siehst du ihn nicht?«

Sie schaut zu mir. Ich sitze ruhig auf einem Kilometerstein und winke, als sie den Kopf hebt.

Bram blickt in meine Richtung.

»Du siehst ihn nicht?«

Bram schüttelt den Kopf.

»Du musst mich für verrückt halten.«

»Nein«, sagt Bram zögernd.

»Dann bist du der Einzige«, sagt sie.

Bram schaut noch einmal zu dem Kilometerstein. Als könnte er da doch einen Schimmer entdecken, einen dunkleren Fleck in diesem dunklen Nachmittag. Aber er sieht nichts.

»Ich werde mich hüten, davon anzufangen«, sagt sie. »Meine Mutter hat eine Sterbensangst, ich könnte jemandem gegenüber eingestehen, dass ich meinen Liebsten bei jeder passenden und unpassenden Gelegenheit sehe: in meinem Zimmer, in der Bäckerei, in meiner Klasse. Noch mehr fürchtet sie, dass ich es ihr sage. Jetzt tut sie, als hätte sie es nie gehört. Das ist für sie das Einfachste. Sie hofft, es hört irgendwann von selbst auf. Denn wenn nicht, dann bedeutet das noch mehr Medikamente, fürchte ich. Das Witzige ist, dass sie selbst sich nicht recht wohlfühlt. Wenn ich zu lange auf eine Tür oder einen Stuhl starre, springt sie auf und verlässt das Zimmer.«

»Siehst du ihn echt?«, fragt Bram.

»So wie ich dich sehe«, sagt sie.

»Kannst du ihn anfassen?«

»Ich traue mich nicht. Was, wenn ich ihn spüre? Was, wenn nicht?«

»Sieht ihn sonst noch jemand?«

»Nein, ich denke nicht.«

»Was glaubst du: Wie kommt es, dass du die Einzige bist, die ihn sieht?«

Sie schaut ihn wieder an.

»Du bist besser als mein Arzt. Vorsichtiger. Aber nicht weniger überzeugt, dass ich Gespenster sehe.«

»Entschuldige«, sagt er.

»Ich weiß, warum er hier ist«, sagt sie. »Das letzte Mal, als wir uns sahen, bekamen wir Streit. Ich musste ihm am Ende versprechen, dass wir immer zusammen sein würden. Ich musste schwören, dass wir niemals auseinandergehen.«

»Du denkst, er ist hier, weil du ihm versprochen hast, immer bei ihm zu sein? Aber er ist tot, Orphee, er ist tot!«

»Das ist für ihn offenbar kein Hindernis.«

Ich grinse.

»Ich wollte ihm folgen. Aber offenbar wollte ich es nicht genug, sonst wäre ich nicht mehr hier. Ich habe zu lange gezögert und er weiß es. Er weiß, dass ich ihn verraten habe.«

»Du hast Schuldgefühle, weil du noch lebst, mehr nicht. Ich verstehe das. Mir geht es manchmal auch so.«

»Ja, aber ich sehe dich nicht nach drei schlaflosen Nächten wie eine hysterische Kuh durch die Felder streifen, um dir dann mit einem stumpfen Rasiermesser die Handgelenke aufzuschneiden.«

»Nein, aber ich hatte auch keinen großartigen Sex mit ihm.«

»Hat er das gesagt? Großartig?«

Bram errötet.

Sie bleiben stehen. Wieder legt er seine Arme um sie und sie lässt es geschehen.

»Entschuldige, dass ich dich bei diesem Regen hierher habe kommen lassen. Und das nur, um zu meckern.«

»Ist nicht schlimm«, sagt er.

»Ich wollte einfach mit jemandem reden, der ihn kennt, jemandem, der weiß, wie er ist.«

»Wie er war.«

»Aber jetzt, wo du hier bist, weiß ich nicht mehr, was ich sagen wollte. Entschuldige.«

Die Karten verregnen weiter zu Brei. Um ihre Füße bildet sich eine große Pfütze.

»Vielleicht sollten wir uns irgendwo unterstellen«, sagt er.

»Ja«, sagt sie. Aber sie bleiben stehen.

»Weißt du, dass ich eifersüchtig war auf das, was ihr miteinander hattet? Aber wenn ich dann daran denke, was geschehen ist ... Hättest du ihn lieber nicht kennengelernt?«

»Ja. Nein. Ja. Ich weiß es nicht. Wie kann ich die Zeit zurückdrehen? Ich will den Schmerz loswerden, aber gleichzeitig auch behalten. Es ist das Letzte, was ich noch von ihm habe. Verstehst du das? Ich verstehe es selber kaum. Manchmal träume ich, dass er lebt, und wenn ich dann aufwache ... Es ist, als würde ich ihn wieder und wieder verlieren. Aber während ich träume, bin ich so glücklich. Will ich die Träume aufgeben, wenn ich damit den Schmerz beim Aufwachen loswerde? Ich weiß es nicht. Ich denke nicht.«

Sie seufzt.

»Wie machst du das? Ihn vergessen?

»Ich weiß nicht. Das Leben geht weiter, oder?«

»Für dich vielleicht.«

»Ich vermisse ihn. Aber ich habe nicht das Bedürfnis, daraus ein großes Drama zu machen. Als wir hier mit Freunden zusammenkamen, haben wir alle über die Sinnlosigkeit eines solchen Todes geredet, die Sinnlosigkeit des Lebens. Tiefe Gespräche. Es war gut, zusammen zu trauern. Bis zu dem Moment, an dem ich mich dabei erwischte, dass ich nicht so traurig war, wie ich vorgab; dass sich etwas Unechtes mit eingeschlichen hatte.«

Er wirft ihr einen verstohlenen Blick zu.

»Als dürfte ich mir wie etwas Besonderes vorkommen, nachdem mein bester Freund gestorben war, und als müsste ich zeigen, wie sehr ich doch litt. Von dem Moment an bin ich nicht mehr hierhergekommen. Was nicht besagt, dass ich nicht mehr getrauert hätte. Nur brauchte ich damit nicht mehr so hausieren zu gehen.«

»Das heißt, ich gehe damit hausieren?«

»Habe ich von dir gesprochen?«

»Ich weiß nicht. Sprichst du von mir?«

»Falls ja, dann hast du genug getan, andere davon zu überzeugen, wie ernst es dir ist. Ein Selbstmordversuch reicht, oder?«

Sie schweigt einen Moment.

»Ich müsste wütend sein, aber du meinst es gut. Denke ich. Übrigens, so ein kleiner Selbstmordversuch hat auch Vorteile. Ich brauche nicht mehr in der Bäckerei zu stehen, bis die Narbe weniger auffällt. Merkwürdigerweise wollen die Leute nicht an Schmerz und Tod erinnert werden, wenn sie am Sonntagmorgen ihren Butterkuchen kaufen.«

Ein Auto fährt an ihnen vorbei und sie weichen beide wie von selbst einen Schritt vor den aufspritzenden Wasserpfützen zurück. Bram stößt mit seinem Knie gegen das Kreuz, das fast geräuschlos in den Schlamm sinkt.

MELINDA LÄSST EINEN GEFÜLLTEN WÄSCHEKORB auf den Boden fallen. »Das war der letzte«, sagt sie.

»Danke«, sagt meine Mutter, die am Fenster steht.

»Soll ich dir beim Auspacken helfen?«

»Lass nur. Du hast schon genug getan.«

»Kein Problem«, sagt Melinda und ihr Blick schweift durch das Zimmer voller Säcke und Kartons.

»Ein Glück, dass die Wohnung schon möbliert war. Ich sehe mich nicht dabei, eine Matratze die vielen Treppen hier heraufzuwuchten.«

Meine Mutter lächelt schwach.

»Geht es, Eva? Umziehen ist nie schön.« Sie stellt sich zu meiner Mutter und zusammen schauen sie aus dem Fenster.

»Aber hier wohnst du gut. So mitten in der Stadt und doch auch nicht weit vom Bahnhof entfernt.«

»Ja«, sagt meine Mutter.

»Sieh nur die vielen Leute auf der Straße. Das entgeht einem in den Außenvierteln. Ich wollte schon immer im Zentrum wohnen, aber bisher ist nie was draus geworden. Ich hab es mir ausgemalt: keine banalen Cornflakes mehr in meiner tristen Küche, sondern jeden Tag irgendwo draußen auf einer Terrasse frühstücken, mit einem frischen Croissant vor der Nase und einer frischen Zeitung, hinter der ich die vorbeispazierende Männerwelt begutachten könnte.«

»Das klingt gut«, sagt meine Mutter.

»Ja. Aber wer macht das am Ende wirklich? Wer hat dazu die Zeit?«

Sie schaut auf ihre Uhr.

»Wenn du mich nicht mehr brauchst, bin ich weg.«

»Ist gut«, sagt meine Mutter. Sie küssen sich. Melinda manövriert zwischen den Sachen auf dem Boden hindurch und dreht sich an der Tür nochmals um.

»Wenn irgendwas ist, ruf mich an. Und wenn es dir nicht passt, heute fürs Essen zu sorgen, dann komm einfach vorbei. Oder wir gehen irgendwo essen. Warum nicht? Dann feiern wir deine neue Unabhängigkeit, den ersten Tag deines neuen Lebens.«

»Mal sehen«, sagt meine Mutter.

»Okay!«, ruft Melinda vom Treppenhaus zurück.

Kurz darauf verlässt sie das Gebäude und überquert die Straße. Sie schaut hoch, sieht meine Mutter am Fenster stehen und winkt, bevor sie um die Ecke biegt.

Meine Mutter beobachtet noch kurz das Treiben in der Einkaufsstraße, hebt dann aber den Wäschekorb vom Boden und geht damit ins Schlafzimmer. Mit dem Zeigefinger überprüft sie den Kleiderschrank auf Staub, bevor sie die Pullover in die Schubladen legt. Dann steht sie wieder im Wohnzimmer und schaut in den erstbesten Sack. Es sind Toilettenartikel: Haarspray, elektrische Zahnbürste, Duschgel, Zahnseide, eine Tüte Watte. Sie geht ins Bad, einen kleinen, fensterlosen Raum neben dem Schlafzimmer. Sie knipst das Licht an und eine kalte, blaue Neonröhre über dem Waschbecken tritt flackernd in Aktion. Sie betrachtet sich kurz in dem blauen Licht, legt die Handflächen gegen die Schläfen und zieht die Haut zurück. Ihre Augen werden Schlitze. Sie lässt die Haut los. Sie will die elektrische Zahnbürste einstöpseln, aber die Neonleuchte surrt und knackt und plötzlich steht sie im Dunkeln. Sie stellt den Sack auf dem Boden ab und geht zurück. Auf dem Tisch im Wohnzimmer liegt ein Kleiderstapel: Pullis, T-Shirts, Strümpfe, Schuhe, Unterhosen. Sie sind gesondert in durchsichtige Plastikbeutel mit Druckverschluss verpackt. Sie trägt den Stapel ins Gästezimmer, einen kleinen, dunklen Raum mit Blick auf einen von drei weiteren Gebäuderückseiten umschlossenen kleinen Innenhof.

Sie öffnet den Kleiderschrank im Gästezimmer und legt meine Kleidungsstücke eins nach dem anderen hinein. Jedes T-Shirt, von dem Plastik vor weiterem Verfall geschützt, geht durch ihre Hände. Jede Jeans, sei es mit Flecken, eingerissenen Taschen oder ausgefransten Hosenbeinen, wird vorsichtig auf einen Stapel gelegt. In die Schubladen stopft sie die Socken und die Unterwäsche. Drei Mal geht sie vom Wohnzimmer ins Gästezimmer, bevor der Kleiderschrank voll ist. Auf einem kleinen Schreibtisch ordnet sie Hefte und Schulbücher. Über das Bett breitet sie ein aufgeschütteltes Federbett mit meinem Bettbezug. Sie heftet die Poster an die Wände, vorsichtig, damit die Reißzwecken durch die bereits gemachten Löcher gehen. Meine Bücher stellt sie in ein Regal an der Wand. Anhand der Fotos, die sie von meinem Zimmer daheim gemacht hat, sortiert sie die Bücher, sodass sie genauso dastehen, wie ich sie zurückgelassen hatte. Erst als das Zimmer ganz in Ordnung ist, geht sie in die kleine Küche und kocht sich eine Tasse Tee. Sie trinkt sie im Stehen.

Zurück im Wohnzimmer nimmt sie einen Karton, lässt ihn dann aber wieder aus den Händen gleiten. Sie kehrt zurück ins Gästezimmer, öffnet den Kleiderschrank und holt ein T-Shirt heraus. Fast heimlich, als würde irgendwer sie beobachten, öffnet sie die Tüte ein paar Zentimeter. Sie drückt ihre

Nase durch die Öffnung und atmet tief ein, drei, vier Mal, bis ihre Tränen auf das Plastik tropfen und sie alles wieder verschließt.

So bleibt sie eine ganze Zeit auf dem kalten Fußboden stehen, das T-Shirt in den Händen. Es wird dunkel. Ab und zu fährt unten eine Straßenbahn vorbei und das Zimmer bebt. Der Lärm der Einkaufenden nimmt ab und schließlich ist es still in der Wohnung.

ES SIND DIE LETZTEN SOMMERTAGE. Die Natur ist müde von der Verschwendung, in die sie sich den ganzen Sommer über verloren hat. Seit März ist sie nonstop zugange gewesen, aus dem Schlamm und zwischen Steinen und Gras emporgekrochen, die Wurzeln haben die Säfte aus der schmelzenden Erde gesaugt, Stämme und Stängel schossen in die Höhe, Äste streckten sich wie die Arme hysterischer Gläubiger zur Sonne hin aus, das Leben quoll aus allen Fugen, Vögel sausten durch die Luft, die Schnäbel voll Moos und noch zitternden Libellen, die Hasen stampften die Ungeduld aus ihren Hinterpfoten, Füchse jaulten und Ameisen verloren sich in wilde Orgien. Die Welt barst schier vor Leben, das sich spannte wie die Haut von Beeren und Trauben, das vor Schweiß glitzerte. Aber jetzt ist der Kampf vorbei. Die Füchse huschen davon, die aus ihren Mäulern baumelnden Hasen haben nicht mehr diesen Blick von Märtyrern, die den Schmerz genießen, und sind wieder dumme Beute geworden. Was die Vögel jetzt zwitschernd kundtun, ist kein Versprechen, sondern ein Mangel. Die Wärme hält sich nicht mehr in den Steinen und unter den Bäumen. Es wird Herbst.

Meine Orphee sitzt auf der Waldlichtung. Daheim hat sie es nicht mehr ausgehalten. Sie hat ein Buch dabei; ein Vorwand, hier untätig herumzusitzen. Es liegt verloren da, nur der Wind blättert kurz durch die Seiten. Ich kenne das Buch. Sie hat es zu einer unserer letzten Begegnungen mitgebracht, an einem Tag wie diesem, einem Nachsommertag. Da hat sie mir die Fotos gezeigt. So etwas wolle sie später auch machen, sagte sie. Ich war erstaunt. Wegen der Fotos selbst und wegen ihres Wunsches. Ich hatte etwas anderes erwartet. Fotos wahrscheinlich, die wie Fotos aussahen. Mit einem klaren Thema. Mit einem Vorder- und einem Hintergrund. Die hier sahen aus wie Bilder, wie ich sie auch hätte machen können. Hier und da unscharf. Mit Menschen, die mitunter nur halb zu sehen waren. Die sich manchmal in Pose warfen und manchmal nicht. Die Leute selbst waren faszinierend, junge Leute in einer Großstadt, New York vielleicht, es hatte etwas Amerikanisches, Drag Queens, halbnackte Männer, Frauen, die zu mager waren, mit Armen, übersät von Tätowierungen oder Nadelspuren. Hübsche und weniger hübsche Leute auf Festen. Sich in irgendwelchen Gassen übergebend. Paare im Bett, die sich kaum die Mühe machten, ein zerknittertes Laken über sich zu ziehen. Weingläser auf dem Boden. Dobermänner. Kleine Mädchen mit Kronen auf einer Feuertreppe.

»Was ist daran so gut?«, fragte ich dann. Es klang wie Kritik.

Sie wusste es nicht.

Weißt du es jetzt, Orphee?

Sie schüttelt den Kopf.

»Egal. Es war ein Traum.«

Warum ging es damals und jetzt nicht mehr?

»Es ging auch damals schon nicht. Aber ich war naiv. Ich dachte, man könnte einfach so in die Welt hineinspazieren.«

Sie streichelt die Narbe auf ihrem Handgelenk.

»Weißt du noch, das eine Mal, als das Licht so eigenartig war und wir dachten, zwischen den Bäumen würde gleich etwas Magisches auftauchen?«

Natürlich weiß ich das noch. Es war eines der letzten Male, die wir zusammen waren.

»Es war ein Spiel. Ich glaubte es nicht wirklich. Ich bin nicht doof. Und doch hätte es mich nicht gewundert, falls uns eine Hexe oder ein Zwerg erschienen wäre.«

Mich auch nicht.

»Ich glaubte damals noch, dass wundersame Dinge geschehen könnten.«

Sie zeigt auf das Buch, das genau in diesem Augenblick zuklappt.

»Die da glauben es auch. Vielleicht war es das, was mich daran so angezogen hat.«

Und jetzt? Vorbei mit dem Wunder?

»Wenn jetzt noch etwas zwischen den Bäumen hervorkommt, dann ein Mann mit einem Messer und einem grausamen Grinsen.«

Ich glaube ihr nicht. Das ist nicht die Orphee, die ich kenne.

Sie zeigt mir die Narbe.

»Die Orphee, die du kennst, ist tot.«

Wir bleiben sitzen. Eigenartig, wie sie, als wir zusammen waren, immer forteilte, aus Angst, ihre Eltern würden sich Sorgen machen, aus Angst, zu spät zu kommen, trotz meines Flehens, doch noch etwas zu bleiben, und dass sie jetzt, wo nichts sie hier festhält, so lange trödeln kann. Bis zum Einbruch der Dämmerung.

Hierauf hat sie gewartet, auf das Licht, das sich ändert, beinahe greifbar wird. Leckbar. Der Himmel, der sich nicht sofort von hell- nach dunkelblau verfärbt, sondern erst einen rosa Schein bekommt. Und wenn es dann doch dunkler wird, geschieht etwas Eigenartiges mit dem Licht, es verschwindet nicht, sondern schmiegt sich an die wenigen hellen Elemente im Wald. Die weißen Köpfchen der Maßliebchen und die Blütenkerzen der Sträucher saugen das Licht auf, beginnen in dem wachsenden Dunkel zu glühen, und die Welt, wie sie einem vertraut ist, kippt, die schwarzen Schatten unter den Bäumen werden Türen, aus denen Wesen aus einer fernen Vergangenheit oder einer Traumwelt jederzeit hereinspazieren können.

Genau in diesem Moment tauchte eine seltene Orphee auf, eine verletzliche, romantische Orphee, ebenso schwer greifbar wie die Dämmerung. Aber sie war da und das ist sie noch immer. Warum sonst sollte sie hier sitzen?

Ich selbst mochte diese Momente nicht. Sie bedeuteten das Ende des Tages. Es bedeutete, dass ich mindestens eine Woche warten musste, bevor ich sie wieder sah, und oft war es sogar länger, denn das Geld für den Kuchentrick bekam ich nicht immer gleichermaßen schnell zusammengespart. Die Dämmerung bedeutete das Ende, sicher die letzten Male. Denn es wurde schon frischer, wenn die Sonne unterging, und wie lange konnten wir uns noch im Wald verabreden? Wie lange würden wir es in Regen und Schnee aushalten? Wir würden uns etwas anderes ausdenken müssen und ich wollte nichts anderes. Ich wollte keine normalen Verabredungen. Ich wollte nicht bei ihren Eltern vorstellig werden, »der Freund von« sein. Ich wusste instinktiv, dass sich dann etwas zwischen uns ändern würde. Wir hatten etwas Besonderes und das wollte ich nicht aus der Hand geben. Aber die Dämmerung drückte mich mit der Nase auf die Tatsachen. Der Sommer dauert nicht ewig.

»Schau«, sagte sie.

Das Licht veränderte, verdickte sich. Es ging so schnell.

Das Unkraut und die Blumen merkten es auch und pumpten noch schnell ihre letzten Düfte in die Luft. Die Bäume verloren ihre Konturen. Wir hörten etwas knacken und erschraken auf unserer Decke, die ich immer zu diesen wundersamen Mittwochen mitbrachte. Ja, wir hatten es beide gehört. Da, in dem Ring aus Dunkelheit um uns, bewegte sich etwas. Ein Kaninchen vielleicht?

»Das ist der Mörder von Repelgem«, sagte ich. »Wir haben noch eine Viertelstunde zu leben. Wie können wir die am besten gestalten?« Ich zog sie auf die Decke zurück.

»Vielleicht ist es ein Spanner«, flüsterte sie.

»Dann können wir den doch nicht enttäuschen!«

Sie schob meine Hand weg. Wir lauschten. Etwas bewegte sich in der Dämmerung.

»Was, glaubst du, ist das?«

Ich wusste es nicht. Ich hatte keine Angst. Es war nicht der Moment, Angst zu haben. Die Lichtung glühte. Wir lagen in einem magischen Ring. Nichts konnte uns etwas anhaben.

»Es ist der Geist des Waldes«, sagte ich, »der uns für immer bei sich behalten will.«

»Hör doch mal auf!«, sagte sie und ich wusste nicht, ob sie meinen Unsinn oder meine greifenden Hände meinte.

»Möchtest du, dass ich nachsehe?«

»Wir gehen zusammen«, sagte sie.

Wir standen wieder auf und ich sah einen roten Schimmer in dem hohen Gras zwischen den Bäumen verschwinden.

»Es ist ein Fuchs.«

»Vielleicht derselbe, den wir auf dem Hügel gesehen haben.«

»Er ist unser Schutzgeist. Er wacht über uns.«

»Ja, sicher.«

»Wir werden ihn aus einem Fangeisen retten und aus Dankbarkeit hätten wir drei Wünsche frei.«

»Natürlich«, sagte sie.

Aber sie ließ sich wieder nach unten ziehen.

Ich betrachtete sie. Genau wie die Blumen schien sie das letzte Licht geradezu aufzusaugen. Sie strahlte. Ein verlorener Rabe, der über den Wald flog, würde uns daliegen sehen, zwei glühende Leiber auf einer Lichtung. Es war zu verführerisch. Ich berührte ihren Mund mit dem Finger.

»Was würdest du dir wünschen?«, fragte sie.

»Was?«

»Wenn du einen Wunsch frei hättest, was würdest du dir wünschen?«

»Ganz egal was?«

»Ganz egal was.«

»Das ist schwierig«, sagte ich.

»Nein, es ist leicht«, sagte sie. »Sag das Erste, was dir in den Sinn kommt«.

»So funktioniert es nicht«, sagte ich. »Wünsche sind gefährlich, sie haben immer eine Midas-Seite. Du kennst die Geschichten doch. Du wünschst dir, dass alles, was du berührst, zu Gold wird, und zwei Wochen später bist du verhungert, weil goldenes Brot und goldenes Steak nicht gut verdaulich sind.«

»Das habe ich nie verstanden«, sagte sie. »Wenn man so viel Gold hat, da lässt man sich doch von jemandem füttern! Und was, wenn du die Erde berührst, wird dann die ganze Erde zu Gold? Und man berührt doch auch die Luft und die Moleküle …«

»Pst!« Ich drückte meinen Finger auf ihre Lippen. »Reg dich nicht auf. Du wünschst dir doch kein Gold.«

»Ach nein? Was wünsche ich mir dann?«

»Auch kein ewiges Leben. Das ist zu gefährlich. Meistens vergisst man die ewige Jugend und dann wird man steinalt, ohne die Möglichkeit zu sterben. Die Götter haben einen grausamen Sinn für Humor.«

»Ewige Jugend also?«

»Auch nicht gut. Jeder, den du kennst, wird sterben, nur du lebst immer weiter. Dein Leben ist ein einziger lang gezogener Abschied.«

»Weltfrieden?«

»Wenn du zehn Wünsche hättest, vielleicht.«

»Los, erzähl: Was meinst du, was ist mein Wunsch?«

»Ganz einfach. Dass du eine gute Fotografin wirst.«

»Wirst? Willst du damit sagen, dass ich das nicht schon bin?«

Sie knuffte mich nicht allzu spielerisch.

»Gut in der Bedeutung von unglaublich gut, maulaffenfeilmäßig gut.«

»Okay, du hast es erraten. So schwer war das nicht. Du willst übrigens genau das Gleiche. Du willst ein guter Schriftsteller werden.«

»Ich weiß nicht, ob ich mich für ›gut‹ entscheiden würde. Ist es nicht besser, erfolgreich zu sein? Gut und dabei nicht anerkannt zu sein, das macht einen Menschen nur bitter.«

»Versuch erst einmal, etwas Gescheites zu Papier zu bringen. Dann kannst du immer noch sehen, was für eine Art Schriftsteller du werden wirst.«

Ich zwickte sie fest in den Hintern.

»Au, du Arsch. Das tat weh! Vielleicht verwende ich meinen Wunsch ja dafür, dich zu verwandeln. In einen blauen Plüschaffen beispielsweise.«

»Das würdest du nie tun. Bäckerstöchter sind viel zu berechnend.«

»Das heißt, wir wünschen uns nur dasjenige, was wir schon so gut wie in der Hand haben? Wir sind nüchterne Romantiker?«

»Ich nicht.«

»Nein? Was willst du dann?«

Ich traute mich nicht zu sagen, was ich wirklich wollte: auf den Pausenknopf drücken, sodass dieser Tag endlos dauerte. Ich wollte, dass unsere Begegnungen im Wald nicht aufhörten, dass es nicht kälter wurde, ich wollte, dass sie unseren Kuchentrick nicht durchschauten, dass wir blieben, wie wir waren, ewig gleich, wie eingefroren. Es wäre nicht das erste Mal, dass dies im Dorf geschah.

Aber ich wusste, es war ein unvernünftiger, ein unmöglicher Wunsch. Ich konnte die Zeit nicht anhalten. Die Welt drehte sich immer weiter, immer schneller, wir würden, wenn wir nicht aufpassten, auseinandergleiten, uns gegenseitig aus den Händen gleiten, in andere Richtungen wegschießen, unwiderruflich, unüberbrückbar. Ich musste etwas tun, um uns festzuketten.

Ich holte ein Medaillon aus der Tasche.

»Hier. Ein Geschenk von deinem Plüschaffen.«

Sie nahm es mir aus der Hand und ließ es aufspringen. Da prangten wir beide, sie in der linken Hälfte des Medaillons und ich wie ein grinsender Idiot rechts von ihr. Ich hatte eines der wenigen Fotos, die ich von uns zusammen besaß, zerschnitten, um unsere Köpfe in das Medaillon zu bekommen. Es war eines der Bilder, die Orphee mit dem Selbstauslöser gemacht hatte, an einem jener heißen Tage, an denen das ganze Land schwitzte.

»Woher hast du das?«, fragte sie. Ich kannte sie lange genug, um zu wissen, dass sie keinen Freudentanz im Wald aufführen würde. Aber ein kleines Dankeschön wäre nett gewesen.

»Von meinem Großvater«, sagte ich.

»Ist es das Medaillon aus seinen Geschichten? Hat er es dir geschenkt?«

Ich nickte. Ich hatte es bekommen. So ungefähr. In einem alten Schrank gefunden, wo es leicht war, es mitzunehmen. Was machte es schon aus? Ich war sein einziger Enkel. Es blieb in der Familie. Es ist kein Stehlen, wenn man etwas mitnimmt, was ein anderer nicht mehr braucht und wahrscheinlich schon vergessen hat. Oder?

»Das hier ist das berühmte Medaillon seiner Mutter und er findet es nicht schlimm, wenn du es mir schenkst?«

Ich sah den Argwohn in ihren Augen schimmern. Aber ich sah auch die Habgier.

»Hier, schau.«

Ich nahm ihr das Ding aus der Hand. Hinter unseren Fotos waren die meiner Großeltern. Und dahinter die Fotos meiner Urgroßeltern. Nur meine Eltern fehlten, um aus dem Ganzen eine familiäre Fotokette zu machen.

»Wenn es dir nicht gefällt, dann …«

Schnell nahm sie mir das Medaillon aus der Hand.

»Ist nicht so ganz mein Ding«, sagte sie, während sich ihre Finger fest um das Silber schlossen. »Aber ich finde schon einen sicheren Ort dafür.«

Ich schwieg. Wartete ab. Dann konnte sie nicht anders, als ihren Kopf durch die Kette des Medaillons zu stecken. Sie neigte ihn, als sie das tat, wie ein Lasttier oder ein Galeerensklave, der seinen Kopf in ein Geschirr steckt. Die Kette war eine Silberschnur, die uns für immer verband. Wir würden niemals auseinandergehen. Hörst du das, Orphee? Niemals.

Sie schob das Medaillon zwischen ihren Brüsten zurecht.

»Was meinst du?«

»Schön.«

MEINE MUTTER SITZT AUF DEM BODEN. Ein Fotoalbum liegt aufgeschlagen auf ihren Knien. Das ganze Zimmer ist mit Fotos übersät. Wie ein Geizhals sich in seinem Geld wälzt, sitzt meine Mutter in diesem Überfluss von Fotos, einer Orgie von Leibern in Badehosen, Pfadfinderkluft oder mit Skiern auf der Schulter. Es ist eine Einmannorgie, denn auf den meisten Bildern bin nur ich. Die Arme um meine Schulter werden ignoriert, die anderen lachenden Gesichter an den Rand der Aufnahme, in die Schatten verwiesen.

»Was für ein fröhliches Kind du warst«, sagt sie. Sie hält ein Foto in der Hand, auf dem ich mit einer schief auf dem Kopf sitzenden Krone und mit runden Backen fünf Kerzen auspuste.

»Erinnerst du dich noch an diesen Geburtstag?«

Ich erinnere mich an alles, woran du dich erinnerst.

»Du hattest so lange um Rollschuhe gebettelt, dass alle davon wussten. Zehn Paar Rollschuhe hast du bekommen. Bei jedem neuen Geschenk hielt ich den Atem an. Aber du hast sämtliche Verpackungen mit derselben Begeisterung aufgerissen, obwohl sich die Rollschuhe unter dem Tisch stapelten. Als ob das das Einzige wäre, was du wolltest.«

Genau so war es gewesen.

»Ein anderes Kind hätte vor lauter Enttäuschung zu weinen angefangen.«

Ach, wirklich?

»Und dieser Nachbarsjunge, der immer nach Käse stank, wie hieß der noch mal?«

Ich vergesse, was du vergisst.

»Du warst ein großartiges Kind. Höflich. Klug. Nie lästig. Immer zufrieden.«

Weil es keine Fotos von den Momenten gibt, in denen ich unzufrieden, lästig, unhöflich und alles andere als großartig war? Oder gibt es diese Momente nicht mehr? Hast du sie verbummelt, Mutter? Passen sie nicht in das Bild, das du von mir hast?

»Und hier. Und hier«, sagt sie. Sie weiß, dass ihr das noch leidtun wird, dass sie mich mit jedem Foto, das sie leerschaut, mehr verliert. Wenn sie nicht aufpasst, wenn sie nicht sorgfältig mit ihren Erinnerungen umgeht, werde ich zuletzt nur noch in den Posen auf den Fotos zu ihr kommen. Sie kann es nicht ändern. Ihr fehlt die Willenskraft, die Fotos von sich zu schieben, nachdem sie mich wieder zu fassen hat. Denn in den letzten Jahren war ich ihr entwischt, versteckt in meinem Zimmer und in der Schule, schon längst nicht mehr der kleine Kinderstar im Wohnzimmer, sondern ein in die Höhe geschossener Fremder. Es gibt auffallend weniger Fotos von meinen letzten Jahren. Weniger Bilder, aber mehr Streitereien und Spannungen. Harte Worte, wie sie ein lachender Fünfjähriger niemals aussprechen kann, hängen im Raum, bereit, wie Schwerter niederzusausen, direkt ins Herz meiner schmerzensreichen Mutter. Wir werden nie mehr zusammen sein. So viele Momente sind verspielt und das frisst sie von innen auf. Bald schon werden die alten Fotos den Schmerz nicht mehr zurückhalten. Bald schon werde ich wieder verschwinden, egal wie krampfhaft sie mich zurückzuhalten versucht. Und diesmal für immer.

»Bleib bei mir«, sagt sie. »Es ist so kalt ohne dich.«

Die Stille gleitet an Türen entlang ins Zimmer und erstickt sie. Sie scharrt die Fotos zusammen. Verbirgt mich wieder zwischen den Deckeln des Fotoalbums. Es hilft nicht. Das Zimmer bleibt leer.

Sie nimmt ihr Telefon.

»Hallo?«

»…«

»Eva, bist du das?«

»…«

»Eva, was ist? Sag doch irgendwas!«

Sie legt wieder auf. Das ist keine Lösung, sondern ein Moment der Schwäche. Aber es war gut, ihn kurz zu hören. Die Besorgtheit in seiner Stimme.

Sie nimmt das Album vom Boden und ein Foto fällt heraus. Es ist eine alte Aufnahme, noch nicht mal schwarz-weiß, sondern sepia, nachträglich per Hand koloriert. Das Paar, das dort in seinen Sonntagskleidern in die Kamera lächelt, hat unnatürlich blaue Augen.

Es sind ihre Großeltern. Sie hat sie nie kennengelernt. Fremde. Und doch ist da eine Beziehung. Sie fährt mit dem Finger über das Foto. Das Kleid mit den Knopfreihen, zugeknöpft bis zum Hals. Eine Frau, die hart zu anderen ist und ebenso hart zu sich selbst, so sieht sie aus.

»Du würdest nicht allein auf dem Fußboden sitzen und weinen.«

Jedenfalls nicht, wenn sie den Geschichten ihres Vaters glauben darf. Ihres Vaters, der ihr ganzes Leben verdorben hat. Ihres Vaters, der der Grund für den Tod ihres Sohnes ist. Ihres kranken Vaters, wenn sie Willem glauben darf. Vielleicht wird es Zeit, sich der Konfrontation zu stellen.

»HALLO, ORPHEE.«

»Hallo, Bram.«

»Was machst du hier? Ist dir nicht zu kalt?«

Sie sitzt auf einer Bank am Fluss, den Reißverschluss ihrer Lederjacke bis unters Kinn geschlossen und ihre Wollmütze tief über beide Ohren gezogen. Sie hält einige Fotos in der Hand. Ihre Finger sind rot vor Kälte.

»Es geht schon. Und woher kommst du?«

Er klopft auf die Gitarrentasche auf seinem Rücken.

»Gerade fertig mit Proben.«

Er stellt sein Fahrrad ans Geländer.

»Störe ich?«

»Nein«, sagt sie und macht Platz auf der Bank.

»Du liebe Güte«, sagt er, »es ist erst November und schon eiskalt. Wie wird das im nächsten Monat? Dann erfrieren wir, egal wo wir sind.«

»Es wäre nicht das erste Mal, dass das passiert«, sagt sie.

»Was hast du da?«

Sie gibt ihm die Fotos.

»Wow. Hast du die gemacht?«

Sie nickt.

»Ich habe zwar nicht viel Ahnung davon, aber die sind doch sehr gut.«

»Ich hoffe es«, sagt sie.

Die meisten Fotos sind Schwarz-weiß-Porträts wettergegerbter Köpfe: alte Männer mit zerfurchten Gesichtern, durchpflügten Wangen, wässrigen Augen, sehnigen Hälsen in weißen Hemden und Frauen mit zittrigem Lippenstift auf den verschwundenen Lippen.

»Wo hast du diese Leute gefunden?«

»Bei uns im Dorf.«

»Dass die sich einfach so fotografieren lassen!«

»Sie kennen mich, das macht einen Unterschied.«

Er betrachtet die Fotos weiter.

»Du bist echt gut«, sagt er.

»Das Verdienst liegt mehr bei den Modellen als beim Fotografen«, sagt sie. »Ich habe die Fotos vorn an der Ecke vergrößern lassen. Ich will sie zu einem Wettbewerb einschicken und dann muss die Qualität doch besser sein als das, was ich mit meinem rostigen Vergrößerer hinbekomme.«

»Was ist das?« Er ist bei dem letzten Foto angekommen.

Schnell nimmt sie ihm das Bild aus der Hand.

»Ich weiß, wo du das gemacht hast«, sagt er. »Im Wald von Repelgem.«

»Woher weißt du das?«

»Ich … ich bin mal da gewesen. Früher. Als wir Kinder waren, haben wir da gespielt.«

Er lügt schlecht und er weiß es.

»Also gut«, sagt er. »Das stimmt nicht. Ich bin dieses Jahr ab und zu hingeradelt.«

»Warum?«

»Ich weiß nicht. Ich weiß es wirklich nicht.«

»Du weißt, dass Thomas und ich uns da immer verabredet haben.«

»Ja, das hat er erzählt.«

»Es war unser Ort.«

»Es ist ein öffentlicher Ort, Orphee. Jeder darf dahin.«

»Du weißt, was ich meine.«

»Du brauchst nicht sofort so böse zu reagieren. Ich habe euch da nicht beobachtet oder so. Ich bin erst nach dem Unfall dorthin geradelt.«

»Aber warum?«

»Ich weiß es nicht. Es ist nicht so weit von der Stelle, wo der Unfall geschah. Ich wollte den Ort einmal sehen. Ist das so merkwürdig?«

»Ein bisschen schon.«

Sie steckt die Fotos in einen Umschlag und steht auf.

»Jetzt wird mir wirklich zu kalt.«

Bram springt auch von der Bank.

»Viel Erfolg bei dem Fotowettbewerb.«

»Danke.«

Er geht zu seinem Fahrrad. Zögert.

»Orphee?«

Sie hebt den Kopf.

»Möchtest du … möchtest du noch etwas trinken gehen?«

Sie zweifelt einen Moment. Schaut mich an.

»Ich weiß nicht«, sagt sie. »Ich bin keine angenehme Gesellschaft.«

»Nur ein Glas«, sagt Bram und sie nickt.

In dem Lokal ist es fast zu warm. Auf dem Weg zu einem Tisch nickt ein Mann am Tresen Bram zu und der nickt schüchtern zurück. Es ist mein Vater. Er starrt auf Orphee. Bram fühlt sich unwohl, weil er vor den Augen meines Vaters mit der Freundin von dessen totem Sohn eine Kneipe besucht. Aber mein Vater kennt Orphee nicht. Ich habe sie ihm nie vorgestellt.

Orphee erschrickt, als Bram ihr erzählt, wer der Mann ist, der da am Tresen so ernsthaft weitertrinkt.

»Hast du ihn nicht bei der Beerdigung gesehen?«

»Ich bin nicht da gewesen. Ich hab's nicht fertiggebracht. Ich kenne nur seinen Großvater.«

»Sollen wir hingehen und etwas zu ihm sagen?«

Mein Vater sitzt allein da und doch sieht es nicht so aus, als wäre er auf der Suche nach Gesellschaft oder einer Unterhaltung.

»Was sollte ich ihm sagen?«

»Dass du eine gute Freundin von seinem Sohn gewesen bist.«

Sie lacht. »Ja, das könnte ich tun.«

Bram versucht wie wild, die Aufmerksamkeit eines Kellners auf sich zu ziehen, und gibt schließlich auf.

»Ich werde selbst etwas holen müssen. Was möchtest du trinken?«

»Eine heiße Schokolade«, sagt sie, »um die Kälte aus dem Leib zu kriegen. Aber ich gehe schon. Was willst du?«

Sie rutscht von ihrem Stuhl und steht kurz darauf am Tresen. Hübsche sechzehnjährige Mädchen haben es leichter als Bram, einen Kellner auf sich aufmerksam zu machen, und während sie auf ihre Bestellung wartet, beobachtet sie heimlich meinen Vater. Der sieht nicht gerade erholt aus. Es ist klar, dass er schon einen intus hat, dabei ist es noch nicht mal Abend. Er starrt sie länger als normal an, länger, als es die Höflichkeit erlaubt. Ruft er ihr gleich etwas zu in seinem Alkoholrausch? Wird er mit seinen vierzig Jahren den Versuch wagen, eine Sechzehnjährige anzubaggern? Oder kennt er sie doch von irgendwoher? Sie schaut, wo ihre Getränke bleiben, aber als sie zurückblickt, starrt er sie immer noch an. Es fällt ihr schwer, sein Starren nicht zu erwidern. So hätte ich also in zwanzig Jahren aussehen können. Nicht unattraktiv, abgesehen von den betrunkenen Augen. Und dann, als es den Anschein hat, dass er sie ansprechen will, geht sein Telefon.

»Hallo?«, hört sie ihn sagen.

»Eva, bist du das?«

»…«

»Eva, was ist? Sag doch irgendwas!«

Orphee beeilt sich mit ihren Getränken zurück an den Tisch.

»Der Mann sieht nicht gut aus«, sagt sie.

»Vielleicht sollten wir woanders hingehen«, sagt Bram. »Ich habe das Gefühl, ihn noch mehr mit der Nase auf sein Elend zu stoßen, indem ich hier sitze.«

»Ich denke, er hat uns schon vergessen«, sagt sie und tatsächlich rutscht mein Vater nach seinem Telefonat von seinem Hocker und verlässt das Lokal.

»Orphee.«

»Ja?«

»Der Grund, weshalb ich in den Wald gefahren bin …«

Er trinkt, stellt sein Bier dann in den feuchten Kreis auf dem Tisch zurück.

»Du weißt, dass ich neidisch auf euch beide war.«

»Worauf konnte man denn neidisch sein?«

»Spinnst du? Ihr hattet die perfekte Liebe!«

Orphee leert das Zuckertütchen in ihre Schokolade und rührt, bis sich alle Kristalle aufgelöst haben.

»Warum sagst du das?«

»Weil es so war. Verrückt, wie die Dinge manchmal laufen. Ich war derjenige, der meistens jemand hatte, und Thomas … Thomas nicht. Er war zu schüchtern. Oder zu ernst, ich weiß nicht. Und plötzlich begegnet er dir und hat alles, was ich suche. Eine, die ihn versteht, eine, bei der er sich wohlfühlt. Eine, nach der er sich sehnt. Jemand Hübsches und Intelligentes und Witziges. Ihr hattet die gleichen Interessen. Den gleichen Humor. Die gleichen Sehnsüchte. Ihr machtet … Sachen.«

Jetzt erröten sie beide.

»Bram … das ist, was Thomas dir erzählt hat.«

»Stimmt es denn nicht?«

»Du kennst doch Thomas. Er stellt alles immer etwas schöner dar, als es ist.«

Sie blickt zu mir, als sie das sagt. Nicht zu ihm.

»Du hast ihm versprochen, dass ihr immer zusammen sein würdet. Bis in den Tod.«

»Ja«, sagt sie. »Und sieh nur, wie gut ich dieses Versprechen gehalten habe.«

»Ihr hattet etwas Besonderes. Natürlich war ich neidisch.«

»Auch noch, nachdem du das Ende kennst?«

»Es muss nicht immer so enden. Dass Thomas unter diesen LKW geraten ist, war ein dummer Zufall.«

»Ich weiß nicht. Wäre das nicht geschehen, dann wäre uns etwas anderes zugestoßen, denke ich. Die große Liebe, nach der du suchst, ist nicht beständig gegen die Zeit. Ich weiß noch nicht mal, ob es sie überhaupt gibt.«

Er nimmt ihre Hand und dreht sie, bis ihr Handgelenk sichtbar wird.

»Du glaubst nicht an die große Liebe? Und was ist das hier?«

»Ich glaube an Schmerz.« Sie zieht ihre Hand zurück.

»Aber wenn du unbedingt in dein Unglück rennen willst, dann werde ich dich nicht zurückhalten.«

»Für eine perfekte Liebe muss man zu zweit sein.«

»Ist das das Problem? So schwer kann es doch nicht sein, noch eine dumme Tussi zu finden, die bereit ist, sich das Herz aus dem Leib reißen zu lassen.«

Sie lässt ihren Blick durchs Lokal schweifen.

»Was hältst du von der da? Der Blonden zwei Tische weiter? Sie beobachtet dich schon eine ganze Weile. Sie würde es wagen, das sieht man auf Anhieb.«

»Ich denke nicht.«

»Zu klein? Zu dumm?«

»Sie ist nicht, was ich will.«

»Hast du denn schon jemanden im Kopf?«

»Ja«, sagt er und senkt den Blick.

»Eine, die ich kenne?«

»Ja«, murmelt er.

»Hm. Eine, die ich kenne.«

Na los, Orphee. So dumm, so langsam warst du doch früher nie. Genügt es denn nicht, dass er dir nicht in die Augen zu schauen wagt, dass er nervös mit seinem Glas spielt, während du einige Namen auf ihn abfeuerst? Muss er es dir wirklich vorbuchstabieren?

»Ich gebe es auf«, sagt sie. »Wer ist es?«

»Ist nicht so wichtig«, sagt er. »Ich bin ohnehin Luft für sie.«

»Ach. So abstoßend hässlich bist du nun auch wieder nicht.« Sie lacht.

»Vielen Dank«, sagt Bram, ohne ihr Lachen zu erwidern.

»Und du spielst in einer Band. Das finden die meisten Mädchen doch sexy?«

»Sie ist nicht wie die meisten Mädchen.«
»Das klingt vernünftig.«
»Zu vernünftig«, sagt er.

»ICH WUSSTE NICHT, dass diese Straße so stark befahren ist«, sagt meine Mutter. Wir sind unterwegs nach Repelgem; unglaublich, aber wahr.

Sie hupt und überholt hektisch einen Wagen. Der Fahrer tippt sich an die Stirn. Meine Mutter hält auch einen Finger hoch. Ein frustrierter Autofahrer ist wahrlich nicht ihre größte Sorge.

»Hätte ich gewusst, wie stark der Verkehr hier ist, dann hätte ich dich nie hierhergeschickt.«

Sie schaut hinüber zu mehreren schweren Baggern, die am Fuß eines Hügels stehen, und liest laut, was auf dem Schild steht:

»*Hier baut Domo Universalis dreißig Sozialwohnungen.* Da stand früher der Sandershof. Ich habe da immer als Kind gespielt.«

Sie wird nervöser, je mehr wir uns dem Dorf nähern.

»So viel hat sich geändert in den letzten zwanzig Jahren. Ich habe diesen Ort so lange in einer Schachtel in meinem Kopf versteckt und jetzt, wo ich den Deckel anhebe, ist gar nicht mehr das darin, was ich einmal hineingetan habe.«

Das glaube ich ihr. Das Kreuz am Straßenrand zum Beispiel, an dem sie jetzt vorbeifährt, das stand voriges Jahr noch nicht da.

Sie hält vor Großvaters Hof, bleibt aber im Wagen sitzen. Es wird dunkel. Sie lässt sich Zeit. Sammelt sie Kraft, um aus dem Auto auszusteigen und meinem Großvater die Stirn zu bieten, oder überlegt sie umzukehren? Sie muss nicht hier sein. Er ist schon längst nicht mehr ihr Vater. Wer wird es ihr verübeln, wenn sie wegfährt? Sie hat auch so schon Kummer genug. Außerdem, was schert es sie, was andere von ihr denken? Sie lebt ihr eigenes Leben.

Eine alte Frau kommt vorbeigeradelt, bremst ab und lugt ins Auto. Sie versteckt ihre Neugierde auf die Frau, die hier ganz allein in einem unbekannten Auto an diesem abgelegenen Feldweg sitzt, nicht.

»Wir wurden bereits bemerkt«, sagt meine Mutter. »Das jedenfalls hat sich in all den Jahren nicht verändert. Alle wissen alles voneinander. Ausgenommen dasjenige, wovon sie nicht wollen, dass man es erfährt. Das können sie jahrelang verschweigen.«

Ihre plötzliche Wut gibt ihr die Energie, aus dem Auto zu steigen. Sie betritt den Hof durch das verrostete Tor. Sie versucht, das Bild, das sie von ihrem Geburtshaus hatte, an dem zu messen, was sie sieht: der seit Jahren nicht mehr geweißten Fassade, den Fensterläden mit der abblätternden blauen Farbe, die leeren Ställe, die verrostete Pumpe in der Mitte. Mit Unbehagen geht sie über den geborstenen Beton. Ihre hohen Absätze versinken in dem schlammigen Kiesweg, der sich um das Haus schlängelt. Sie drückt die Tür zur Küche auf.

»Hallo?«

Vorsichtig, als würde sie sich in das Haus eines menschenfressenden Riesen schleichen, betritt sie die Küche. Der Gestank nimmt ihr den Atem. Ihre Hand berührt die Küchenwand und sie zieht sie schnell zurück, um den an den Fingern klebenden fetten Schmutz an ihrem Hosenbein abzuwischen.

Eine Bewegung in einer Zimmerecke lässt sie erschrecken.

In dem geschrumpften Kerlchen, das da unter seiner Decke hervorgekrochen kommt, kann sie kaum den Mann erkennen, den sie all die Jahre hindurch gehasst und gefürchtet hat.

»Wer ist da?«

Sie kann wieder weg. Es ist noch nicht zu spät. Er weiß noch nicht einmal, wer sie ist. Sie hatte sich auf einen großen Kampf vorbereitet, aber ihr Gegner hat sie überlistet. Er ist entwischt und hat diesen zerbrechlichen alten Mann an seiner Stelle zurückgelassen. Und wie kann sie gegen einen Widersacher kämpfen, der schon darniederliegt, der es kaum mehr schafft, aus seinem Sessel zu krabbeln, der nicht mal mehr weiß, wer sie ist?

»Lena, bist du das?«

Unglücklicher hätte er seine Worte nicht wählen können.

Meine Mutter, schon halb überzeugt, die Fahrt nach Repelgem umsonst unternommen zu haben, und schon halb aus der Küche hinaus, dreht sich um.

»Nein, Vater, nicht Lena. Lena kommt nicht mehr zurück.«

Da. Sie hätte ihn leise in diesem Winkel dahinsiechen lassen können. Sie hätte sich entscheiden können, nicht an die alten Wunden zu rühren, die Deckel auf den Töpfen und die alten Geschichten auf sich beruhen zu lassen. Aber es sitzt zu tief.

»Lena ist tot«, sagt sie. »Wie du ja weißt.«

»Eva«, fragt mein Großvater und reibt sich wie ein Kleinkind mit der Faust die Augen, weil er aus seinen vertrauten Träumen in einen neuen, beängstigenden Traum geglitten ist, »bist du es wirklich?«

Meine Mutter legt ein Taschentuch auf einen Stuhl, ehe sie darauf Platz nimmt.

»Wie ist Lena gestorben?«, fragt sie. »Nach all den Jahren habe ich das Recht zu erfahren, wie meine Mutter gestorben ist.«

Mein Großvater will aus seinem Sessel kraxeln. Nachdem meine Mutter endlich hier ist, soll sie etwas essen, etwas trinken. Kaffee. Er hat irgendwo noch etwas Milch. Und Kekse vielleicht. Er muss ein wenig suchen.

Meine Mutter drückt ihn in den Sessel zurück. Es kostet sie keine Mühe. Er ist Haut und Knochen.

Sie will keine Kekse. Lieber noch würde sie Wasser aus dem Bach trinken, der wie eine offene Kloake am Hof vorbeifließt, als in dieser Küche eine Tasse an die Lippen zu setzen. Sie will nur eines von ihm, und das ist die Wahrheit.

»Eva. Ich freue mich so, dich noch einmal zu sehen.« Er greift nach ihrer Hand.

Freue mich so, dich noch einmal zu sehen. Bevor es zu spät ist. Bevor er tot ist. Sei eine gute Tochter, sagt er, gönne einem sterbenden Mann seine Ruhe. Belästige ihn nicht mit Fragen, die unangenehme Erinnerungen aus den trüben Untergründen aufrühren, in die sie nach all den Jahren versunken sind. Hab Mitgefühl. Mitleid.

Doch, sie versteht, was hinter den Worten hervorlugt. Sie zögert. Wie auch nicht? Sie ist schockiert vom Zustand der Küche, davon, wie leicht sie die Oberhand hat und wie mager er ist; ein Tier, das in seiner Höhle verkümmert.

Aber sie hat ihre Wut so lange weggepackt, dass sie zur beißenden Säure wurde, und jetzt muss sie sprechen, selbst wenn ihr die Worte die Kehle verätzen. Sie hat ihn so lange mit dem unverwüstlichen Zorn eines Kindes gehasst, dass sie nicht einfach so verzeihen kann, auch wenn er nicht mehr der

Vater ist, gegen den sie ihre Monologe losließ, auch wenn er ihre Hand ergreift, als wäre sie sein letzter Halt, bevor er in den Abgrund gesogen wird. Wer hat jemals Mitleid mit ihr gehabt? Hat man ihr nicht alles genommen, die Mutter, die Jugend, ihren einzigen Sohn?

»Weißt du noch, was du mir erzählt hast? Dass sie weggelaufen wäre.«

»Kann sein«, sagt er und seufzt tief, aber nicht tief genug, nicht laut genug, es ist ein Wind, der an ihr vorbeizieht, nachdem sie sich gestärkt hat. Sie kennt keine Gnade. Sie stößt seine Hand weg.

»Erinnerst du dich nicht mehr? Ich war drei Jahre alt, aber ich weiß es noch gut. Ich kam nach Hause und du hast hier in der Küche gesessen, in demselben Sessel, und geweint. Tante Ernestine war da und Onkel Robert. Auf dem Tisch stand eine Flasche Genever, aber niemand trank. Ich wusste, dass etwas Schlimmes passiert war, war aber zu ängstlich, den Mund aufzumachen. Ich suchte meine Mutter. Du musst meinem Blick gefolgt sein, meinem Blick, der automatisch zu ihrer über einen Stuhl gehängten Schürze ging. ›Deine Mutter ist weg‹, hast du gesagt. ›Sie hat uns verlassen.‹ Ich verstand es nicht. Niemand erklärte mir irgendetwas. Tante Ernestine raffte einige meiner Kleidungsstücke zusammen und fasste mich am Arm, und so sind wir weggegangen, ohne ein Wort zu sagen. Ich drehte mich noch um, aber du hast mich nicht mal angeschaut.

Zwei Wochen bin ich bei ihnen in der Schlachterei gewesen und in diesen zwei Wochen hat niemand mir etwas gesagt. Nicht, wo meine Mutter war. Nicht, warum ich vom Hof weggemusst hatte. Kein Wort. Zwei Wochen saß ich eingesperrt in einem dunklen Zimmer, so jedenfalls erinnere ich mich. Zwei Wochen der Stille.«

»Wir dachten, es wäre besser so und dass du noch zu jung warst, um alles zu verstehen.«

»Weißt du, wie lange ich geglaubt habe, sie würde wiederkommen? Weißt du, dass ich jeden Tag mit dem Gedanken aufgewacht bin, sie würde in der Küche stehen? Noch Jahre später, als ich schon nicht mehr wusste, wie sie aussah, als ich den Klang ihrer Stimme vergessen hatte, als sie nur mehr ein vager Schemen war, eine lächelnde Wärme, ein Duft nach Blumen und Brot, hoffte ich noch, sie würde wiederkommen. Immer wenn jemand das Tor zum Hof aufstieß, machte mein Herz einen Aussetzer. Da ist sie, dachte ich. Und währenddessen fragte ich mich die ganze Zeit, was ich wohl verbrochen hatte. Was für eine schreckliche Tat von mir hatte sie veranlasst, mich im Stich zu lassen? Was für ein Kind war ich, dass sie mich einfach so zurückließ? Hatte sie mich denn nicht lieb gehabt? Aber ich würde mich ändern. Ich würde gut sein. Wenn sie nur wiederkam.«

»Ich wollte es dir erzählen, wenn du etwas älter wärst, wenn du es etwas besser verstehen könntest.«

»Weißt du es denn wirklich nicht mehr? Zuletzt hatte ich den Mut gehabt, dich zu fragen, wo sie blieb. Und du … du hattest deine Geschichte fertig. Vogel und Fuchs war sie und eine Prinzessin. Und ich dummes Kind, das ich war, schluckte das. Ganze Sommer habe ich auf diesem Hügel verbracht, mit dem Ohr auf dem Gras und so intensiv lauschend, dass ich am Ende etwas hörte, ein Herzklopfen, eine Stimme. Ja, ich hörte ihre Stimme durch den Hügel hindurch, so schlimm hatte es mich erwischt, so weit hattest du mich mit deinem Unsinn gebracht. Ich war zwölf, als Erna Schoenaerts mir endlich erzählte, meine Mutter sei ins Wasser gegangen.«

»Die Schoenaerts' haben schon immer ein gemeines Mundwerk gehabt«, sagt mein Großvater.

»Welchen Unterschied macht es, von wem ich es erfuhr?«, ruft sie. »Es ist ein Wunder, dass es so lang gedauert hat, bis jemand es mir ins Gesicht schleuderte. Kannst du dir vorstellen, was für ein Schock das nach all den Jahren des Wartens war? Nie die Hoffnung aufgegeben, denn das wäre Verrat gewesen. Und dann das. Selbstmord.«

»Es war ein Unfall.«

»Ich kenne den Tümpel, Vater. Der ist kaum einen Meter tief. Wie konnte das ein Unfall sein?«

Er schweigt.

»Sag es mir ehrlich: Hat sie sich ertränkt?«

»Ich weiß es nicht, Eva.«

»Vater? Ich flehe dich an.«

»Sie hatte Anwandlungen. Die hatte sie schon, bevor wir heirateten. Dann wollte sie weg. Dann erstickte sie, sagte sie. Hätte es dich nicht gegeben, dann hätte sie mich schon früher verlassen. Aber sie konnte ihr Kind doch nicht zurücklassen.«

»Aber am Ende hat sie es doch getan. Was sonst hatte sie an dem Weiher verloren?«

»Der Hügel war einer der Orte, an den es sie zog, wenn sie es auf dem Hof nicht mehr aushielt. Sie konnte dort einen halben Tag sitzen und nichts anderes tun, als den Wolkenhimmel anzustarren. Ich wusste, dass sie anders war als die meisten Frauen. Das war auch der Grund, warum niemand sie heiraten wollte. Sie hatten Angst vor ihr, Angst, sie würde närrische Kinder bekommen, Träumer, die sich immer unglücklich wähnen würden. Simple Seelen, die kaum zählen konnten.«

»Und du hattest keine Angst?«

»Ich war verliebt.« Er reibt sich die Augen. »Ich denke nicht, dass sie es mutwillig getan hat. Und falls doch, dann wusste sie nicht, was sie tat. Sie hatte dich so sehr lieb. Sie hätte dich nie zurückgelassen.«

Meine Mutter beißt sich auf die Unterlippe. Nicht mehr viel und sie blutet.

»Die Verwandtschaft schwieg, weil das nun einmal nichts ist, worüber man gerne spricht. Sie schämten sich. Und je weniger Menschen davon sprachen, desto schneller wäre es hoffentlich vergessen, damit du …«

»Damit ich was?«

»Du weißt, wie das geht auf dem Land. Wenn die Mutter nicht richtig im Kopf ist, denkt man schon bald, es sei besser, auch die Tochter zu meiden.«

»Sagst du jetzt, du hättest es meinetwegen getan? Das ist der Gipfel. Dass du anderen Leuten gegenüber geschwiegen hast, ist eine Sache, aber mir gegenüber …«

»Ich wollte nicht, dass du es weißt.«

»Warum nicht?«, schreit sie.

»Wenn du es nicht wusstest, konntest du nicht denselben Weg einschlagen.«

Sie springt auf. Das Taschentuch hebt sich mit ihr in die Luft und schwebt dann leise auf den Stuhl zurück.

»Du weißt nicht, was du mir angetan hast.«

»Denkst du, für mich wäre es leicht gewesen? Allein mit einem jungen Kind zurückgeblieben und im Rücken die Zungen des Dorfes.«

»Wage es nicht! Wage es nicht, das hier zu verdrehen. Wage es nicht, um Mitleid zu betteln. Du hast mir meine Mutter genommen.«

»Nein, Kindchen, sag das nicht.« Er greift vergeblich nach ihrer Hand. »Vergib mir, wenn ich dir wehgetan habe. Ich tat das, was ich für das Beste hielt. Für uns beide. Ich wollte dir keinen Kummer bereiten.«

»Ich hatte ein Recht auf diesen Kummer.«

»Ja«, sagt er und lässt sich wieder in seinen Sessel fallen. »Vielleicht schon.«

»Ich hatte ein Recht auf diesen Kummer«, sagt sie wieder, leiser, mehr zu mir als zu ihm.

»Es war keine Lüge«, sagt er. »Sie war nicht tot, jedenfalls nicht für mich. Wenn ich das wirklich geglaubt hätte, dann hätte ich es nicht durchgehalten. Ich wusste, sie würde irgendwann wiederkommen.«

»Wie egoistisch«, sagt sie. »Du hast dich nie gefragt, was die Hoffnung auf ihre Rückkehr mit mir gemacht hat.«

»Aber sie ist zurückgekehrt«, sagt er. »Schau!«, und seine Augen strahlen, als er auf die Tür zwischen Küche und Vorhof zeigt. Wir folgen seinem Finger, meine Mutter mit einer irren Hoffnung in den Augen. Wir sehen nichts.

»Du bist verrückt«, sagt sie wütend. »Und ich war nicht weniger verrückt zu glauben, wenn ich hierher käme, würde das irgendwas lösen.« Sie läuft los.

»Eva, bitte.«

»Ich werde dir nie verzeihen«, sagt sie an der Tür. »Ich hoffe, dass du schnell krepierst.«

Krepieren, ist das ihr Ernst? Ja, das ist es. Warum sollte er ein Recht auf Mitleid haben? Wer hat denn Mitleid mit ihr? Wer hat sie jemals geschont?

Sie ist zu wütend, um sofort in den Wagen zu steigen und loszufahren. Laufen muss sie, die Wut loswerden. Sie folgt dem Weg vom Hof zum Dorf. Es ist kalt, zu kalt für die leichte Jacke, die sie anhat, und der Weg ist nicht freundlich zu ihren Absätzen, aber sie stapft weiter. Sie braucht keine Angst zu haben, im Dorf noch auf alte Bekannte zu treffen, denn in den Straßen ist keine Menschenseele zu sehen. Ein blau flackernder Schein hinter den Vorhängen verrät, wo sie alle hocken: mit der ganzen Familie in der Wärme vor dem Fernsehschirm. Und sie allein in der Kälte. Kein Hund, der sich nach ihr umdreht. Wenn sie jetzt niederkommen müsste, würde sie es auch in einem Stall tun müssen, denn hier ist niemand, der seine Lieblingsserie verpassen würde, um nachzusehen, wer da so panisch an der Tür schellt.

Sie überquert den Dorfplatz. Zwei Plastiktüten und eine Limonadendose tanzen im Wind. Ansonsten ist der Platz leer. Beim Bäcker im ersten Stock brennt Licht. Ein Mädchen vor dem Fenster zieht sich zurück, eine der Hoffnungsvollen, die über diesen leeren Platz blickt und von einer Zukunft träumt. Eine der Glücklichen. Sie selbst hat nie eine Zukunft gekannt, sondern nur eine Vergangenheit, die sie loswerden wollte.

Das Tor zum Friedhof ist zu, aber nicht verschlossen. Was gibt es hier auch zu stehlen? Sie schlüpft hindurch. Die Toten liegen ruhig da. Irgendwann einmal sind sie aus ihren Gräbern gekrochen, wenn sie ihrem Vater glauben darf. Aber das tut sie längst nicht mehr.

Sie meint zu wissen, wo ihre Mutter begraben liegt. Weit

weg von der Kirche, fast schon in der Böschung am Friedhofsrand, gerade noch in geweihter Erde – denn dass sie Selbstmord begangen hatte, war nicht ganz sicher –, aber doch weit genug vom Rest des Dorfes entfernt. Aber als sie zu der Stelle kommt, verborgen unter einer Trauerweide, findet sie das Grab nicht wieder. Hat man es verlegt oder weiß sie nach all den Jahren den genauen Ort nicht mehr? Möglich wäre es. Wenn sie das Foto ihrer Erinnerungen über die Wirklichkeit schiebt, sieht sie, dass sich die Linien nicht so decken, wie es sich gehört. Früher ist das Dorf ihr Lebensmittelpunkt gewesen, der Ort, zu dem sie heimlich schlich, wenn es ihr auf dem Hof zu viel wurde. Hier gab es Bewegung, Menschen, Musik, Gaststätten, Frittenbuden, Zeitschriften, Autobusse, die einen bis in die Stadt brachten, wo das Leben war, fast unvorstellbar. Aber sie ist gewachsen und das Dorf geschrumpft. Es ist wie ausgesaugt, kein Leben ist mehr in ihm und geblieben ist die leere Hülle. Sie hat es nicht anders erwartet. Aber dass auch der Friedhof ihren Erinnerungen entkommen würde, hätte sie nicht gedacht. Ein Friedhof ändert sich doch nicht? Gräber gehen nicht auf Wanderschaft.

Sie sucht weiter, ihre Dickköpfigkeit hat ihre Neugierde abgelöst. Schon regt sie sich wieder auf: Wie konnten sie es wagen, das Grab ihrer Mutter aufzulösen, ohne ihre Zustimmung dazu einzuholen? Hat ihr Vater denn gar keinen Stolz? Hat er einfach so erlaubt, dass sie ihre Leiche umbetteten oder einen neuen, besser zahlenden Toten auf sie packten? Ist es das? Fehlte ihm das Geld, sie länger hier liegen zu lassen? Wieder sieht sie die Küche vor sich. Seine mageren Arme. Hat er kein Geld für vernünftiges Essen, seit er nicht mehr jeden Mittwoch bevorratet wird?

Und dann findet sie das Grab. Nicht die Grabstätte, sondern die Trauerweide darüber ist verschwunden.

»Magdalena Somers.«

Sie liest die grünlichen Buchstaben mit den Fingern. Magdalena. Bei dem Namen ist es kein Wunder, dass sie dem Elend in die Arme lief.

»Tag, Mutter«, sagt sie. »Ich komme kurz vorbei. Nach einem Besuch bei Vater ist das das Wenigste, was ich tun kann.«

Sie setzt sich auf den feuchten, fast ganz von Gras überwachsenen Stein. »Hier ist es ruhig«, sagt sie. »Ich hätte etwas mitbringen sollen, aber ehrlich gesagt hatte ich nicht vorgehabt vorbeizuschauen. Und was kann ich dir denn bringen? Du hast schon alles. Ewige Ruhe, wenn ich der Grabplatte glauben darf. Ich hoffe, ich störe diese Ruhe nicht, wenn ich sage, dass es deinem Mann nicht gut geht. Seine Tage sind gezählt. Noch ein wenig und er liegt neben dir. Freust du dich darauf? Ich denke nicht.«

Die Feuchtigkeit dringt durch ihre Hose. Sie steht auf, legt ihre Handtasche auf den Stein und setzt sich wieder.

»Ich habe auch daran gedacht, Schluss zu machen. Welchen Sinn hat es, sich noch weiter zu schinden, wenn jeder Tag so viel Mühe kostet und es nichts mehr gibt, worauf man sich freut? Ins Wasser würde ich nicht gehen, dazu fehlt mir der Mut. Und ein Messer kommt mir so kalt, so hart vor. Ich habe die Tabletten aufgespart, die mir der Arzt verschreibt. Ein langer Schlaf, danach sehne ich mich. Jetzt noch nicht. Das kann ich Willem nicht antun, obwohl ich denke, er würde es überleben. Später, wenn er sich ein neues Leben aufgebaut, wenn er eine andere gefunden hat.

Wie die Mutter, so die Tochter, nicht? Man könnte meinen, ich hätte Verständnis für deine Tat. Aber die habe ich nicht. Ich habe niemanden mehr. Aber du … du hattest mich.«

Ein Motorrad kommt angefahren und heizt viel zu schnell durchs Dorf. Nachdem der Lärm verklungen ist, wird das Dorf nur noch stiller.

»Ich verstehe nicht, wie du mich zurücklassen konntest. Er da hat noch Ausreden, aber es gibt nichts, was du sagen kannst. Es ist unverzeihlich. Und ihn kann ich noch anschreien. Aber was soll ich mit dir machen? Ich kann gegen deinen Grabstein treten, aber das würde lediglich meine Schuhe ruinieren. Ich kann auf dein Grab spucken, aber dazu habe ich mich selbst zu gut erzogen.

Es ist zu spät. Du hast mich verlassen. So wie mich alle verlassen. Darum bin ich auch von Willem fort. Ich bin gegangen, bevor er gehen würde. Bevor er mich vollends leid ist. Armer Willem. Er weiß nicht, was er tun soll, um alles gut zu machen. Er ist so höflich. So vorsichtig.

Weißt du, wen wir in der Woche, bevor ich auszog, zu Besuch bekamen? Den Fahrer, der Thomas getötet hat. Der Mann läutet mir nichts, dir nichts bei uns und fragt, ob er hereinkommen darf. Ich wusste nicht, wer er war, und habe einfach die Tür aufgemacht.

Er kam, um sich zu entschuldigen. Es gehe ihm nicht gut damit und er fand, wir sollten das wissen. Er habe aufgehört zu arbeiten. Er könne nicht mehr hinter dem Steuer sitzen. Das erzählt er uns. Uns! Den Eltern des Kindes, das er zermalmt hat. Kommt und bettelt noch um ein bisschen Mitleid. Sucht nach Verständnis. Und Willem will ihm schon vergeben. Bestimmt ist das so ein Männercode, oder? Ich dachte, ich würde explodieren. Ich habe mich auf den Mann gestürzt.

Ach, es tat gut, den Mörder meines Kindes zu schlagen. Leider dauerte diese Genugtuung nicht lange. Und nachdem Willem ihn aus dem Haus bugsiert hatte, blieb ich allein zurück. Das Haarbüschel, das ich dem Kerl ausgerissen hatte, war eine magere Beute. Sie brachte mir meinen Sohn nicht wieder. Willem anzuschreien half auch nicht. Also bin ich eben gegangen. Meinen Vater anzuschreien hat auch nicht wirklich geholfen. Und dich tote Frau anzuschreien ist erst recht überflüssig.«

Sie hämmert mit der Faust auf die Grabplatte.

»Bist du da? Hörst du noch, was ich sage?«

Sie wischt sich das Moos von der Hand.

»Dein Enkel ist auch dabei, mich zu verlassen.«

Sie nickt mir zu.

»Ja, mein lieber Schatz. Du entgleitest mir. Nur noch im Traum begegne ich dir so, wie du warst. Nur in meinen Träumen kann ich einen Moment lang die Wahrheit vergessen. Dass du nicht mehr da bist. Nur in meinen Träumen kommst du mir noch lächelnd entgegen. Weißt du, was du im Traum zu mir sagst? Dass du nicht tot bist. Dass es ein Irrtum war. Dass du lebst. Fühl nur, sagst du. Fühl nur, ich bin es wirklich. Und ich bin dann so glücklich. Ich denke, ich war noch nie so glücklich wie in diesen wenigen Momenten, in denen ich mir plötzlich sicher bin, dass du lebst. Aber dann wache ich auf.

Und dann sehe ich dich. Nicht mehr lebend, sondern tot. Zwischen dir und mir ist so viel Trauer, dass ich dich nicht mehr klar erkennen kann. Ich sehe dich nur dann deutlich, wenn ich mich an Schmerzvolles erinnere, an die Momente, in denen ich wütend auf dich war, in denen du mir mürrische Antworten gabst, die Missverständnisse, die Streitigkeiten.

Die sehe ich klar. Der Schmerz über deinen Verlust zieht sich kurz zurück, nur um noch mehr Schmerz zuzulassen. Es gibt einen Gott und er ist grausam.

Ich gebe mir Mühe, dich bei mir zu behalten, Baby, aber ich verliere dich jeden Tag etwas mehr. Alle haben mich verlassen. Und wenn du auch gehst, was bleibt mir noch? Dann bin ich nichts mehr. Ohne Schmerz verschwinde ich.«

Sie streckt sich auf der Grabplatte aus. Die Feuchtigkeit und die Kälte dringen durch ihre Kleidung, aber sie bleibt liegen.

»Wäre es nicht besser, diese Platte würde sich etwas zur Seite schieben? Rutsch ein Stück, Mutter, deine Tochter kommt. Vielleicht spüre ich dann irgendwann deine Arme um mich.«

Sie bleibt liegen. Es ist so still. Das Dorf macht keinerlei Geräusch. Die Leute sitzen gefroren in ihren Zimmern. Die einzige Bewegung kommt von den Wolken, die sich vor den Mond schieben. Ihr wird schwindelig, als sie zu lange hinschaut, als wären es nicht die Wolken, die dahingleiten, sondern sie selbst, als wäre der Friedhof vom restlichen Dorf losgebrochen und triebe dahin.

Sie hört ein Rascheln im Gebüsch. Sie bleibt liegen. Ein Igel vielleicht. Aber der Schatten, der durch die Hecke huscht, ist zu groß. Einen Moment lang hat sie Angst. Doch es ist ein Fuchs, sieht sie aus den Augenwinkeln.

Sie bleibt liegen. Sie will das Tier nicht verschrecken. Sucht er Kaninchen? Abfall? Sie hat keine Ahnung. Als sie in die Stadt zog, hat sie die Natur wie ein altes Kleid hinter sich gelassen.

Eigentlich müsste er sie wittern. Oder riecht sie schon genau wie alle anderen Toten hier auf dem Friedhof? Es ist ein schönes Tier. Sie hat noch nie einen Fuchs gesehen. Die spitze Schnauze, die Zahnreihe, das gefällt ihr schon weniger. Sie erinnert sich vage an etwas wie tollwütige Füchse. Das wäre ein Ding, dass sie auf dem Grab ihrer Mutter die Tollwut bekommt und alle wutschäumend anfällt, die sich in ihre Nähe wagen. Würde ihre Umgebung den Unterschied bemerken? Sie versucht, keine brüske Bewegung zu machen, obwohl es sich sehr unbequem liegt auf der Grabplatte und die Kälte ihr in den Nacken kriecht.

Der Fuchs erschrickt und huscht davon, als ihre Handtasche zu klingeln beginnt. Sie nimmt ihr Telefon heraus. Es ist mein Vater.

ES IST EISKALT, ein Novembertag, an dem alle Farben aus der Welt getropft sind. Du sitzt im Schneidersitz auf einem Baumstamm inmitten der Waldlichtung, eine rauchende Nymphe.

Ich freue mich, dass du heute hier bist, Liebes, obwohl du nie mehr in den Wald zurückkommen wolltest.

Ich musste hinaus.

Du kannst wieder weg, wenn du willst.

Warum kannst du mich nicht in Ruhe lassen?

Ich tue nichts. Wenn du mich nicht rufst, bin ich nicht hier.

Ich war davon überzeugt, dass es an mir lag, dass ich einen Weg finden musste, dich aus meinem Kopf zu verbannen, dich zu vergessen. Aber jetzt bin ich mir dessen nicht mehr so sicher. Ich denke, du bist es, der mich nicht in Ruhe lässt.

Was kann ich tun? Ich bin eine Erinnerung, mehr nicht.

Ich denke, du bist mehr als das.

Was denn?

Ein böser Geist.

Dann wende dich an einen Exorzisten.

Das ist gar keine so schlechte Idee.

Du musst aufpassen mit Zigaretten im Wald.

Hast du Angst, ich könnte den Wald und mich selbst anzünden? Was schert dich das? Als ich mir die Handgelenke aufschnitt, hast du mich auch nicht zurückgehalten.

Das Handgelenk. Einzahl.

Ist doch egal, wie viele Handgelenke ich mir aufgeschnitten habe. Wenn du mich so sehr liebst, dann schütze mich, auch gegen mich selbst.

Was kann ich tun? Ich bin hilflos. Du brauchst mich nur zu vergessen und ich bin verschwunden. Ich kann dir nichts verbieten.

Lügner. Du hast zu viel Macht über mich. Wie kommt es, dass ich dich nicht vergessen kann, während andere offenbar leicht den Absprung finden? Bram war dein Freund und er hat keine Schwierigkeiten mit deinem Tod.

Bram ist ein Egoist.

Das denke ich nicht.

Natürlich nicht. Über Bram kein schlechtes Wort.

Warum kann ich keinen Abschied nehmen und er schon?

Weil du mich liebst und er nicht.

Das ist es nicht.

Was ist es deiner Meinung nach dann? Warum wirst du mich nicht los?

Weil ich dich umgebracht habe.

MEINE MUTTER IST NERVÖS. Die Wohnung ist schon unangenehm ordentlich und doch putzt sie weiter. Man könnte meinen, der König käme jeden Augenblick vorbei, aber es ist bloß mein Vater, der kurz nach Mittag läutet und hereinkommt.

»Schön hast du es hier«, sagt er, nachdem er sich umgeschaut hat.

Meine Mutter hat sich wenig Mühe gegeben, die Wohnung gemütlich zu machen. Die paar Kissen und die Teppiche auf dem Boden können nicht verbergen, dass es sich um eine vorübergehende Bleibe handelt.

»Es geht«, sagt sie. »Nimm Platz. Möchtest du etwas trinken?«

Ja. Mein Vater will etwas trinken. Denn es ist eigenartig, bei seiner eigenen Frau zu Besuch zu kommen und mit der Mutter seines Sohnes eine höfliche Konversation zu führen.

»Was macht die Arbeit?«

»Wie immer«, sagt sie. Sie geht in die Küche. Er springt auf und schaut durchs Fenster.

»Du wohnst sehr zentral hier!«, ruft er.

Sie kommt zurück und reicht ihm ein Glas Wein.

»Entschuldige. Etwas anderes habe ich nicht im Haus.«

»Sehr vernünftig«, sagt er.

Sie setzen sich beide wieder. Nicht zu nah nebeneinander. Zwischen ihnen ist noch genügend Platz für einen Dritten.

»Nun denn«, sagt er, nachdem die Stille allmählich zu lange dauert, und zieht einen großen Briefumschlag aus seiner Innentasche.

»Ich hielt es für besser, wenn ich dir die Papiere eigenhändig vorbeibringe.«

»Das war nicht nötig.«

»Ich fand doch. Wir haben doch keinen Streit, oder? Wir können wie Erwachsene miteinander umgehen.«

»Oder jedenfalls so tun, als ob«, sagt meine Mutter. Sie nimmt den Umschlag entgegen und legt ihn auf den Couchtisch. »Oder möchtest du, dass ich sie sofort unterschreibe?«

»Nein«, zögert er. »So dringend ist es nicht. Aber nachdem wir nun mal beschlossen haben, uns zu trennen, hat es auch wenig Sinn, diese Dinge vor uns herzuschieben. Eine Arbeitskollegin von mir hat auch gerade ihre Scheidung hinter sich und sie meint, es sei besser, klar und eindeutig zu sein. Solange Elsie noch nicht offiziell geschieden war, fühlte sie sich noch an ihren Mann gebunden, aber in dem Moment, als die Papiere unterzeichnet waren, ging es ihr gleich ein Stück besser.«

»Nun«, sagt meine Mutter. »Wenn die erfahrene Elsie das behauptet, dann wird es wohl so sein.« Sie macht jedoch keine Anstalten, die Papiere auch nur anzurühren.

Mein Vater trinkt sein Glas in einem Zug leer.

»Willst du noch was?«

»Ich gehe schon«, sagt mein Vater. Er springt auf, das Glas in der Hand, und geht statt in die Küche in mein Zimmer, sieht dort die Poster an den Wänden, das Bett mit dem Bettbezug, die Kleidung im Schrank. Nichts hat sich geändert. Ganz wie eines dieser Schlösser in den arabischen Märchen scheint mein Zimmer von einem Dschinn aus seinem Haus gepflückt und hierher verpflanzt worden zu sein, ohne dass auch nur ein Stäubchen den Ort gewechselt hat.

»Ach, Eva«, sagt er.

»Was?«

»Geht das immer so weiter?«

»Wird Thomas je wieder nicht tot sein?«

»Das sage ich doch nicht.«

Sie nimmt ihm sein Glas aus der Hand und geht in die Küche. Er folgt ihr.

»Elsie sagt, es sei eine Frage der Willensstärke. Man kann sich gehen lassen in seiner Trauer, aber man kann sich auch dagegen wehren, wenn man nur will.«

»Elsie weiß das alles so gut. Das wird ihr noch zustattenkommen, wenn sie selbst erst einen toten Sohn hat.«

»Du lieber Gott, Eva!«

Sie schenkt sich auch ein Glas ein.

»Du verstehst dich anscheinend gut mit dieser Elsie.«

»Wir sitzen im gleichen Boot. Und es ist ja nicht so, dass ich zu Hause etwas an jemanden loswerden könnte.«

»Du hast nie etwas loswerden wollen. Du bist Wilhelm der Schweiger.«

»Menschen ändern sich.«

»Ich nicht«, sagt sie.

»Nein«, sagt er, »du nicht.«

Er schaut sie an.

»Du siehst gut aus.«

Sie lacht auf.

»Oder darf ich das nicht mehr sagen?«

»Es steht jedermann frei zu lügen.«

»Nein, im Ernst. Du siehst anders aus. Ruhiger.«

»Schon möglich«, sagt sie. »Letzte Woche hat es mich zu jemandem verschlagen.«

Diesmal ist es das Lächeln meines Vaters, das verschwindet.

»Zu jemandem, den ich kenne?«

Sie bemerkt seinen Blick nicht. Schaut in ihr Glas.

»Ja. Jemandem, der schon immer da gewesen ist. Es hat mir gut getan. Ich habe Dingen von früher einen Platz geben können. Vielleicht ist es das, was du bemerkst.«

»Ich freue mich«, sagt er, »dass du jemanden gefunden hast, der dir die Ruhe geben kann, die du bei mir offenbar nicht gefunden hast.«

Mit einem Schlag stellt er sein Glas auf den Umschlag mit den Papieren.

»Ich muss gehen.«

Sie bringt ihn zur Tür.

»Ich schicke dir die Papiere«, sagt sie.

»Tu das«, sagt er und dreht sich um.

ORPHEE UND BRAM gehen über den Weihnachtsmarkt. Diesmal ist es keine zufällige Begegnung. Meine Freundin hat meinen Freund angerufen. Sie wolle ihn sehen, sagte sie. Mehr nicht. Natürlich ist er gekommen.

Jetzt gehen sie zwischen den Buden mit Duftkerzen und Glühwein, zwischen blinkenden Weihnachtslichterketten und handgemachten Weihnachtsdekorationen hindurch, die selbst ein Blinder nicht in seinem Baum würde haben wollen. Sie sind hier nicht allein. Wo es Buden mit irgendwelchem Krempel gibt und Hotdog-Stände und die Möglichkeit, mitten am Tag Alkohol in sich hineinzuschütten, da füllt es sich schnell mit Eltern, die hoffen, dass ihnen die Kinder an der frischen Luft weniger auf die Nerven fallen, mit Eheleuten auf der Suche nach einem Ziel, mit Menschen, die die Leere der Wochenenden füllen wollen, die vergeblich das Wunder ihrer Jugend suchen und schließlich mit einem tanzenden Weihnachtsmann heimwärts ziehen, während sie von der Bratwurst aufstoßen müssen. Auch Pärchen laufen hier herum, denen das ganze Getue lediglich als Vorwand dient, zusammen zu sein. Wenn sie nicht Hand in Hand gehen, dann hat der Junge seinen Arm um die Taille des Mädchens gelegt, und selbst wenn sie vor Kinderwagen oder Rollstühlen ausweichen müssen, sind ihre Blicke noch ineinander verhakt.

Orphee und Bram fassen sich gegenseitig nicht an. Sie schauen sich auch nicht an. Ab und zu bleiben sie bei einer Bude stehen und betrachten die Wollsocken mit Rentiergeweihen. Als sie gleichzeitig nach derselben lappländischen Mütze greifen, zieht Bram seine Hand sofort zurück.

»Wäre die was für mich?«

Sie zieht sich die Mütze über den Kopf. Die Bommel baumeln ihr um die Ohren. Ihr von der roten Wolle umrahmtes Gesicht hat etwas Zerbrechliches, etwas Nacktes.

»Nein?« Sie legt die Mütze zurück und sie ziehen weiter. Bei der Schlittschuhbahn, die hauptsächlich von kleinen Kindern überschwemmt ist, bleibt Orphee stehen. Natürlich gibt es auch eine Handvoll Angeber hier, junge Kerle, die zu schnell laufen, zu dramatisch stoppen und eine Gefahr für die Kleinen darstellen, die sich doch von ihren Eltern losgerissen haben und jetzt wild schwankend in sämtliche Richtungen fahren.

»Hast du Lust?«

Sie schüttelt den Kopf.

»Ich gucke einfach gern zu«, sagt sie.

Die Angeber haben das weibliche Interesse bemerkt und ziehen noch schneller ihre Runden.

»Kommst du schon in Weihnachtsstimmung?«, fragt er.

»Kunsteis, Kunstschnee, künstlicher Frohsinn und endlos jingelnde Bells, was will man mehr?«

»Ist es so schlimm?«

»Nein, ist es nicht. Wenn man in einer Bäckerei aufwächst, ist Weihnachten in erster Linie Arbeit. Nach einem langen Tag im Geschäft hat niemand von uns Lust, den Abend noch zu etwas Besonderem zu machen. Wir essen, was der Catering-Service bringt, und kriechen früh ins Bett, denn am nächsten Morgen müssen wir alle wieder vor sieben Uhr aufstehen.«

»Fandst du das als Kind schlimm?«

»Du kennst es nicht anders. Was du nicht gehabt hast, kannst du auch nicht vermissen.«

»Hört sich traurig an.«

»Was? Meine weihnachtslose Jugend?«

»Das auch.«

Sie schweigen eine Weile.

»Was macht die große Liebe?«, fragt sie dann.

»Ich arbeite daran.«

Sie schauen zu, wie ein kleiner Knirps, fest in eine dicke Jacke und Wollmütze eingemümmelt, zwischen beiden Eltern über das Eis geschleppt wird. Er schreit, wobei unklar bleibt, ob er in Ekstase oder bloß in Panik ist.

»Was macht der Fotowettbewerb?«

»Das weiß ich erst nächsten Monat, aber ich erhoffe mir nicht allzu viel davon.«

»Natürlich nicht«, sagt er.

»Wie meinst du das?«

»Es wundert mich, dass du überhaupt noch Fotos eingereicht hast«, sagt er. »Du weißt doch ohnehin, dass du nicht gewinnen wirst. Ab jetzt wird dir nie mehr etwas Schönes widerfahren, stimmt's? – Entschuldige«, sagt er dann. »Das war nicht nett von mir.«

Sie zuckt mit den Schultern.

»Was machst du Neujahr?«, fragt er. »Kommst du abends zu der Fete in den Hallen?«

»Ich denke nicht.«

»Aber alle werden da sein.«

»Ich sehe mich da nicht allein hineinspazieren.«

»Heißt das, du bleibst zu Hause?«

»Ich werde mich zu Hause weniger allein fühlen als zwischen einem Haufen Betrunkener.«

»Du kannst mit mir mitkommen, wenn du keine Lust hast, allein zu gehen.«

»Mit dir? Und was sagt deine große Liebe dazu, Bram? Wird sie nicht eifersüchtig sein?«

»Vielleicht ist das meine Absicht.«

»Dann solltest du aber mit besserem Material am Arm ankommen als einer Irren mit Selbstmordneigungen; dem, was ein Toter übrig gelassen hat.«

»Hör doch mal auf damit. Es reicht. Es wäre mir eine Ehre, wenn du mich begleiten würdest.«

»Liebe Güte, Bram, reg dich nicht auf, wenn ich dich so höre, könnte ich glatt denken, du …«

Sie hält inne. Von fern bahnt sich eine Erkenntnis an, nein, noch keine Erkenntnis, sondern nur eine bange Ahnung.

»Danke, dass du gekommen bist«, sagt sie. »Ich muss etwas loswerden. Und du bist der Einzige, der es einigermaßen versteht.«

»Es geht um Thomas«, sagt er bitter.

»Natürlich geht es um Thomas«, sagt sie. Sie ist gnadenlos.

»Ich muss es irgendwem erzählen, es einmal laut sagen, auch wenn niemand mir helfen kann. Auch wenn niemand mir verzeihen kann.«

»Das klingt wie eine Beichte.«

»Vielleicht. Aber wohin soll man mit einer Beichte, wenn man nicht glaubt?«

»Zu mir anscheinend.«

»Ja«, sagt sie. »Zu dir.«

»Was ist es?«, sagt er. »Was musst du loswerden?«

Sie legt ihre Hand auf seinen Arm.

»Ich habe Thomas umgebracht.«

Jetzt schaut er sie an.

»Was?«

»Du hast schon richtig gehört. Lass es mich nicht noch einmal sagen.«

»Was meinst du? Hast du ihn gestoßen oder was?«

»Nein. Ich habe ihn nicht unter den LKW gestoßen. Schlimmer als das.«

»Ich weiß nicht, ob ich das hören will«, sagt er.

»Ich will es auch nicht erzählen. Aber tue ich es nicht, dann werde ich verrückt. Tut mir leid, dass ich dich damit überfalle.«

Als sie ihn zu fest in den Arm zwickt, weiß er, dass es ihr Ernst ist.

»Erzähle«, sagt er. »Du hast Thomas umgebracht.«

Ein vorbeikommendes Pärchen hebt erstaunt die Köpfe, wird aber schnell wieder von der Menge verschluckt.

»Ich wollte es dir schon vor einigen Monaten erzählen. Ich hatte es vor, als wir an dem Kreuz standen. Erinnerst du dich noch?«

Er nickt.

»Aber ich hatte Angst. Du sprachst die ganze Zeit über diese spezielle Verbindung zwischen Thomas und mir und wie besonders wir waren.«

Du willst mir doch nicht erzählen, dass das nicht so war?«

»Nein. Wir waren besonders. Oder wir dachten es wenigstens und das ist dasselbe. Wir würden für immer zusammenbleiben. Bis zum Tod.«

»Viele Menschen versprechen sich das gegenseitig.«

»Unterbrich mich nicht, Bram. Es ist schon schwierig genug.«

»In Ordnung.«

»Aber ich habe mein Versprechen gebrochen.«

»Gab es einen anderen?«

»Nein, gab es nicht.«

Sie seufzt.

Es gab keinen anderen, Thomas, dass wusstest du auch.

»Ich habe dir erzählt, dass wir uns beim letzten Mal gestritten hatten. Und es war nicht das erste Mal. Thomas hatte verrückte Vorstellungen, mit denen er sich unglücklich machte. An diesem letzten Tag befürchtete er, wir könnten uns trennen. Seiner Meinung nach war das unvermeidlich. Ich sagte ihm, er hätte sie nicht mehr alle. Warum sich zanken über das Ende einer Beziehung, wenn es keinen Grund gibt, sie zu beenden? Was sollte die Eifersucht auf mögliche andere Männer, die vielleicht noch kommen könnten? Aber er wusste sicher, wir würden uns trennen, denn niemand bliebe bei seiner ersten Liebe.«

Du warst nicht meine erste Liebe, Thomas.

»Wir würden uns auseinanderentwickeln. Wir würden, und wäre es nur aus Neugier, mit anderen zusammensein wollen. Schon die ganze Woche hindurch dachte er an nichts anderes als das Ende unserer Beziehung. Er versuchte sich vorzustellen, wie es sein würde, ohne mich durchs Leben zu müssen.

Ich versuchte, es wegzulachen. Wie konnte man etwas anfangen, wenn man immer nur das Ende vor sich sah? Dann konnte man das Baby ebenso gut gleich nach der Geburt ersäufen, denn sterben musste es ohnehin. Sah er denn nicht, dass er der Einzige war, der die Beziehung mit seinen verrückten Vorstellungen beenden konnte? Ich war nicht auf der Suche nach anderen, aber wenn er das war, dann würde ich ihm nicht im Weg stehen. Wenn er mich loswerden wollte, dann hoffte ich, er würde wenigstens so ehrlich sein, es mir ins Gesicht zu sagen, und nicht versuchen, sich mit einer lächerlichen Ausrede davonzustehlen. Aber er behauptete, er wolle keine andere.

Dann war es doch ganz einfach. Dann würden wir die Ersten sein, die zusammenblieben.

Darüber hatte er offenbar noch nicht nachgedacht. Doch ja, das könnte durchaus sein. Dass wir die Ersten wären.

›Ja‹, sagte ich. ›Außergewöhnlich genug dafür sind wir.‹

Jetzt ist mir klar, dass er diese Streitereien provoziert hat. Ich weiß nicht, ob er wusste, was er tat, aber es war klar, dass er bewusst oder unbewusst das Drama suchte, damit wir uns solche Sätze an den Kopf warfen.

›Wir werden immer zusammenbleiben‹, sagte er. Ich musste es versprechen. Jetzt und immer. Ich musste es schwören bei allem, was mir heilig war.

Und plötzlich langte es mir. Ich wusste nicht mehr, ob ich immer mit ihm zusammen sein würde. Und es langte mir, dass er mich zu solchen Aussagen zwang. Nie genügte es, dass wir zusammen waren. Nein, wir mussten darüber hinaus auch bis ans Ende der Zeiten zusammen sein. Nicht ein Paar hatte sich je so geliebt, wie wir uns liebten. Wir waren besonders.«

Wir waren besonders.

Aber nicht besonders genug für dich.

»Es wird ermüdend, wenn man jedes Wort mit seinem Blut schreiben soll. Für mich durfte es auch einmal ganz durchschnittlich sein. Normal. Ich hatte keine Lust, jeden Mittwochnachmittag die Heldin in einer seiner seltsamen Geschichten zu sein.«

Sie lässt Brams Arm los.

»Ich wollte es nicht versprechen und er fuhr wütend davon. Fünf Minuten später tat es mir leid. Ehrenwort.«

Ehrenwort.

»Aber es war zu spät. Fünf Minuten später war er tot. Weil er vor lauter Tränen nicht sah, wohin er radelte.«

Sie schlägt mit der Faust auf die Abzäunung der Schlittschuhbahn.

»Ich habe ihn umgebracht, Bram.«

Er nimmt ihre Faust in seine Hände.

»Das glaubst du doch nicht wirklich, hoffe ich.«

»Doch.«

»Du weißt nicht, was wirklich passiert ist.«

»Thomas hat es mir erzählt.«

»Unsinn«, sagt Bram. »Das ist dein Schuldgefühl, mehr nicht.«

»Das sagst du.«

»Das sage ich, ja. Du weißt genau wie ich, dass der LKW-Fahrer, der ihn überfuhr, schon zwei Tage und Nächte hintereinander am Steuer gesessen hatte. Er ist derjenige, der Thomas totgefahren hat. Du hast nichts damit zu tun. Es macht wirklich keinen Unterschied, ob Thomas weinend oder lachend auf seinem Fahrrad saß, denn gestorben wäre er doch.«

»Das kannst du nicht sicher wissen.«

»Aber du stattdessen. Denn ein Toter ist gekommen und hat es dir erzählt.«

Sie beißt sich auf die Lippe.

»Ich will dich nicht verletzen, Orphee. Ich weiß, wie sehr du ihn geliebt hast. Aber was du jetzt erzählst, ist blanker Unsinn. Bist du die ganzen Monate mit dieser Vorstellung herumgelaufen?«

»Ich habe ihn umgebracht, Bram.«

»Na gut. Du hast ihn umgebracht. Willst du das hören? Du hast deinen Freund umgebracht. Du bist eine Mörderin. So. Fühlst du dich jetzt besser?«

»Ich will mich nicht besser fühlen. Ich will es endlich laut sagen können.«

»Das hast du jetzt getan. Dein Beichtvater hat es gehört. Er hat auch gehört, dass es dir leidtut, also sind dir deine Sünden vergeben. Dein Richter hat entschieden, dass du es nicht mit Vorbedacht getan hast, und spricht dich frei.«

»So einfach geht das nicht.«

»Nein, ich weiß. Du willst bestraft werden.«

Er reibt ihre Faust zwischen seinen Händen warm.

»Ich weiß eine passende Strafe für dich.«

Sie schaut ihn an.

»Ja. Es wird nicht leicht sein. Es ist nichts, dessen du dich schnell mit einer großen Geste oder einem scharfen Rasiermesser entledigen könntest. Es ist etwas, wovor du Angst hast, mehr Angst als vor allem anderen.«

»Wovon sprichst du?«

»Du wirst weiterleben müssen, Orphee. Das ist deine Strafe.«

»Ich verstehe dich nicht.«

»Du verstehst mich nur zu gut. Du kannst dich nicht länger hinter Thomas verstecken.«

Sie zieht ihre Hand zurück.

»Ich verstehe wirklich nicht, wovon du sprichst.«

»Dieser ganze Bullshit, dass du nicht an die perfekte Liebe glaubst. Natürlich glaubst du an die perfekte Liebe. Du hast die perfekte Liebe. Thomas ist perfekt. Er macht keine Fehler mehr. Und falls er zu Lebzeiten Fehler hatte, dann sind die längst vergeben und vergessen. Wer kann schon mit einem Toten konkurrieren?«

Sie wendet sich von ihm ab.

»Aber die Lebenden haben einen großen Vorteil gegenüber den Toten«, sagt er.

Er legt ihr seine Hand in den Nacken.

»Sie leben.«

DER BESUCH MEINER MUTTER hat meinem Großvater nicht gutgetan. Oder ist es einfach der fortschreitende Verfall? Ich weiß es nicht. Er liegt im Bett. Es würde mich nicht wundern, wenn er da schon mehrere Tage liegt. Die grauen Bartstoppeln glitzern in dem weichen Licht, das unter den Vorhängen hindurchscheint.

Er streckt seine Hand nach mir aus, lässt sie dann aber auf die Bettdecke fallen. Er weiß, dass ich sie nicht ergreifen kann, und tut auch nicht mehr so, als ob.

»Ich mache es nicht mehr lange«, sagt er.

Eine überflüssige Bemerkung. Man braucht ihn nur anzuschauen, um zu wissen, dass seine Tage gezählt sind.

»Und niemand ist da.«

Er beginnt zu weinen. Nicht dramatisch, nicht in den wilden Krämpfen, denen meine Mutter sich hingibt. Hingab. Ist schon wieder eine Weile her, dass sie sich so hat gehen lassen. Sie meidet das Museum im Gästezimmer. Ich bin immer noch eine schmerzende Stelle, ein Loch, das ohne einen Stromschlag der Trauer nicht zu berühren ist, aber sie kann die Stelle umgehen. Sie versperrt ihr nicht mehr den Weg. Es gibt einen Pfad, wie schmal auch immer. Sie kann jeden Moment in den Abgrund gleiten, aber vorläufig hält sie sich aufrecht.

Orphee weint auch weniger als früher. Das sind natürlich die Medikamente. Nach ihrem blutigen Ausflug in die Wiesen von Repelgem sind ihre Eltern zu Ärzten und Therapeuten gerannt und jetzt irrt sie den halben Tag durch eine Welt ohne Ecken und Kanten.

Ich sollte froh sein, dass sie weiterkönnen mit ihrem Leben. Dass das Blut getrocknet oder im Boden versickert ist. Ich sollte froh sein.

Die Tränen meines Großvaters tropfen von seinem Kinn. Er ist ein alter, kranker Mann. Seine einzige Tochter, die er jahrelang nicht mehr gesehen hatte, ist vor einigen Wochen gekommen und hat ihn verflucht. Seine Geschichten halten den Schmerz nicht mehr auf Distanz. Ich bin ohnmächtig.

Er schaut mich an, bis die Tränen seinen Blick verschwimmen lassen.

»Sie hat mich nicht geschont. Ich wusste, dass sie hart sein konnte, aber wie konnte sie so gnadenlos sein. Jedes ihrer Worte traf mich wie ein Messerstich. Kein Mitleid, selbst nicht gegenüber einem alten Mann.

Sie wirft mir vor, dass ich ihr Leben mit meinen Geschichten verdorben habe. Ich dachte, ich würde ihr helfen, aber das war dumm von mir. Ich tat ihr weh und habe es nicht gemerkt. Ich habe sie belogen, das kann ich nicht leugnen. Als ihre Mutter, deine Großmutter, starb, tat das so sehr weh. Ich wusste nicht, was ich tun sollte. Mein Vater war kein schönes Vorbild gewesen. Der hatte sich seinerzeit gezwungen, keinen Schmerz mehr zu spüren. Dass er zusammen mit dem Schmerz auch die Liebe aufgab, war ihm gleich. Nein. Ich bin ungerecht. Ich denke, er konnte es nicht ändern. Der Schmerz war zu groß. Ihm blieb nur die Wahl zwischen Untergang und Selbstverstümmelung.

Das wollte ich deiner Mutter nicht antun. Also gab ich ihr Hoffnung. Ihre Mutter hätte uns nicht verlassen, sondern sei für eine Zeit zu ihrer Familie unter dem Hügel zurückgekehrt. Das hätte ich nicht tun dürfen, wie sich jetzt zeigt. Ich dachte, meine Tochter würde die Wirklichkeit nicht ertragen, aber es waren meine Geschichten, die sie verstümmelt haben. Wer hätte das ahnen können?

Sie ist hart, deine Mutter. Sie sieht dem Tod in die Augen. Sie hat kein Mitleid, auch nicht mit ihrem eigenen Vater. Sie hat mich hier zurückgelassen. Sie wird mir nie verzeihen.

Und so muss ich hinein in die letzte Nacht, Thomas, mit ihren Worten, die mir noch in den Ohren nachhallen. Sie hofft, dass ich möglichst schnell sterbe.

Nun, das ist etwas, das ich noch für sie tun kann.

Und es gibt niemanden, dem das etwas ausmacht. Auch du bist nicht da, Thomas, nicht wirklich. Ich weiß, dass du verschwindest, wenn ich die Augen schließe, und dass dann nur ein alter Mann übrig bleibt, ein alter Mann allein auf seinem Totenbett mit nichts als seinen Erinnerungen.

Wohin ist die Zeit? Es ist so ungerecht. Das Leben ging so schnell dahin. Du gibst einen Moment nicht acht und es ist vorbei. Ich hatte noch so viel tun wollen. Ich habe das Gefühl, dass alles an mir vorbeigegangen ist. Ist das meine Schuld? Habe ich mich in meinen Geschichten verloren und dadurch das Leben nicht ergriffen, als es sich an mir rieb? Was hinterlasse ich? Einen Hof, der einzustürzen droht. Eine Tochter, die mich verflucht. Mein einziger Enkel tot und überfahren. Ein überflüssiges Leben. Es hätte anders sein können. Glück? Ist das nicht die größte Lüge?

Ich habe nicht viel Glück erfahren nach dem Tod meiner Mutter. Nur einmal noch dachte ich, ich bekäme eine Chance, glücklich zu sein.

Ich war achtzehn, denke ich. Wir hatten gerade das letzte Stück Land gepflügt und mein Vater war mit Pferd und Pflug in den Stall zurückgekehrt. Ich wäre ihm fast gefolgt, aber es war so ein schöner Abend. Ich wollte noch nicht auf den Hof und zusehen, wie mein Vater wie ein Wolf sein Essen verschlang und die Reste dem Hund und den Hühnern gab, die unter dem Küchentisch darauf warteten. Ich wollte ebenso wenig ins Dorf, wo sie mir mit gerümpfter Nase hinterhersahen. Ich wollte die letzte Sonne genießen. Ich ging den Hügel hinauf, auf dem einst der Sandershof stand, ließ mich rücklings ins Gras fallen und betrachtete die Wolken, die vorübertrieben.

Jeden Tag arbeiten. Sollte das mein Leben sein? Ich schloss die Augen, wünschte, wünschte, ich wusste nicht recht, was. Dass irgendetwas geschah. Dass ich endlich leben konnte.

Ich öffnete die Augen. Nichts. Nur die Wolken. Weiße Hände, die mich lockten, tanzende Frauen, die ineinander zerflossen, Flügel bekamen, bis mir schwindelte und ich wegschaute zu dem Weiher am Fuß des Hügels, zu dem wir uns als Kinder jeden Sommer hinschlichen. Die schwarzen Kolben des Schilfrohrs waren so weich auf den Wangen, Flaum an Flaum. Es war verführerisch, mich vom Hügel hinab in den Tümpel rollen zu lassen.

Drei Schwäne kamen über die gepflügten Felder angeflogen und machten sich bereit, auf dem Weiher zu landen. Mit ihren Flügeln bremsten sie ab und ihre Platschfüße, lächerliche Dinger für so schöne Wesen, berührten das Wasser. Sie glühten rotumrandet in der untergehenden Sonne, streckten sich, schienen keine Vögel mehr zu sein, sondern plötzlich andere Wesen, halb Tier, halb Mensch, ihre Flügel wie wehende weiße Gewänder, ihre Schwungfedern Finger, die über die Wasseroberfläche strichen.

Auf dem Wasser waren es elegante Vögel, aber einmal an Land watschelten sie plump durchs Schilf und rutschten beinahe auf den Steinen aus. Sie schüttelten die Wassertropfen von den Leibern. Daunenfedern flogen in die Luft und ich rieb mir die Augen, denn jetzt sah ich in dieser Wolke aus Daunen und Tropfen drei Frauen am Rand des Wassers, drei junge Frauen, die sich bückten, die Federmäntel aufhoben und sie lachend an einen Weidenzweig hängten.

Mein Herz klopfte wild. Das Wunder, auf das ich gehofft hatte, war geschehen. Der Abend hatte mich nicht enttäuscht. Sie waren so schön. Ich wusste nicht, wohin ich zuerst schauen sollte, während sie sich streckten, als seien sie den ganzen Tag in diese kleinen Schwanenleiber eingezwängt gewesen. Sie waren schlank und weiß mit schwarzen Augen, die trotz ihres Lachens scheu um sich blickten. Der Schwan war noch nicht ganz aus ihrem Leib entwichen. Sie umarmten sich, tanzten über das Ufer, warfen mit Kieselsteinen und spritzten sich gegenseitig nass. Dass die Sonne fast untergegangen war und dass sich ein Wind erhob, störte sie nicht, obwohl sie da doch nackt herumliefen.

Eins der Mädchen, noch schöner als die anderen, hörte auf zu tanzen und blickte über den Weiher zu der roten Sonne, die immer tiefer sank. Es wurde dunkel. Wie lange war es her, dass ich jemanden das letzte Mal hatte lachen hören? Ihr Mädchengelächter riss die Kammern meines Herzens sperrangelweit auf. Ich war auserkoren. Nur wenige Menschen hatten das Glück, jemals eine Schwanenfrau zu sehen, und ich sah gleich drei. Ich hätte mit dem Anblick zufrieden sein sollen.

Doch ja, ich bin nur ein Mensch. Und der will immer mehr. Ich kroch den Hügel hinab. Ich war fast unten, als sie mich hörten. Sie schrien, als mein dummes Gesicht zwischen den Sträuchern auftauchte. Ich rannte ihnen hinterher. Sie brauchten keine Angst zu haben, ich hatte nichts Böses im Sinn. Aber sie ergriffen ihr Federkleid und kurz darauf waren die Frauen verschwunden und ich sah nur mehr drei weiße Schwäne, die mit viel Geschnatter zum Teich rannten. Ich lief einfach hinter ihnen her, mit den Armen flügelschlagend. Natürlich scheuchte ich sie damit nur noch mehr auf. Zwei von ihnen flogen hoch. Ich sah noch kurz ihre weißen Schwänze am dunklen Himmel und dann nichts mehr. Die dritte Schwänin zögerte. Der Kopf auf dem langen Hals drehte sich zu mir.

›Bleib‹, rief ich und platschte durch den Teich. Trübes Wasser spritzte mir in die Augen, und als ich wieder sehen konnte, war auch sie verschwunden.«

Er verstummt. Ich weiß nicht, wie lange er ins Leere starrt. Vor seinem inneren Auge sieht er sein junges Ich auf diesem Hügel sitzen, vom Wasser durchnässt, vor so vielen Jahren. Der Augenblick ist längst vorbei. Genau wie seine Jugend, sein Leben. Kein Wunder, dass er sich möglichst oft in seine Vergangenheit flüchtet, wo die Farben intensiver sind und wo er keine Schmerzen spürt. Denn seit er schweigt, fast verschwindet vor meinen Augen, zusammen mit der Küche wegdämmert und dann plötzlich wieder klar umrissen auftaucht, entdecke ich die Schmerzfältchen um seinen Mund. Er hat sich in seinen Körper zurückgezogen, als wäre der ein für seine Bedürfnisse zu groß gewordenes Haus.

»Ich bin krank«, sagt er. »Nach Hause gekommen, bin ich krank. Mein Vater flucht und schickt mich ins Bett. Am nächsten Tag habe ich Fieber. Ich sehe Schwäne. Frauen. Ich sehe sie fliegen.

Kein Wunder, meinte mein Vater, wenn ich beschlossen hatte, in einer kühlen Frühlingsnacht in tropfnassen Sachen herumzulaufen. Er zwang mich, im Bett zu bleiben. Für die Schwäne und Frauen in meiner Geschichte hatte er kein Ohr. Es war klar, dass ich im Fieberwahn sprach, wenn ich in einem Schwan eine Frau sah. Es war die Frühlingstollheit. Wo würde das enden? Mit einem Messer in der Nacht oder einem Strick im Stall, da würde das enden, und mein Vater hatte nicht vor, eine gute Arbeitskraft zu verlieren. Dann noch lieber eine Frau auf dem Hof zulassen. Aber wen?

Er ließ mich fiebern, stellte einen Krug mit Wasser auf einen Stuhl neben das Bett und zog ins Dorf. Und währenddessen warf ich mich in meinem Bett hin und her.

Ich wollte zurück zum Weiher, aber mir fehlte die Kraft dazu. Was ich auch versuchte, ich musste mich immer wieder auf die Matratze zurückfallen lassen. Sogar der Krug, der in Reichweite stand, erschien mir zu weit weg, schien in einem anderen Zimmer in einer anderen Zeit zu stehen.

Musste ich jetzt für immer so daliegen, verloren in diesem Bett, das mir eigentlich schon vor Jahren zu klein geworden war? Würde ich hier liegen bleiben, bis ich ein Skelett geworden war, ein Gewölbe aus Rippen, unter dem die Mäuse wie durch eine Kathedrale aus Knochen rannten? Das konnte nicht sein. Ich musste meinen Schwan, meine Liebste, noch einmal sehen. Ich wollte ihr sagen, dass ich, dass ich – ich wusste nicht, was ich ihr sagen sollte, aber das war unwichtig, ich wollte sie halten, ich war verzaubert, das war es. Das alte Volk, das schon seit Jahrhunderten im Hügel wohnte, hatte ein neues Opfer gefunden. Es war mir gleich, ich wollte nichts lieber, als dass sie mich hinein in den Hügel schleppten und mich dortbehielten, bis ich alt und vertrocknet war und nicht mehr zählte, wenn ich nur bei ihr sein konnte. Ich sah wieder ihren Hals in der untergehenden Sonne und ihre Brüste und mit einer übermenschlichen Anstrengung bekam ich meine Beine aus dem Bett. Die schmuddeligen Blümchen auf der Tapete tanzten mir vor Augen, immer schneller, das ganze Zimmer tanzte, Schritt für Schritt schlurfte ich weiter, tausend Vögel sangen mir in den Ohren, Schwäne trompeteten im Zimmer, bis ich die Tür erreichte und feststellte, dass mein Vater mich eingesperrt hatte.

Er fand mich abends zusammengesunken auf dem Fußboden. Er schleppte mich zurück ins Bett, warf eine zusätzliche Decke über mich, wusch mir die Füße, bis das Wasser schwarz wurde, und gab mir etwas zu trinken.

Er erzählte mir von den Veränderungen im Dorf und davon, wer gestorben war und wer geboren, welche neuen Geschäfte es gab, er erzählte ununterbrochen, so viel hatte er gesehen, so viele Männer hatte er gesprochen im Lokal, alle hatten sie ihm auf die Schulter geklopft und er hatte das Bier, das sie ihm aufdrängten, nicht auszuschlagen gewagt.

Und während er erzählte, wuchs sein Grinsen. Denn die beste Neuigkeit hatte er sich bis zuletzt aufgehoben. Er hatte eine Braut für mich gefunden.

Ich versuchte, mich aufzurichten.

Ruhig. Er habe sie nicht mit nach Hause gebracht. So

schnell gehe es nicht. Die heutigen Frauen wollten, dass sich der Mann ein wenig ins Zeug legte.

Ich fragte nicht, wer sie war. Er erzählte es mir von sich aus. Sie arbeitete in der Kneipe. Sie hatte ihm versichert, sie könne genauso gut sehen wie jemand, der noch beide Augen hatte. Und ihr Alter, nun ja; vieles sprach doch für eine reifere Frau. Wenigstens war sie keines dieser jungen Dinger, die das Geld zum Fenster und zur Tür hinauswarfen. Treezeke würde kein Vermögen für Kleider ausgeben. Affen bleiben Affen, auch wenn man sie in Samt kleidet, nicht wahr, aber trotz ihres Buckels war sie eine gute Arbeiterin und das war das Wichtigste.

»Nein«, sagte ich.

Mein Vater schaute mich verwundert an. Begriff ich denn nicht, dass er nur meinetwegen hinunter ins Dorf gegangen war, dazu an einem Werktag und in seiner besten Kleidung? Zeigte ich so meinen Dank, indem ich mich glatt verweigerte, nachdem er eine Perle von Frau für mich gefunden hatte?

»Dann heirate sie doch selbst.«

»Jetzt sei nicht dumm. Schone deine Kräfte, denn die Arbeit wartet nicht. Außerdem kommt sie nächste Woche vorbei.«

Ich ließ mich stöhnend in die Kissen fallen und eine Wolke aus Staub und toten Käfern flog in die Luft.

Ich hätte mich nicht so aufregen sollen, denke ich jetzt. Ich musste nicht wider meinen Willen jemanden heiraten, und wenn mein Vater sich auf den Kopf stellte und mich mit hundert lahmen Buckligen bedrängte. Aber in meinem Fieber war ich nicht in der Lage nachzudenken. So wie sich das vertraute Schlafzimmer von tagsüber während der Nacht in einen Saal voll Gräuel und Geflüster verwandeln kann, so macht die Krankheit einen anderen Mann aus dir. Mir fehlte die Energie, meinem Vater zu widerstehen, und erst recht, ein heiratshungriges Weib von mir zu stoßen. Ich malte mir schon aus, wie sie mich mitsamt meinem Bett in die Kirche schieben würden.

Am dritten Tag war ich so gut wie genesen. Ich verheimlichte es meinem Vater und ließ ihn allein aufs Feld ziehen.

Ich betrachtete mich in dem geborstenen Spiegel: zu mager, mit zu dicken Lippen und zu langen Haaren und Fingernägeln, die ich einfach nicht sauber bekam, und aus meiner Kleidung war ich seit mehr als drei Jahren herausgewachsen. Ich sah aus wie eine Vogelscheuche. Bei einem Mädchen, das außerdem noch ein Schwan war, hätte das wohl schlimmer nicht sein können. Ich nahm das Medaillon mit. Das würde ich ihr schenken. Es war der einzige Wertgegenstand in unserem Haus.

Zitternd ging ich zum Weiher. Das Schilfrohr schrieb unleserliche Botschaften in die sich kräuselnde Oberfläche. Mehr Leben gab es nicht. Ich blieb lange auf dem Hügel sitzen, mitten im Wind. Nicht vernünftig, wenn man sich gerade von einem schweren Fieber erholt, aber ich konnte nicht weg von dem Ort. Ich starrte in den Himmel und wollte dort so gern Schwäne auftauchen sehen, dass ich die Krähen kaum bemerkte. Sie waren etwas weiter vorne aus dem Gebüsch aufgetaucht, zwei schwarze Flecken im Dämmerlicht. Die eine schien sich in den Schnürsenkeln eines alten Schuhs verfangen zu haben, wahrscheinlich ein Überbleibsel vom Sandershof. Ich ging hin, und gerade als ich mich bücken wollte, riss sie sich los. Als ich zurückging, sah ich die zweite Krähe mit dem Medaillon im Schnabel. Ich rannte auf sie zu und sie ließ das Medaillon fallen. Sie schaute mich tief mit ihren kalten, schwarzen Augen an und kreiste noch etwas über meinem Kopf, bevor sie in der Nacht verschwand. Ich hatte sie zum zweiten Mal entkommen lassen.

Am Sonntag nach der Messe würde Treezeke vorbeikommen, zusammen mit ihren Eltern und ihren drei Schwestern. Das bedeutete, dass ich noch einen Tag hatte, um meine Chance auf das Glück zu ergreifen. Mein Vater beschloss, am Samstag nicht aufs Feld zu gehen. Stattdessen würden wir den Hof zum Glänzen bringen. Eine Frau möge gern eine Herausforderung, aber wir wollten sie auch nicht gleich verschrecken. Also könne es nicht schaden, wenn wir etwas aufräumten, die Essensreste der letzten Jahre auf den Misthaufen trugen und einen Eimer Wasser über den Küchenfußboden kippten.

Die Hühner protestierten laut, als wir sie zusammen mit dem Dreck zur Tür hinausfegten, und schauten verwundert zu, als ich mich daranmachte, das Küchenfenster zu putzen. Das war ein Fehler. In dem Licht, das jetzt in großen Mengen hereinfiel, sahen wir erst richtig, wie schmutzig alles war: das Fett, das in Fäden von der Decke troff, die Wände mit ihrem Gemisch aus Ruß und Fett, in das man mit dem Fingernagel seinen Namen hätte schreiben können, die übervollen Fliegenfänger.

Ich schrubbte auf Knien den Küchenboden, als sich mein Vater mit der Hand gegen die Stirn schlug.

»Wen kümmert es, wie die Küche aussieht? Sie brauchen doch gar nicht hierher zu kommen!«

Er schob mich in die vordere gute Stube. Wir hatten schon so lange in der Küche gelebt, dass wir uns fast wie Fremde umschauten. Das hier war nicht das Wohnzimmer, an das ich mich erinnerte, mit den gebohnerten Möbeln, auf denen Fotos meiner ernst dreinblickenden Großeltern prangten. Die Möbel waren vor langer Zeit verheizt worden.

»Sieh nach in den anderen Zimmern, was du finden kannst«, kommandierte mein Vater. »Saubere Tischdecken, ein Teppich, etwas, das man an die Wand hängen kann, ein Stuhl, ein Hocker, eine Truhe, ganz egal was, wenn es nur einigermaßen präsentabel aussieht.«

»Wohin gehst du?«

»Zu Riekens. Schauen, was sie mir leihen können.«

Viel Glück, dachte ich, als er vom Hof ging. Unsere Nachbarn verliehen mit Mühe mal einen Jutesack. Ich war neugierig, wie sie reagieren würden, wenn mein Vater kam und sie bat, die Stühle, auf denen sie selbst nie saßen, und die Teller, von denen sie nie aßen, für die schmutzigste Hütte im Dorf herzugeben.

Ich konnte es meinem Vater nicht verübeln, dass er sich nach dem Tod meiner Mutter vor dem Schmerz geschützt hatte. Ich konnte es ihm nicht verübeln, dass er auch mich schützen und mit einer Frau verkuppeln wollte, die ich, wenn es nach meinem Vater ging, nie gernhaben würde. Keine Liebe und keine Überraschungen garantierten ein enttäuschungsfreies Leben.

Aber wollte ich das? Der junge Mann in dem Spiegel schüttelte den Kopf. Seine Augen waren die des kleinen Jungen, der noch an Wunder glaubte. Ich rannte zum Hof hinaus.

Ich knotete das Medaillon an den Zweig eines Baumes am Weiher und versteckte mich hinter einem Busch. Diesmal würde es anders sein, das musste es einfach. Ein Fink setzte sich auf den Zweig und mein Herz überschlug sich. Ich versuchte, seinen Blick einzufangen, aber schon bald huschte er wieder in die Luft. Es blieb lange still. Eine Reihe von Ameisen schien sich auf den Ast zuzubewegen, drehte dann aber wieder ab ins Gras. Eine Fettgans landete auf dem Weiher und mir stand einen Moment das Herz still. War sie es? Ich ließ sie nicht aus den Augen. Die Gans tauchte unter und zeigte mir ihr weißes, flaumiges Hinterteil. Nichts, was mein Schwanenmädchen tun würde, wollte mir scheinen. Mit etwas im Schnabel tauchte die Gans wieder aus dem Wasser auf. Ich schaute ihr in die Augen und sie guckte dumm zurück. War sie das, meine innig Geliebte? Oder war sie eine der Amseln im Gestrüpp hinter mir?

Und dann sah ich die spitze Schnauze einer roten Füchsin aus dem Gras auftauchen. Sie schnüffelte, aber zum Glück stand der Wind gut und sie bemerkte mich nicht. Ganz vorsichtig huschte sie aus dem Schutz des hohen Grases und trippelte zu dem Medaillon. Die Gans machte sich mit viel Geschnatter auf und davon, kaum beachtet von der Füchsin. Diese beschnüffelte die Kette. Gespannt wartete ich ab. Der Köder gefiel ihr. Aber würde sie anbeißen?

Und genau das tat sie. Sie packte das Medaillon mit ihren Zähnen und zog. Ich hielt den Atem an. Sie kroch rückwärts, die Kette zwischen den Zähnen. Der Zweig bog sich und einen Moment lang sah ich schon vor mir, wie sie mit dem Medaillon im Maul durch das hohe Gras verschwinden würde. Aber zum Glück brach der Zweig nicht. Die Füchsin gab auf und verschwand im Gras.

Ich wartete weiter. Hoffte wider besseres Wissen immer noch. Und hörte kurz darauf jemanden durchs Gras laufen. Ich spähte über den Busch hinweg. Bei dem Ast stand ein Mädchen. Mein Mädchen. Ich sah noch einen Schimmer nacktes Fleisch, bevor sie sich das Medaillon um den Hals warf.

Sie ging zum Weiher, näherte sich barfuß dem schlammigen Rand, um sich im Wasser zu betrachten.

Sie drehte sich um, als sie mich näher kommen hörte. Ihre Augen schossen in sämtliche Richtungen. Sie war ein wildes Tier, bereit davonzurennen.

»Gefällt es dir?«, fragte ich. »Wenn du willst, darfst du es behalten.«

Sie riss sich das Medaillon vom Hals.

»Ist dir nicht kalt, so ohne Kleidung?«

Ich kam näher und sie machte einen Schritt rückwärts, stand schon im Wasser.

»Ich tue dir nichts Böses«, sagte ich, aber sie hörte nicht. Sie suchte einen Weg, an mir vorbeizulaufen.

»Wie heißt du?«

Ein Wind erhob sich und sie zitterte.

»Bist du sicher, dass du die Kette nicht willst?«

Sie schüttelte den Kopf.

»Denn das«, sagte ich und holte die Fuchshaut, die ich im Gras gefunden hatte, hinter meinem Rücken hervor, »das hier bekommst du nicht mehr wieder.«

Als sie das rote Fell in meinen Händen sah, schrie sie. Die Vögel flogen aus den Sträuchern, der See zitterte, die Sterne erloschen. Fast hätte ich ihr den Balg zurückgegeben, besonders als sie im Schlamm auf die Knie sank und mir ihre Hände entgegenstreckte. Ihre Augen flehten mich an. Es war nicht leicht, sich ihr zu verweigern, aber ich war nicht verrückt.

»Ich nehme es mit nach Hause. Wenn du es haben willst, wirst du mir folgen müssen.«

Ich drehte mich um und ging den Hügel hinauf.

Sieben Jahre ist sie geblieben, sieben schöne Jahre, in denen deine Mutter geboren wurde. Aber es war nicht immer leicht. Meistens war sie mein Schwanenmädchen und dann lachten die Tage uns an. Aber manchmal war sie eine Krähe und dann fiel die Nacht über uns, dann troffen die Vorhänge vor Schwärze und nichts auf dem Hof war, wie es sein sollte. Und am Ende war sie eine Füchsin, ein wildes Tier, das sich lieber eine Pfote abbeißt, als gefangen zu sein.«

Er seufzte.

»Eines Tages kam ich nach Hause und sie war weg, mitsamt der Fuchshaut. Ich habe sie nie mehr wiedergesehen.«

Er zwinkert mit den Augen, als wollte er einen Traum verjagen. Er greift nach dem Glas Wasser auf dem Nachtschrank und rutscht aus dem Bett. Ihm fehlt die Kraft aufzustehen, also bleibt er auf dem kalten Fußboden liegen.

MEIN VATER SPRINGT AUF, als meine Mutter durch den Krankenhausflur ankommt.

»Wie geht es ihm?«, fragt sie.

»Besser. Sie machen gerade einige Untersuchungen mit ihm. Du kannst jetzt nicht zu ihm.«

Er nimmt sie mit in die Cafeteria.

»Warum erfahre ich das jetzt erst?«

»Die Nachbarn haben ihn neben seinem Bett gefunden. Sie haben den Rettungsdienst gerufen und die haben bei uns im Haus angerufen, aber ich habe die Nachricht erst heute abgehört.«

»Dann liegt er hier schon zwei Tage mutterseelenallein.«

Sie schaut sich um.

»Ich hasse das hier.«

»Niemand kommt zu seinem Vergnügen hierher, Eva.«

»Das letzte Mal …«

Sie schaut mich an. Letztes Mal hat es auch mit einem Telefonat angefangen. Und mit der Hoffnung, die Stimme am anderen Ende könnte sich irren und ich trotz aller Nachrichten dennoch lebendig unter dem Lastwagen hervorgeholt worden sein. Sie erinnern sich beide, wie sie mit dem Wagen hierher gefahren sind, ohne ein Wort miteinander zu wechseln.

»Hast du ihn schon gesehen?«

»Nur kurz. Er ist schwach. Ich weiß nicht, ob er mich erkannt hat.«

»Ich hätte etwas tun müssen. Ich hätte ihn da nicht so verkümmern lassen dürfen.«

»Du wusstest es nicht. Niemand wusste, dass es so schlecht um ihn bestellt war.

»Ich wusste es nicht? – Nein«, sagt sie dann schnell. »Ich wusste es nicht.«

»Es ist gut, dass du hier bist. Ich hatte gezweifelt, ob du kommen würdest.«

»Er ist mein Vater, Willem.«

Sie schweigen.

»Vielleicht sollten wir besser gehen. Ich habe keine Ahnung, wann sie mit den Untersuchungen fertig sind, und es sieht ja nicht so aus, als würde er den Abend nicht mehr überleben.«

»Du kannst gehen, wenn du willst«, sagt sie. »Aber ich bleibe. Es ist ja nicht so, als würde zu Hause etwas auf mich warten.«

»Nein«, sagt er.

Um sie herum schlurft das Treibholz des Lebens vorbei. Verdorrte Hälse strecken sich, Altmännerhände klammern sich hartnäckig um Infusionsständer und wässrige Augen starren auf das Paar.

»Hattest du schon Zeit, dir die Papiere anzuschauen?«, fragt mein Vater.

»Lass uns jetzt nicht davon reden«, sagt sie.

Er nimmt ihre Hand und sie lässt es zu.

Als sie eine Stunde später an der Tür zum Zimmer meines Großvaters steht, zögert sie kurz, bevor sie eintritt.

Der Mann in dem Bett direkt an der Tür röchelt widerwärtig im Schlaf. Seine letzten Haare sehen aus wie an seinen Schädel geklebt. Sie gönnt ihm kaum einen Blick und geht zu dem anderen Bett an der Fensterseite. Der Mann, der da wie ertrunken in den Kissen liegt, ist ihr nicht weniger fremd, und sie hat sich schon fast wieder umgedreht, als sie doch innehält.

Sie beugt sich über das Bett, sodass sie unvermeidlich den sauren Atem des alten Mannes riecht. So klein, so alt ist er geworden, mit grauen Stoppeln auf den eingefallenen Wangen, während seine Zähne sie aus einem Glas auf dem Nachtschrank angrinsen.

»Vater?« Sie ergreift seine magere Hand. Als er die Augen öffnet, ist es, als würde in einem dunklen Zimmer ein Fenster vom Wind aufgestoßen.

»Lena?« Er versucht, sich aufzusetzen.

»Nein, Vater. Ich bin Eva.«

»Eva.«

Er lässt sich in die Kissen zurückfallen, hält ihre Hand jedoch fest umklammert.

»Eva.«

So bleiben sie eine Zeit still nebeneinander sitzen.

»Wie geht es Willem?«, fragt er schließlich.

»Gut«, sagt sie.

»Und Thomas?«

»Thomas?« Sie zieht ihre Hand aus der seinen. Streicht den Kragen seines Pyjamas glatt.

»Gut«, sagt sie dann. »Thomas geht es gut.«

»Ein braver Junge«, sagt er. »Er wird keinen Mittwoch auslassen. Er mag seinen Großvater gern.«

»Wie geht es dir?«, fragt meine Mutter schnell.

»Mir? Könnte besser sein.«

»Bist du müde? Musst du ruhen?«

Er versucht wieder, sich aufzusetzen.

»Bleib liegen, Vater.«

Aber als er nicht aufgibt, legt sie einen Arm um seinen Nacken und steckt ihm die Kissen hinter den Rücken. Er ist Haut und Knochen, als hätte er wochenlang nichts gegessen und als würden seine Knochen brechen, wenn sie ihn etwas rauer anfasst.

»Brauchst du etwas?«

»Mein Rasierzeug. Unterhosen. Es hat keine Eile.«

»Ich bringe es dir heute Abend.«

»Wenn du zum Hof fährst, wirfst du den Hühnern dann etwas altes Brot hin?«

»Mach dir keine Sorgen. Riekens Frau kümmert sich um die Tiere. Sie hat mich angerufen.«

Wie viele Monologe hat sie in all den Jahren nicht in der Stille ihres Kopfes gegen ihn losgelassen? Und jetzt sitzt sie hier und redet über die Hühner.

»Weiß sie, wo der Muschelsand steht?«

»In dem kleinen Schuppen.«

»Wie geht es ihr?«

»Einigermaßen.«

»Riekens Tod wird ihr nicht gutgetan haben. Ich kenne Mariette. Sie kann nicht allein sein.«

»Ihre Tochter kommt häufig vorbei.«

»Was wäre ein Mensch ohne Kinder?«

»Vater, ich …«

Meine Mutter setzt sich auf das Bett.

»Dieser dumme Streit … all die Jahre. Ich bin dickköpfig und …«

Großvater legt seine Hand auf ihren Mund.

»Und ich auch. Was sein musste, musste sein. Es ist vorbei.«

Geht das? Kann es so einfach zu Ende gehen?

»Ich bin am Ende, Eva, ich fühle es. Ich bin froh, dass ich dich noch mal gesehen habe.«

»Sprich nicht so«, sagt sie böse. »Was weißt du davon? Bist du jetzt auch schon Arzt?«

»Ich kenne meinen Körper«, sagt er.

»Wenn du hier rausdarfst, dann ziehst du zu mir.«

»Wir werden sehen«, sagt er.

Er greift ihre Hand.

»Wenn du zum Hof fährst, bringst du dann meinen blauen Anzug mit? Er hängt im Schlafzimmerschrank.«

»Deinen Anzug, Vater? Wolltest du etwa noch irgendwohin?« Zu spät wird ihr klar, was sie da sagt.

»Es ist mein Hochzeitsanzug«, sagt er. »Ich will ordentlich ausschauen, wenn ich sie wiedersehe.«

Sie steht auf, mit Tränen in den Augen.

»Sie bringen dich hier wieder in Ordnung.«

Er antwortet nicht. Das Rasseln des Mannes in dem anderen Bett macht das Zimmer noch stiller.

»Du bist eine schöne Frau, Eva. Wie deine Mutter.«

In dem Moment geht die Tür auf und eine alte Frau mit einem geflochtenen Korb kommt ins Zimmer.

»Ah, Cesar, du hast Besuch.«

»Meine Tochter«, sagt mein Großvater.

»Das ist gut«, sagt sie, während sie sich an das andere Bett setzt und ihr Strickzeug aus dem Korb holt. »In solchen Momenten will ein Mensch seine Kinder um sich haben.«

Sie schenkt meiner Mutter ein kurzes Lächeln.

ORPHEE STEHT IN EINER ANKLEIDEKABINE und knöpft eine hellblaue Bluse zu. Sie zieht an dem Ärmel, der ihr gerade bis über das Handgelenk reicht. Die Narbe ist kaum zu sehen. Als sie den Kopf wieder hebt, sieht sie mich im Spiegel.

Sie hat mich nicht erwartet. Nicht in einer Ankleidekabine.

Sie lächelt mir beinahe zu. Das ist mal was anderes. Meistens schnauzt oder fleht sie mich an, damit ich weggehe.

Sie steht dir.

Danke.

Eine besondere Gelegenheit?

Nein.

Orphee. Ich bin in deinem Kopf. Da ist Lügen vergeblich.

Wenn du eh schon alles weißt, brauchst du mich nicht zu fragen.

Aber ich frage gern. Hast du vor, etwas mit Bram anzufangen?

Ich weiß es nicht.

Glaubst du wirklich, ihr habt eine Chance? Mit mir im Schlepptau?

Wir beide haben Kevin mitgeschleppt.

Das war etwas anderes. Kevin war ein Arschloch. Wir waren besonders.

Ja. Wir waren besonders.

Was wir zusammen hatten, das wirst du nie mehr erleben.

Nein.

Wie kannst du dich mit etwas Zweitrangigem zufriedengeben?

Orphee schlägt den Kragen der Bluse richtig um.

»Kommst du zurecht da drinnen?« Es ist Veronique, die draußen vor der Kabine ungeduldig wird.

»Ja, warte, ich bin gleich draußen.«

Du wirst mich nie vergessen können.

Das will ich auch nicht.

Sie stößt die Kabinentür auf.

»Was meinst du?«, fragt sie Veronique.

»Fühlst du dich nicht gut? Du bist leichenblass. Als hättest du ein Gespenst gesehen.«

»Es ist stickig in den Kabinen.«

Sie dreht sich um ihre Achse.

»Schön«, sagt Veronique. »Bram kann sich freuen.«

MEINE ELTERN SIND UNTERWEGS ZUM HOF. Mein Vater fährt. Meine Mutter ist zu nervös. Es regnet schon den ganzen Tag. Die Scheibenwischer klagen rhythmisch. Die Regentropfen klammern sich an den Fenstern fest, kleine Dickköpfe, die über das Glas gleiten.

»Früher war hier kaum ein Auto zu sehen.«

»Es ist Stoßzeit«, sagt mein Vater.

Es sind ihre ersten Worte, seit sie in den Wagen gestiegen sind.

»Vielleicht sollte ich das allein machen. Wir können umkehren, wenn du willst.«

»Nein, fahr weiter.«

Als hinter dem Hügel der neue Friedhof auftaucht, dreht sie den Kopf weg und starrt auf den Wagen vor ihnen.

»Baby an Bord«, liest sie.

»Wohl eher: Baby am Steuer!«, sagt mein Vater und macht sich zum Überholen bereit. Die Pfützen, die sich viel zu schnell auf dieser kaum instandgehaltenen Straße bilden, spritzen auf, als mein Vater Gas gibt. Ein gefährliches Wetter ist das, mit eingeschränkter Sicht und Schleudergefahr. Ehe man weiß wie, hat man einen Radfahrer mitgenommen.

Meine Mutter schreckt zurück, als sie die Küche sieht. Vor weniger als drei Wochen ist sie noch hier gewesen – obwohl sie sich lieber die Zunge abbeißen würde, als das zuzugeben –, aber damals haben der Abend und ihre Wut vieles verborgen. Jetzt zeigt das Tageslicht unerbittlich die leeren Dosen auf dem Boden und das aufgestapelte Geschirr unter der Küchenpumpe. Fliegen kriechen um den Hals einer Milchflasche. Sie geht zu der Kuckucksuhr, die auf halb vier steht. Mit dem Finger schiebt sie die Zeiger weiter, aber das Türchen bleibt zu. Ihre Schuhe kleben an dem fettigen Fußboden, als sie durch die Küche geht.

»Wie kann jemand so leben?«, fragt sie.

»Er wird es selbst nicht mehr auf die Reihe bekommen haben und zu dickköpfig gewesen sein, um Hilfe zu bitten.«

»Aber das ist dumm.«

»Dickköpfige Menschen sind meistens nicht so schlau«, sagt mein Vater.

»Was willst du damit sagen?«

»Was sollen wir alles mitbringen?«, fragt er.

»Du kannst dir vorstellen, was man hier im Dorf über mich denkt«, sagt sie. »Die Tochter, die ihren Vater in seinem eigenen Dreck untergehen lässt.«

»Ich hole das Rasierzeug«, sagt er.

»Wahrscheinlich hat er nie einen Arzt kommen lassen«, sagt sie. »Er wird seine Schmerzen weggelacht, in irgendeine närrische Geschichte eingepackt und sich mit Holundersirup und Johanniskraut beholfen haben. Dieser dumme Arsch. Hätte er der Wahrheit ins Auge zu blicken gewagt, dann wäre das alles hier zu vermeiden gewesen.«

»Was sagst du?«, ruft mein Vater aus dem anderen Zimmer.

»Nichts!«

Sie geht nach oben. In seinem Schlafzimmer reibt sie den Staub von dem gesprungenen Kleiderschrankspiegel.

»Nie wurde hier etwas Neues angeschafft. Alles war noch gut genug. Wie habe ich es hier bloß achtzehn Jahre lang ausgehalten? Und wie klein es hier ist. War es hier immer so klein? Ich bekomme keine Luft!«

Sie zieht den Schrank auf. Der Geruch packt sie an der Kehle. Es ist nicht der Küchengestank, es ist ein Geruch von früher, der hier im Schrank hängen geblieben ist. Einen Moment lang ist sie wieder ein Kind und hat mich vergessen.

Als ich sie wieder sehe, hockt sie vor dem Kleiderschrank. In den unteren Schubladen findet sie einen Pyjama, der noch nicht aus der Verpackung genommen wurde. Es war ein Weihnachtsgeschenk, angeblich von mir, aber eigentlich von ihr, wie mein Großvater sehr wohl wusste.

»Wie lange wolltest du den noch aufheben?«

Sie sucht weiter und wirft dann ein paar muffige Unterhosen zu dem Pyjama.

Mein Vater kommt wieder ins Zimmer.

»Es ist einfacher, ihm neue Unterwäsche zu kaufen. Mit diesem verschlissenen Zeugs kann ich nicht ins Krankenhaus.«

Sie öffnet die Schranktüren. Ihre Finger wandern durch die Hemden, Jacken und Kleider ihrer Mutter, die Hüte, Fuchsschwänze und Westen. Sie holt einen dunkelblauen Anzug aus dem Schrank.

Auf dem Rückweg ist es schon dunkel. Im Licht der Straßenlaternen leuchten die Regentropfen kurz wie Silberfischchen auf, um dann im Dunkeln zu verschwinden. Es ist kaum ein Auto zu sehen. Alle sitzen warm und trocken drinnen.

»Glaubst du, er schafft es?«

»Nein«, sagt meine Mutter. »Der Arzt meint, es sei nur noch eine Frage von Tagen.«

Sein rechte Hand lässt das Steuer kurz los und drückt ihre Hände, die in ihrem Schoß liegen.

»Ich gehe nie mehr dorthin«, sagt sie.

»Du hast selbst gesehen, wie es da aussieht. Wenn du es verkaufen willst, muss es renoviert werden.«

»Tu damit, was du willst. Ich setze keinen Fuß mehr dort hinein.«

Er zieht seine Hand zurück.

»Wirst du diesem Mann weiter böse bleiben, Eva? Du sagst es selbst: Er hat nicht mehr lange zu leben.«

»Ich bin nicht böse.«

Er dreht sich zu ihr. Ihr Gesicht gleitet aus der Dunkelheit für einen Moment in das Licht einer Straßenlaterne.

»Im Ernst. Ich bin nicht mehr böse. Ich habe nachgedacht.«

»Hm«, sagt er.

»Dass er mich die schwere Arbeit auf dem Hof tun ließ und währenddessen sein Geld vertrank, ist schlimm, aber es sei ihm verziehen. Ich hätte die Arbeit nicht tun müssen, wenn ich nicht gewollt hätte. Es hätte ihn nicht weniger gefreut, wenn ich zusammen mit ihm in die Kneipe gegangen wäre. Er hat mich nie geschlagen. Er hätte sein letztes Stück Brot mit mir geteilt, auch wenn er einfach nicht begreifen wollte, dass es an ihm lag, wenn tatsächlich nur trocken Brot im Haus war.

Es ist der Unsinn über meine Mutter, den ich ihm am meisten verüble. Aber vielleicht war das alles letztlich doch nicht so schlimm. Guck nicht so. Ich meine es ernst! Wenn ich ehrlich bin, muss ich zugeben, dass mir klar war, dass sie nicht mehr zurückkommen würde, aber wenn dieses Wissen zu schmerzhaft wurde, konnte ich es beiseiteschieben. Seine

Lügen gaben mir die Zeit, die Wahrheit in kleinen Häppchen zu verdauen.«

Sie dreht sich zu mir um. »Bis die Wahrheit erträglich wurde.«

Mein Vater nickt nur. Er ist all die Jahre dem Minenfeld ihrer Vergangenheit ausgewichen und wird nicht so dumm sein, sich jetzt dort hineinzuwagen, auch wenn sie plötzlich behauptet, das Gelände sei ungefährlich. Soweit er weiß, kann ein plumpes Wort von ihm noch immer eine Explosion verursachen. Er kennt meine Mutter und misstraut zu mühelosen Versöhnungen. Obwohl er hofft, dass es sie gibt. Warum sonst sollte er mit seiner Beinahe-Exfrau im Wagen sitzen?

Er schaut aus den Augenwinkeln auf meine Mutter. Sie wirkt wie hypnotisiert von der Straße, die eintönig in den Scheinwerfern aufleuchtet, ehe sie von dem Wagen aufgesaugt wird.

»Angenommen, er erholt sich doch noch«, sagt er.

»Was?« Sie hört kaum hin.

»Angenommen, er erholt sich doch noch.«

»Pass auf!«, ruft sie plötzlich und greift seinen Arm.

Sie schwenken über die Straße. Mein Vater bremst zu wild. Der Wagen rutscht und landet mit dem Heck im Graben.

»Liebe Güte!«

Mein Vater, die Hände ums Steuer geklammert, schaut sie wütend an.

»Willst du uns beide umbringen?«

Er hat den großen Versöhnungsversuch, der diese Fahrt zu ihrem Elternhaus eigentlich hätte werden sollen, sofort vergessen. Er ist erschrocken und außer Atem. Der Sicherheitsgurt hat ihm die Luft aus den Lungen gepresst.

»Hast du ihn denn nicht gesehen?«, fragt sie.

»Wen?«

»Den Hund. Ein schwarzer Hund hat plötzlich die Straße überquert.«

Sie dreht sich zu mir um. *Hast du ihn auch gesehen?,* fragen ihre Augen.

Mein Vater stößt die Tür auf und kriecht über das nasse Gras und die Brennnesseln aus dem Wagen. Meine Mutter bekommt ihre Tür nicht mehr auf und klettert ebenfalls an seiner Seite hinaus. Sie betrachten das linke hintere Rad, das einen halben Meter in die Luft ragt.

»Und natürlich ist gerade nirgendwo ein Wagen zu sehen«, sagt er.

Er ruft die Straßenwacht.

»Sie behaupten, sie wären in zwanzig Minuten hier«, sagt er. »Sagen wir lieber in einer halben Stunde. Wenn wir Glück haben.«

Meine Mutter zittert. Mein Vater zieht seine Jacke aus und legt sie ihr um die Schultern.

»Tu nicht so dumm, Willem«, sagt sie. »Dir ist immer viel kälter als mir.«

Aber sie zieht die Jacke doch fester um sich.

Mein Vater taucht zurück ins Auto, fischt die Sicherheitsweste daraus hervor, die seit Monaten um den Fahrersitz hängt, und zieht sie an.

»Wir wollen hier schließlich nicht überfahren werden.«

»Nein«, sagt meine Mutter. »Das wollen wir nicht.«

Ihre Augen suchen vergeblich im Dunkel zwischen den Maisstängeln.

»Was ist?«

»Ich denke, wir haben ihn angefahren.«

»Wen?«

»Den Hund.«

»Da war kein Hund.«

Sie schaut ihn kurz an. Fordert ihn heraus, fortzufahren. Laut zu sagen, dass sie sich wieder etwas einbildet. Dass sie verrückt ist.

»Da, was ist das?« Sie geht ein Stück die Straße entlang.

»Eva, bleib hier.«

Zuletzt folgt er ihr. Sie steht bei einem Kreuz, das halb versteckt im Schlamm liegt.

»Ist das …?«

»Ja.«

Mein Vater hat ihr die Fotos gezeigt, die er von der Stelle gemacht hatte. Sie selbst ist nie da gewesen.

»Nicht gerade aufheiternd«, sagt sie jetzt. Der Regen hat die Karten aufgeweicht. Der Pelz der Plüschtiere hängt in schmutzigen Zotteln herab. Das Kreuz ist fast ganz im Erdboden versunken.

»Die ersten Monate sah es hier besser aus«, sagt mein Vater. Er bückt sich und versucht, das Kreuz wieder aufzurichten. »Es war ein richtiges kleines Kunstwerk.«

»Die ersten Monate sieht es immer besser aus«, sagt meine Mutter. »Es sind die letzten Monate, die man sich ersparen können müsste.«

»Hilf mir mal«, sagt mein Vater. Das Kreuz hat sich im Schlamm festgesogen.

»Lass doch liegen«, sagt meine Mutter.

Mein Vater ist schon voller Schlammspritzer, aber er gibt nicht auf.

»Lass liegen, Willem.«

»Nein«, sagt er. »Du hast deinen Altar. Gönne anderen Menschen auch einen Ort.«

»Tu, was du nicht lassen kannst.« Sie dreht sich um und springt über den Bach.

»Wohin willst du?«

»Den Hund suchen.«

»Es gibt keinen Hund. Komm zurück und hilf mir lieber!«

Aber sie verschwindet zwischen dem Mais.

Mein Vater flucht.

»Gleich verirrst du dich noch in dem Feld. Wenn die Straßenwacht ankommt, bin ich weg. Ich trödele hier nicht länger herum. Verstehst du das? Ich lasse dich zurück!«

Er lauscht kurz.

»Eva?«

Er lässt das Kreuz aus seinen Händen gleiten.

»Es reicht, Eva, hörst du?« Er schreit es über die Felder hinaus. »Ich habe es satt! Ich habe wirklich gehofft, du würdest zurückkommen. Aber vielleicht ist es zu spät und die Frau, die ich geliebt habe, ist verschwunden. Vielleicht hat er dich mit ins Grab genommen und das, was er zurückgelassen hat, ist nicht mehr meine Frau.«

Er reibt sich den Regen aus den Augen.

»In guten wie in schlechten Zeiten. Das hast du mir irgendwann versprochen. Nun, hier sind sie, die schlechten Zeiten. Schlechter als jetzt werden sie nicht werden. Aber du hast dein Versprechen gebrochen. Du hast deinen Mann von dir gestoßen und deine Trauer umarmt, wie eine Äffin, die ihr totes Junges nicht hergeben will und es mitschleppt, bis es in ihren Armen verfault. Ich dachte, du würdest die Wahrheit so sehr lieben, aber du hast mich belogen, Eva. Du hast mich verlassen. Nun, ich verlasse dich auch. Bleib nur in diesem Feld. Es ist mir egal. Such nur nach deinem Hund. Du bist um kein Haar besser als dein Vater. Ich gebe dich auf, hörst du das? Ich lasse dich gehen. Heirate doch deinen toten Sohn. Er war auch mein Sohn, Eva. Hast du dir das je klargemacht?«

Er lauscht.

»Hörst du mich?«

Er hört nur den Regen auf den Maisblättern. Und dann, ganz leise und durch den Regen fast nicht zu hören, das Jaulen eines Tieres.

»Eva, bist du das?«

Er lauscht aufmerksam, aber der Wind weht in alle Richtungen.

»Verdammt noch mal!«

Er taucht in das Feld ein. Die Maispflanzen schlagen ihm ins Gesicht und schon bald ist er klatschnass.

»Eva!«

Er hört das Stöhnen jetzt besser. Sie hat diesen Hund gefunden. Also hatte sie doch recht. Und was jetzt? Sollen sie einen verstümmelten Hund, ein verwildertes Tier, in den Wagen tragen? Wer wird für es sorgen? Er nicht, das steht fest. Er hat dafür nicht die Zeit. Sie übrigens ebenso wenig. Und wohin soll sie damit? In ihrer kleinen Wohnung kann sie den Hund auch nicht lassen.

»Eva?«

Das Jaulen klingt nah. Wie ein Vorhang schieben sich die Maispflanzen vor ihm zur Seite. Da liegt sie, auf seiner Jacke.

»Eine Äffin?«, fragt sie. »Erst eine Wahnsinnige und jetzt eine Äffin?«

»Wo ist der Hund?«, fragt er. Er steht über ihr, sein Körper zeichnet sich in der Dunkelheit schwarz ab.

»Welcher Hund?«, fragt sie. »Hier ist kein Hund. Du bildest dir was ein.«

Er guckt so dumm, dass sie einfach lachen muss.

»Zieh die dumme Weste aus«, sagt sie. »Der Anblick, den du bietest, ist so was von idiotisch.«

Er zieht die Weste aus. Knöpft dann sein Hemd auf. Es klebt ihm am Leib, aber er schüttelt es von sich ab. Kurz darauf haben sie mich vergessen.

SIE STREITEN SICH, als ich meinen Namen höre und hinzukomme.

»Ich bin nicht Thomas.«

Sie stehen am Rand der Tanzfläche, Bram in einem weißen T-Shirt, Orphee in ihrer hellblauen Bluse. Die Blicke der Tanzenden um sie herum kümmern ihn nicht, aber Orphee will weg.

»Zieh schon Leine«, ruft er. »Lauf doch weg, wenn du deinen Willen nicht bekommst!« Aber kurz darauf geht er ihr hinterher. Sie sitzt draußen auf der Treppe und raucht. Er setzt sich neben sie.

»Es geht nicht«, sagt er. »Ich kann ihn nicht ersetzen.«

»Das verlange ich doch auch nicht!«

»Vielleicht nicht laut. Aber ich kann es in deinen Augen sehen. Alles, was ich sage und tue, wird mit dem toten Halbgott verglichen.«

»Das bildest du dir ein.«

»Nein, das tue ich nicht.«

Er umfasst ihr Handgelenk. Die Zigarette fliegt ihr aus der Hand und rollt die Stufen hinunter.

»Vor ein paar Monaten hast du das hier gemacht.« Er lässt ihr Handgelenk los. »Und jetzt sollst du ihn vergessen haben? Das kann ich nicht glauben.«

»Und warum bin ich dann hier?«

»Weil du es leid bist, daheim rumzusitzen. Weil du auf andere Gedanken kommen willst. Ich bin die Übergangsliebe, so einfach ist das, und es wird Zeit, dass ich das begreife.«

»Das stimmt nicht, Bram.«

»Nein? Dann beweise es mir.«

»Was bitte schön soll ich tun? Mir die andere Pulsader aufschneiden? Bist du dann zufrieden?«

»Sag mir ehrlich, dass du vorhin nicht an ihn dachtest, als ich dich geküsst habe.«

»Und selbst wenn es so wäre …«

»Ich wusste es.« Er ballt die Fäuste.

»Ich sage nicht, dass es so ist, aber selbst wenn es so wäre, solltest du kein Drama daraus machen. Ob tot oder nicht, Thomas war mein vorheriger Freund. Es ist nicht so unnormal, dass ich manchmal noch an ihn denke. Was möchtest du: dass ich dir direkt aus meinem jungfräulichen Mädchenzimmer kommend in die Arme sinke? Du bist nicht der Erste …«

»Ach, das ist ein enormer Trost!«, ruft Bram.

»Aber du bist vielleicht der Beste.«

»Ganz bestimmt«, sagt er, kann ein Lächeln allerdings kaum bezwingen.

»Und wenn du Beweise willst …«

Sie küsst ihn. So als würde sie nicht mehr an mich denken. Aber ich bin noch hier. Ich stehe über die beiden gebeugt, ein unsichtbarer Schatten. Sie lügt. Aber sie tut es überzeugend.

»IST DAS DER LETZTE?«, fragt mein Vater und zeigt auf den Karton auf dem Tisch.

»Ja«, sagt meine Mutter.

»Du kannst es dir noch überlegen.«

Sie schüttelt den Kopf.

»Ich verstehe, dass du hier nicht bleiben willst. Aber warum wieder bei Melinda einziehen? Komm zurück nach Hause.«

»Ich habe da nichts mehr verloren, Willem.«

»Das ist deutlich.«

»Wenn ich zurückkomme …«

»Wenn? Heißt das, es ist nicht ausgeschlossen?«

»Falls ich zurückkomme, dann muss es deshalb sein, weil ich es will, und nicht aus Angst vor dem Alleinsein. Seit ich keine Mutter mehr bin, weiß ich nicht mehr, wer ich bin.«

»Du bist meine Frau.«

»Die Papiere in deiner Tasche behaupten allerdings das Gegenteil.«

»Ich zerreiße sie auf der Stelle, wenn du jetzt zu mir zurückkommst.«

»Was würde Elsie dazu sagen?«

»Du bist meine Frau, Eva.«

»Ich fühle das nicht mehr. Und solange ich das nicht fühle, kann ich auch nicht zurückkommen.«

»Ein Mann kann nicht ewig betteln.«

Er nimmt den Karton und geht damit zur Tür.

»Bis nachher?«

»Bis nachher.«

Sie schaut sich um. Die Wohnung wirkt leer. Die billigen Möbel, die bei ihrem Einzug hier standen, stehen immer noch da, aber jede persönliche Note ist verschwunden. Die Schränke sind geleert, nichts hängt mehr an den Wänden, nichts liegt auf dem Boden. Das Licht ist eine nackte Glühbirne. Sie geht durch das Bad und kontrolliert nochmals das Arzneischränkchen. Sie schaut im Schlafzimmer unters Bett und unter den Kleiderschrank. Sie schaut auf ihre Uhr. Geht dann ins Gästezimmer. Das ist der einzige Raum, in dem noch Sachen stehen; ein Bett mit einer Daunendecke und ein kleiner Schreibtisch. Sie öffnet den Schrank. Da liegen ordentlich aufgestapelt die Kleidungsstücke in ihren Plastiktüten. Sie nimmt sie, verteilt sie um sich herum auf den Fußboden, bis fast kein Platz mehr zum Stehen bleibt. Als der Schrank leer ist und der Boden übervoll, reißt sie eine Tüte auf. Sie tut es nicht vorsichtig und geduldig, wie in den zurückliegenden Wochen. Ihre Hand zittert, als sie die zweite Tüte nimmt, aber sie zögert nicht und bald sind alle geöffnet. Mein Geruch füllt den Raum. Meine Mutter steht inmitten des Zimmers, atmet tief ein.

Es schellt und sie spaziert zwischen den Tüten zurück zur Wohnungstür.

»Das Sozialkaufhaus?«

Die beiden Männer nicken.

»Es steht in dem Zimmer dort«, sagt sie.

»Das kann alles mit?«

»Alles«, sagt sie.

Sie schaut zu, wie die Männer alles nach draußen tragen: die Kleidung, die Schulsachen, die kleinen Dinge, die nur für mich und sie von Belang waren. Eine Viertelstunde hält sie es aus. Dann wird es ihr zu viel.

»Halt!«, ruft sie so laut, dass einer der Männer einen Karton fallen lässt. Sie greift hinein, fischt ein Fotoalbum daraus hervor und drückt es an die Brust.

»Beeilen Sie sich«, sagt sie zu den Männern. Und geht dann meinem Vater hinterher.

ES IST DUNKEL IM ZIMMER. Ab und zu hört man eine Krankenschwester, die durch die Flure hastet. Dann nichts mehr außer dem Piepsen und Summen merkwürdiger Apparate. Mein Großvater versucht, aus dem Bett zu kraxeln, doch es gelingt ihm nicht. Sie haben ihn gut festgeschnallt und er kann nur mehr den Kopf drehen.

»Bist du da?«

Ich bin hier, Großvater.

»Wie ist es, tot zu sein?«

Es ist nicht das, was man sich vielleicht vorstellt.

Großvaters Blick schweift durchs Zimmer. Er nickt. Ich sehe nichts, kann aber vermuten, wen er hier zu sehen glaubt: seine Eltern, seinen Bruder, seine Frau, die Dorfbewohner, die ihm vorangegangen sind, und mich, seinen Enkel. Die Toten stehen alle im Zimmer.

»Es hat lange genug gedauert«, sagt er. »Man könnte meinen, ich freue mich, dass es zu Ende ist.« Er will die Arme nach uns ausstrecken, aber das Festgeschnalltsein hindert ihn daran.

»Ich habe Angst«, sagt er. »Ich will nicht sterben.«

Niemand will sterben, Großvater.

Es dauert lange, bis er wieder etwas sagt. Er sucht nach Worten, nach Speichel. Er verschwindet vor meinen Augen, schrumpft, bis nur noch ein Augenpaar und eine Stimme in einem verdorrten Kadaver übrig bleiben.

»Niemand kann dem Tod entgehen, Thomas. Obwohl … Ein Mädchen hat es fertiggebracht, ihn hinters Licht zu führen, aber auch das ist schon eine Weile her.«

Nicht schon wieder eine Geschichte, Großvater. Wir haben genug gehört. Aber kann ich ihm das verwehren, hier, am Ende?

Wer war das Mädchen?

»Es war deine Mutter. Sie war noch klein, aber trotzdem schon stur wie eine Eselin. Die in der Schule hatten alle Hände voll mit ihr zu tun. Sie konnte nicht stillsitzen. Das war natürlich das Schwanenblut in ihren Adern.«

Er muss husten.

»Eines Tages beschloss sie, von zu Hause wegzulaufen. Sie rannte mit ihrem kleinen Bündel unter dem Arm durch den Wald, als sie einen Mann auf dem Weg sitzen sah. Es war ein Mann in einem schwarzen Anzug und mit einem großen, schwarzen Hut, der einen Schatten über seine Augen warf. Er hatte einen großen, schwarzen Hund dabei, der gefährlich knurrte, als deine Mutter vorbeikam.

›Ich habe mich verirrt‹, sagte der Mann. ›Ich muss nach Repelgem, aber ich laufe schon seit Stunden durch diesen Wald und kann es einfach nicht finden. Und mein Hund wird unangenehm, wenn er Hunger bekommt.‹

Deine Mutter tastete in ihrem Bündel, schnitt die Hälfte von einem Stück Speck ab und warf es dem Hund zu, der es mit einem Bissen verschluckte.

›Ich kann es Ihnen zeigen.‹

›Das wäre sehr freundlich.‹

Schweigend gingen sie weiter. Als sie aus dem Wald kamen, zeigte sie ihm den Kirchturm des Dorfes. Der Mann dankte ihr für die Mühe und den Speck und fragte, ob sie auch wüsste, wo im Dorf eine Erna Schoenaerts wohnte.

Natürlich wusste sie das. Erna war ihre beste Freundin.

›Sie wohnen in der Straße links vom Gemeindehaus. Das Haus mit den Geranien am Fenster. Aber Erna ist schon eine Woche lang schwer krank. Sind Sie der Doktor?‹

›Nein‹, sagte der Mann, ›der Doktor bin ich nicht.‹

Er hob den Kopf und jetzt sah sie seine Augen.«

Hier hält mein Großvater inne. Ich werde nie erfahren, wie meine Mutter den Tod hinters Licht geführt hat. Ich lausche seinem Atem, der ihm immer schwerer fällt. Seine Hand greift ins Leere. Die Klingel, die das Pflegepersonal hierher locken kann, ist fast in Reichweite. Aber nur fast. Und keiner von uns hier im Zimmer kann irgendetwas tun. Wir warten.

ORPHEE UND BRAM spazieren durch den ersten Schnee des Jahres. Es kostet sie keine Mühe. Es ist keine dickbauschige Watte wie auf den Weihnachtskarten, sondern vielmehr Puderzucker, passend für eine Bäckerstochter. Auch wenn man es kaum als Flocken bezeichnen kann, sondern eher als kleine Sternchen, die sie umtanzen, bleibt das Ergebnis gleich: Die Weiden um sie herum verschwinden, werden sanft, aber unvermeidlich ausradiert, bis sie beide die einzigen schwarzen Schemen in einer weißen Welt sind, zwei verlorene Buchstaben, die über ein leeres Blatt spazieren und dort noch kurz ihre Fußspuren hinterlassen, bevor auch die wieder zuschneien. Das Einzige, was sich bewegt, ist eine gelbe, im Wind zitternde Sicherheitsweste in einer Weidenkrone.

Sie sind auf der Suche nach meinem Kreuz.

»Es muss hier irgendwo sein.«

»Wenn das Ding in der Zwischenzeit umgekippt ist, können wir lange suchen«, sagt Orphee. »Der Schnee hat alles begraben.«

Der Schnee hat auch alles neu gemacht. Sie haben Schwierigkeiten, sich zu orientieren. War es diese Kurve oder die nächste? Dann sehen sie den Hund in einem Feld auf der anderen Seite.

»Der war letztes Mal auch hier«, sagt Bram.

»Wir könnten ihm folgen.«

»Warum? Glaubst du, er wird uns zu dem Kreuz führen?«

»Wenn er einer von Thomas' Geschichten entsprungen ist, ja.«

Sie schaut mich an. Ich gehe brav neben ihr, ohne Spuren im Schnee zu hinterlassen.

»Ist das dein Ernst?«

»Das Tier sieht ausgehungert aus. Ich hätte etwas Hackfleisch mitbringen sollen.«

»Komm ihm nicht zu nah. Man weiß nie, wozu ein wilder Hund fähig ist.«

»Gibt es noch Hundetollwut in dieser Gegend? Kommt die nicht nur im Sommer vor?«

»Das verwechselst du mit Heuschnupfen.«

Der Hund kommt angeschlichen. Es ist nicht klar, ob er sie gesehen hat. Er wird nicht langsamer, sondern läuft vom Feld sofort auf die Straße.

»Er hat Glück, dass so wenig Verkehr ist.«

Er überquert die Fahrbahn, schnüffelt kurz an einer Erhebung unter dem Schnee und läuft dann über die Felder weiter.

Bei der Erhebung bleiben sie stehen.

Bram geht in die Knie und reibt den Schnee weg.

»Es ist hier«, sagt er.

»Das wundert mich nicht«, sagt Orphee.

Jetzt bückt auch sie sich. Sie zieht ihren Handschuh aus und versucht, mit den Fingern eine Kuhle in der Nähe des Kreuzes zu graben. Es gelingt ihr nicht. Der Boden ist gefroren.

»Lass mich mal.«

Bram nimmt sein Taschenmesser.

Sie richtet sich wieder auf und schaut mich an.

Ich sehe dich noch, Thomas. Aber es ist hauptsächlich deine Silhouette. Wenn ich mich konzentriere, kann ich mir noch ein Detail in Erinnerung rufen: ein Auge. Eine Augenbraue. Dein Lächeln. Aber es entsteht keine Einheit mehr. Du bist nichts Zusammenhängendes mehr, Thomas. Du zerfällst.

Öffne das, was du in deiner Tasche hast. Betrachte mein Foto und meine Bruchstücke werden wieder zusammenschmelzen.

Nein. Ich tue es nicht mehr. Das hier ist das letzte Bild von dir. Es ist genug.

So leicht kommst du nicht von mir los.

Wir werden sehen.

»Fertig!«, sagt Bram. Er steht auf und steckt sein Messer weg.

Sie holt das Medaillon aus ihrer Jackentasche.

»Bist du sicher, dass du das wirklich willst? Wenn du es loswerden möchtest, kannst du es auch verkaufen. Oder seinen Eltern zurückgeben. Immerhin ist es ein Familienstück.«

»Es gehört mir«, sagt sie. »Ich habe es bekommen. Wenn ich eine dramatische Geste machen will, dann tue ich das. Übrigens ... Thomas weiß einen schönen, filmischen Abschied zu schätzen.«

Ich schüttele den Kopf, aber sie weiß es besser.

»Der Schnee ist ein Glücksfall«, sagt sie.

»Wir sind hier«, sagt er. »Dann lass uns jetzt weitermachen.«

Sie bückt sich, drückt das Medaillon in das Loch, das Bram aus dem knochenharten Boden geschnitten hat, und füllt es dann mit einem Häufchen Erde.

Sie steht wieder auf.

»Bist du dir sicher?«

»Ja. Die Geschichte endet hier.«

Er nimmt ihre kalte Hand zwischen seine.

»Und jetzt?«

»Jetzt warten wir«, sagt sie.

»Auf was genau?«

»Das weiß ich nicht«, sagt sie. »Ich weiß es erst, wenn es geschieht.«

Sie schaut mich an. Weint sie oder ist es die Kälte, die ihre Augen tränen lässt?

»Was immer es ist, hoffentlich passiert es schnell«, sagt Bram. »Mir frieren gleich die Eier ab.«

MIR ZU FÜSSEN SITZT DER SCHWARZE HUND. Er ist spindeldürr. Ich kann glatt durch ihn hindurchschauen, sehe zwischen seinen Rippen das bereifte Gras. Es wird nicht mehr lange dauern, bis er ein schwarzer Schemen ist, dessen Fetzen der Wind mit sich fortbläst.

Es ist ein kalter, klarer Wintermorgen. Die Sonne gibt keine Wärme. Der blaue Himmel ist ein falsches Frühlingsversprechen. Wer sich nicht in Mäntel und Schals gehüllt hat, gefriert an Ort und Stelle.

So ist es geradezu ein kleines Wunder, dass so viele Leute zur Beerdigung aufgetaucht sind. Meine Eltern sind natürlich da, als einzige verbliebene Verwandte. Meine Mutter hat sich am Arm meines Vater festgeklammert, als wolle sie ihn nie mehr loslassen. Sie sieht nicht gut aus. Ihr Gesicht ist vom Weinen geschwollen und die Ringe unter ihren Augen verraten unruhige Nächte.

Ein paar Schritte hinter meiner Mutter steht Melinda. Sie hat meinen Großvater nie gekannt und fühlt sich dementsprechend nicht verpflichtet, eine Trauermiene aufzusetzen. Sie schaut mehr auf die Trauernden als auf das Grab. Ist sie auf der Suche nach einem potenziellen Partner in dieser Menge, jemandem, der in der Nähe des Todes spürt, wie sich das Leben in ihm regt? Viel taugliches Material wird sie nicht finden. Es sind hauptsächlich alte Leute, die hier stehen: Freunde, Bekannte und Nachbarn meines Großvaters, Mitbewohner aus dem Dorf, die Mädchen und Jungen, mit denen er die Schulbank gedrückt hat. Die wenigen relativ jungen Männer stehen jeweils als Paarhälften da. So auch der Bäcker mit seiner Frau. Ein Stück weiter versteckt sich deren Tochter hinter den schwarzen Rücken und Mänteln. Neben ihr steht Bram. Er hat seinen Samstagmorgen geopfert, um meinem Großvater hier in der Kälte die letzte Ehre zu erweisen; merkwürdig, wenn man weiß, dass er meinen Großvater ebenso wenig gekannt hat wie Melinda. Aber Begräbnisse sind für die Lebenden und nicht für die Toten.

Der Wind hat freies Spiel auf diesem Totenacker. Es ist nicht der alte Kirchhof mitten im Dorf. Da wird seit Jahren niemand mehr beigesetzt. Die Toten dort können ungestört bis in alle Ewigkeit liegen bleiben. Dieser neue Friedhof liegt ein Stück außerhalb des Dorfes. Die Bäume, die im Winter für Schutz und im Sommer für Schatten sorgen sollen, sind jetzt noch zarte Neupflanzungen, zittrige nackte Staken in einem Kokon aus Gaze. Der Wind, der vom Hügel herabweht, hinweg über Weiher und Füchse, hat hier freies Spiel und verweht die Worte des Priesters. Es sind seine Gesten, die meiner Mutter klarmachen, dass sie zum Grab kommen soll. Es geling ihr nicht. Sie steht da wie zu Eis erstarrt. Mein Vater muss sie fast bis zum Grab schieben. Er ist es, der sich bückt und ihr eine Rose in die Hand drückt. Verwundert starrt sie erst diese an und anschließend ihn, als hätte sie keine Ahnung, was man von ihr erwartet, als hätte man sie, eine Zuschauerin, plötzlich auf die Bühne geschoben, ohne dass sie auch nur ahnte, wie ihr Text lautet.

Dann wirft sie im wilden Bogen die Rose auf den Sarg.

Die Leute vom Dorf folgen. Sie beeilen sich in dieser beißenden Kälte, den letzten Gruß hinter sich zu bringen. Die emotionale Achterbahn liegt schon hinter ihnen. Der Gottesdienst hat ihnen nochmals klargemacht, wie kurz das Leben ist. Die Alten haben, noch mehr als an anderen Tagen, die kalte Hand des Todes im Nacken gespürt. Die anderen haben sich stillschweigend vorgenommen, eine Reihe von Dingen in ihrem Leben zu ändern. Sie werden nichts mehr auf die lange Bank schieben, sie werden ihre Lieben noch lieber sehen und jeden Tag voll und ganz auskosten. Es sind die gleichen Gedanken, die sie bei der nächsten Beerdigung denken werden, bis auch sie die kalte Hand fühlen. Die Predigt, die meistens die Aufmerksamkeit von dem unabwendbaren Ende ablenkt, war nicht gelungen. Der Priester ist neu. Er hat meinen Großvater kaum gekannt und seine Predigt war eine Aneinanderreihung von Klischees und aus dem Zusammenhang gerissenen Erzählungen, die meinen Großvater nicht charakterisieren, sondern ihn den Zuhörern eher entfremden. Er war weder ein guter Christ noch ein guter Familienvater, was immer der Priester behauptet. Ich werde auch noch kurz aus der Versenkung geholt. Meine Mutter muss nach Atem ringen, als der Priester erzählt, was für ein Schock es für Cesar war, als er seinen einzigen Enkel verlor. Aber auch diesen Schicksalsschlag, nach dem frühen Tod seiner Frau, hätte er mit der ihm eigenen Willenskraft noch verwunden.

Wissen sie denn gar nichts? Mein Großvater hat den Tod seiner Frau nie verwunden. Ich bin neugierig, was sich die Dorfleute so erzählen, wenn sie sich in den Pfarrgemeindesaal begeben haben, in dem die Schnäpse und Sandwiches schon warten. Sie werden von seinem Alkoholkonsum sprechen. Wie er zuletzt nichts mehr gegessen, sondern von Bier und altem Brot gelebt hat, bis es ihm zum Verhängnis wurde. Sie werden von seinen Geschichten sprechen.

Siebzig Jahre haben sie in seiner Nähe gewohnt. Wer kennt ihn so, wie ich ihn kenne? Wem hat er sich jemals so gezeigt? Riesenkürbisse und wild gewordene Webstühle haben sie sich zur Genüge von ihm anhören dürfen, aber ich kann mir nicht vorstellen, dass er einem seiner Nachbarn erzählt hat, wie er auf der Suche nach dem Geruch seiner Mutter in den Kleiderschrank gekrochen ist. Nur an mich, einen Schemen, einen Verlust, konnte er das loswerden.

Und jetzt, wo er leise in den Boden sinkt, sinke ich mit. Es ist nicht unangenehm. Es verläuft so geschmeidig, so glatt, dass man es kaum spürt. Noch etwas und wir sind von dem rauen Wind erlöst.

Meine Mutter weint, als der Sarg im Erdboden verschwindet. Es ist kein Schluchzen, sondern ein Heulen, es kommt von so tief innen, dass es kaum mehr menschlich klingt. Die Nachbarn schauen sich an. Sie wissen, dass Vater und Tochter seit Jahren nicht mehr miteinander gesprochen haben. Ist das bloßes Gehabe? Aber nein, dazu ist es zu schmerzerfüllt, zu herzzerreißend. Es ist wirklicher Schmerz, raues Zucken, röchelndes Weinen. Mein Vater hält sie umklammert, aus Angst, sie könnte fallen oder zum Grab stolpern und uns hinterherspringen. Sie wird uns nie mehr sehen. Sie wird uns nie mehr etwas fragen, nie mehr böse auf uns werden, uns nie mehr mit den Fingern durchs Haar fahren können. Wir sind weg. Wir sind tot.

Der Sarg berührt den Boden. Ich sehe nur mehr ein blaues Rechteck über mir. Es ist der Himmel, so ätherisch. Man möchte meinen, man könnte durch ihn hindurchblicken, bis in die Leere des Weltalls.

Ich höre noch, wie meine weinende Mutter weggeführt

wird. Dann wird es still. Nur für einen Moment. Denn von fern, von hinter den Wäldern, dringen schwere Bässe hierher. Ich höre Leute schreien und lachen. Es ist Samstagmorgen und die Kirmes ist in der Stadt. Die ersten Kinder sitzen schon auf den ersten Ponys. Im Schiff schlüpft der erste Junge neben das erste Mädchen.

Eine erste Handvoll Erde fällt herab.

Jan De Leeuw, geb. 1968 in Aalst, wollte schon immer schreiben, beschloss aber, zunächst einen »richtigen« Beruf zu erlernen, und wurde Psychologe. Heute lebt er in Gent und arbeitet als Psychologe und als freier Schriftsteller. Seine Bücher wurden mehrfach ausgezeichnet, u.a. mit einer Nominierung für den Deutschen Jugendliteraturpreis.

Rolf Erdorf, 1956 in der Eifel geboren, studierte Germanistik und Niederländische Philologie. Für seine Übersetzungen erhielt er u.a. den Martinus Nijhoff Prijs, den Deutschen Jugendliteraturpreis und den Gustav-Heinemann-Friedenspreis.

Aus dem Niederländischen
von Andrea Kluitmann
192 Seiten, gebunden
ISBN 978-3-8369-5705-2

Marian De Smet

Kein Empfang

Leo sitzt fest. Bei einer Bergtour in den Alpen ist er in eine Höhle gestürzt und hat sich den Fuß gebrochen. Alleine kommt er da nicht wieder raus, aber sein Handy hat keinen Empfang …
Niemand weiß, wo Leo ist. Niemand außer Nanou. Nachdem die Sechzehnjährige den Jungen entdeckt hat, bringt sie ihm Essen und Trinken und versorgt seine Wunden. Aber warum holt sie keine Hilfe? Und warum hat sie solche Angst vor den Menschen? Irgendetwas stimmt nicht mit ihr.

Ein packender Thriller über Angst und Verzweiflung, Einsamkeit und Freundschaft, Liebe und Loslassenkönnen

www.gerstenberg-verlag.de

Hilde K. Kvalvaag

Das ist der Sommer im Paradies, wie er eben aussieht, wenn man die Sonnenbrille absetzt

Aus dem Norwegischen von Maike Dörries
160 Seiten, gebunden
ISBN 978-3-8369-5712-0

Johanne liebt es, die Sommerferien gemeinsam mit ihrer Schwester Katrin bei den Großeltern zu verbringen: Sonne, Schwimmen im Fjord, der Job im Lebensmittelladen, Schaumbananen futtern, Partys, eng anliegende Kleider – das ist der Sommer im Paradies! Und sie freut sich auf Are, der ihr den ganzen Winter über nicht aus dem Kopf gegangen ist. Doch dieses Jahr ist alles anders ...

Ein atmosphärisch dichter Roman über die Sehnsucht nach dem Paradies, einen Sommer der Veränderungen und den Abschied von der Kindheit

www.gerstenberg-verlag.de

Die Übersetzung dieses Buches wurde gefördert
vom Flämischen Literaturfonds (Vlaams Fonds
voor de Letteren – www.flemishliterature.be)

Flemish
Literature
Fund

1. Auflage 2016
Die Originalausgabe erschien erstmals 2012 unter dem
Titel *Vijftien wilde zomers* bei Davidsfonds Uitgeverij NV.

Aus dem Niederländischen von Rolf Erdorf
Umschlag von init.büro für gestaltung, Bad Oeynhausen
Druck und Bindung: GGP Media GmbH, Pößneck
Printed in Germany
ISBN 978-3-8369-5841-7